震えのある女

私の神経の物語

シリ・ハストヴェット
上田麻由子＝訳

白水社

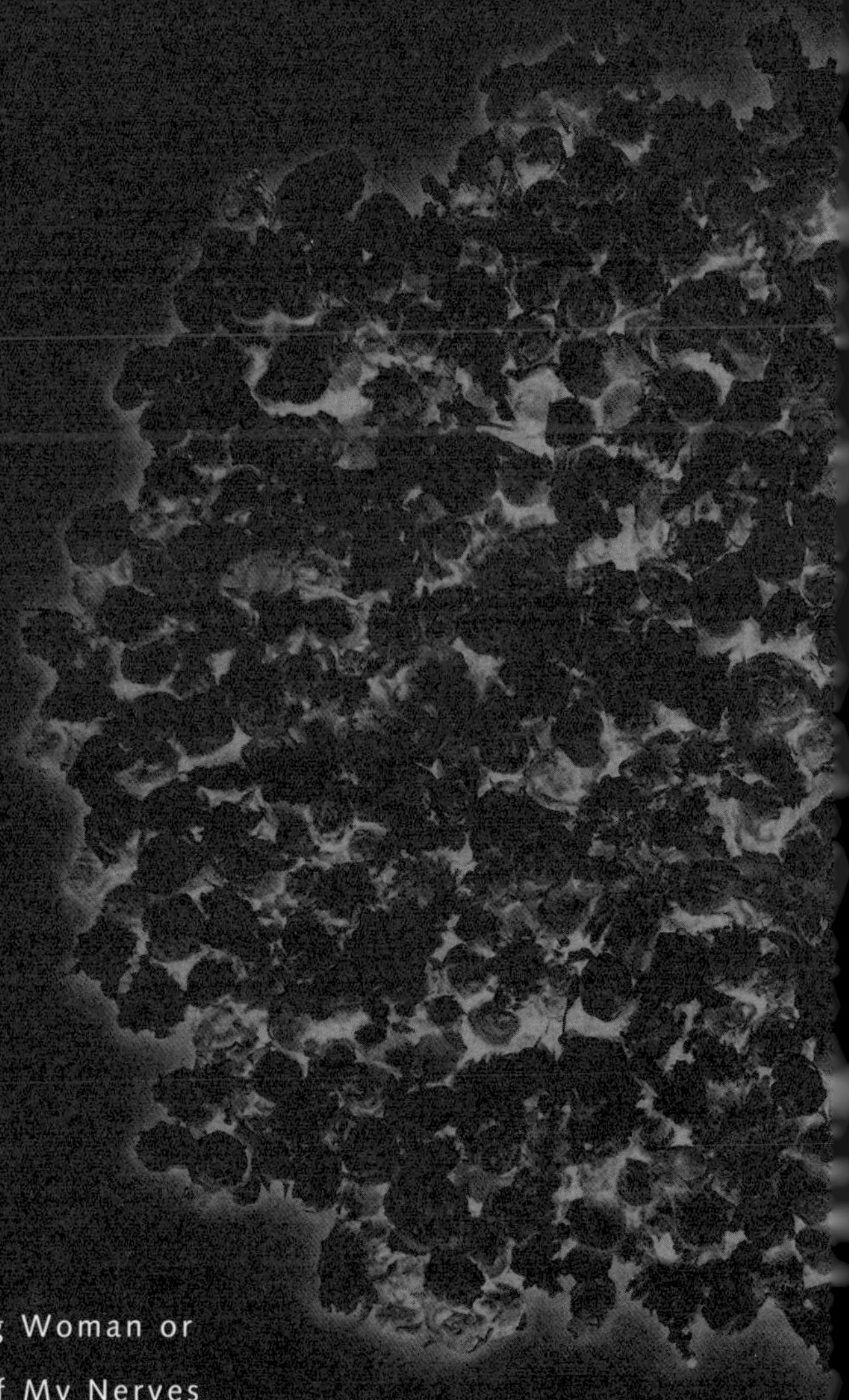

The Shaking Woman or
A History of My Nerves

Siri Hustvedt

震えのある女——私の神経の物語

心に亀裂がはいり――
まるで頭蓋が割れたよう――
ひと縫いひと縫い――繕っても――
塞ぐことはできなかった

エミリー・ディキンソン

父が死んだとき、私はブルックリンの自宅にいたけれど、ほんの数日前まではミネソタ州ノースフィールドにある老人ホームのベッドサイドに付き添っていた。身体は衰弱していたものの、意識ははっきりしていて、一緒に話したり、笑ったりもしたのを覚えている。最後にどんなことを話したのかは思い出せないけれど。それでも、父が最期を過ごした部屋のことは、はっきりと思い出せる。三人の妹たち、母、そして私とで、あまり殺風景にならないように、壁に絵を何枚か掛け、淡いグリーンのベッドカバーを買ってきた。窓辺の花瓶には花が活けてあった。父は肺気腫だったので、もう長くないのはわかっていた。最期を看取ったのは、娘のうちミネソタに住んでいるリヴだけだった。父の肺の空気が抜けるのはこれで二度目だったので、これ以上の治療には耐えられないだろうと判断されていた。もう話すことはできなかったが、まだ意識があるうちに、母がニューヨーク市にいる三人の娘たちに一人ずつ電話をかけてきてくれたので、私たちは電話ごしに父に話しかけることができた。私は何を言うべきか、しばらく考えたのをはっきりと覚えている。妙な話だけれど、こんなときに間の抜けたことを言ってはいけない、慎重に言葉を選ぶべきだ、と思った。何か記憶に残るようなことが言いたかった――おかしな考えだ。父の記憶はもうすぐ、命と一緒に吹き消されてしまうのだから。でも、母がいざ受話器を父の耳元に当てたとき、私には「愛してるわ」という言葉を絞り出すことぐらいしかできなかった。私の声を聞いて、父はにっこり笑ったと、あとになって母が教えてくれた。

その夜、夢の中で私は父と一緒にいて、両腕を広げた父に抱きしめてもらおうともたれかかったのだけれど、父が腕を私の腰に回そうとしたとき、目が覚めた。翌朝、妹のリヴが電話をかけてきて、父が死んだことを報《しら》せてくれた。電話を切ると、私はすぐに座っていた椅子から立ち上がって、階段を上って書斎に入り、そこに座って弔辞を書きはじめた。生前の父に頼まれたのだ。数週間前、父は老人ホームで傍らに座っている私に向かって、書いて欲しいことを「三点」挙げた。実際に「私の弔辞を書くときには、このことに触れるように」と言ったわけではない。わざわざそんなことを口に出す必要はなかった。すべては了解済みだったのだから。いざというときに、私はすすり泣いたりしなかった。私は書いた。葬式で、私は堂々とした態度で弔辞を述べた。涙も浮かべずに。

二年半後、私はふたたび父のためにスピーチをした。故郷のミネソタで、五月の青空の下、父が四十年近く教授をしていたセント・オラフ大学のキャンパスにあるノルウェー語学科の古い建物のちょうど裏手で。学科で記念樹の松を植え、その下に「ロイド・ハストヴェット（一九二二－二〇〇四）」と書かれた小さな記念銘板を据えた。この二度目のスピーチを書いているあいだじゅう、私には父の声がはっきりと聞こえた。父は優れた書き手で、すごく笑えるスピーチをしょっちゅう書いていたので、私は原稿をまとめながら、そのユーモアをいくらか取り入れられたのではないかと思った。私はこんなフレーズまで使った。「もし父が今日ここにいたら、こんなふうに言ったことでしょう……」。自信満々にインデックスカードを携え、ノルウェートウヒの周りに集った五十人ほどの父の友人や同僚たちを眺めながら、私が最初の一文を読み上げはじめたそのとき、首から下が猛烈に震えだした。手がバタバタし、膝はガクガクした。まるで発作のように震えた。不思議なことに、声には何の影響もなかった。少しも変わらなかったのだ。自分の身に起きていることに面食らって、卒倒するのではないかと怯えながらも、私はなんとか取り乱さずにスピーチを続けた。手に持ったカードは、目の前でカタカタ揺れていたけれど。スピーチが終わると、震えも治まった。両脚を見下ろすと、青みがかった深紅に染まっていた。

母や妹たちは、私の身体に不可思議な変化が起こるのを見てびっくりした。これまで私が、ときには何百人もの前で話すのを、何度も見てきたからだ。リヴは駆け寄って、抱きしめて身体を支えてあげたかった、と言っていた。母は、まるで感電死する人を見ているようだったわ、と言った。まるで何かよくわからない力が出し抜けに私の身体を乗っ取って、しばらくガタガタ揺さぶってやらなければならないとでも思ったみたいだった。以前にも一度、一九八二年の夏に、人知を超えた力に摑まれて、まるで人形みたいに玩ばれたような気がしたことがあった。パリの画廊にいた私は、突然、左腕がぐいっと引っ張り上げられ、後ろの壁に叩きつけられたように感じた。それ自体は、ほんの数秒のことだった。それから間もなく、私は多幸感とも言うべき不思議な幸福感に満たされたものの、すぐにひどい片頭痛に襲われて、それが一年近く続いた。その一年間というもの、目が覚めたらどうか頭痛から解放されていますようにと願いながら、フィオリナール、インデラル、カフェルゴット、トリプタノール、トフラニール、メレリル、そして睡眠薬のカクテルを診察室で飲んだ。そんな幸せはついぞ訪れなかった。とうとう、その神経内科医は私を入院させ、抗精神薬のクロルプロマジンを投与した。精神内科の病棟で、ぼんやりした頭で過ごしたその八日間、ルームメイトは年寄りなのに驚くほど敏捷な脳卒中患者で、彼女はどんなに「ポージー」なる愛称の拘束バンドで夜な夜なベッドに縛りつけられても、夜な夜なその束縛を解いて部屋を抜け出しては、廊下を逃げ回って看護婦たちを困らせたし、そんな薬漬けの奇妙な日々を区切っているのは白衣を着た若い男の訪問で、鉛筆を持ち上げてこれは何ですかと訊いたり、今日は何年何月何日ですかとか、大統領の名前は何ですかとか、小さい針でちくりと刺して——痛いと感じますか?——とか尋ねたりしたし、それから頭痛の権威、C先生がごくたまにドアごしに手を振ってくれることもあったけれど、たいていは私のことを無視したのは、どうやら私が一向に良くならないことに苛立っているせいらしかった。そんなこんなの八日間は最高に暗いブラックコメディーのようだった。私のどこが悪いのか、誰にもわからなかった。医者には「血管片頭痛症候群」という病名をつけられたけれど、なぜ吐き気がして、みじめな、打ちのめされた気分で、憂鬱で、すさまじい頭痛に悩まされて、まるで地面に落ちたハンプティ・ダンプティみたいだったのかは、誰にもわからなかった。

神経内科、精神医学、それから精神分析学の世界への旅は、マウント・サイナイ医療センターで過ごした日々のずっと前から始まっていた。私は子供のころから片頭痛に悩まされていたので、自分の頭がなぜ痛むのか、なぜめまいがして、この世のものならぬ高揚感を覚えるのか知りたかったし、この線香花火のような、ブラックホールのようなものの正体は何なのか、そして、なぜいつも決まってベッドルームの床の上にピンクの小人とピンクの雄牛の幻がいるのが見えるのか知りたかった。あの午後、ノースフィールドで痙攣を起こす何年も前から、私はそういう不思議な出来事について書かれたものを読んできた。でも、私がそういうことについて、本当に熱心に調べるようになったきっかけは、精神内科医であり精神分析家でもある人物の視点から小説を書こうと決めてからのことで、そのエリック・デイヴィッドセンのことを、私は想像上の弟だと思うようになった。私の両親とそっくりの両親のもとミネソタで育った彼は、いわばハストヴェット家にはついに生まれることのなかった男の子だ。エリックになりきるために、私はさまざまな精神科の診断や、人間を苦しませるような無数の精神障害の渦の中に身を預けた。私は薬理学を勉強し、薬学のクラスをいくつも受講した。ニューヨーク州精神医学試験委員会のサンプルテスト付きの本を買って、試験勉強をした。精神分析に関する本を以前よりたくさん読むようになり、精神病患者の回想録を数えきれないほど読んだ。いつしか神経内科学に興味を持ち、ニューヨーク精神分析協会の脳科学の講義に毎月出席するようになって、神経精神分析という新しい分野のディスカッション・グループのメンバーにならないかと誘われた。

そのグループでは、神経内科学者、神経内科医、精神内科医、そして精神分析家たちが、それぞれの分析についての見識を持ち寄って、最新の脳研究と共通するところがないか探っていた。私もゴムでできた脳の模型を買ってその構造を学び、じっくりと議論に耳を傾け、たくさん読んだ。実際、まるで憑かれたみたいに読んでいるね、と夫に何度も指摘されたくらいだ。あまりに貪るように読むので、中毒みたいだね、とも言われた。それから、私はペイン・ホイットニー精神科クリニックのボランティアになろうと申し込んで、患者たちに毎週、作文を教えた。そこには、『精神疾患の診断・統計マニュアル』(通称『ＤＳＭ』)で分類・解説されているようなものとはまるで違った、複雑な症状に悩まされている患者たちもいて、とりわけ親近感を覚えた。父の記念樹の前で震える以前から、私はもう何年も脳と心の世界に没頭していた。最初は、自分自身の神経系がどうなっているのか知りたかっただけなのに、その思いはいまや圧倒的な情熱に変わっていた。自分の病への知的好奇心は、支配欲の産物に違いない。自分自身は治せなくても、少なくとも自分自身について何かわかるかもしれない。

どんな病にも他とは違う性質があって、私たちがそれを制御不能な侵略のように感じていることは、使っている言葉からもわかる。誰も「私自身が癌である」とか、「私自身が癌にかかっている」というふうには言わない――実際には、侵略性のウィルスやバクテリアなど存在せず、暴れているのは身体の細胞そのものなのに。人は癌を持っている。しかし、神経や精神の病は違う。多くの場合、人が自分の自己だと思っているものの根本が蝕《むしば》まれるからだ。「彼はてんかんだ」という表現は別におかしくない。精神科のクリニックで、患者はよく「えっとほら、私は躁うつなんです」とか「私は統合失調症です」とか言ったりする。ここでは、病気と自己とが完全に一致している。震えている女は私のような感じもするし、私ではないような感じもする。顎から上はよく知っている私だったけれど、首から下では他人が震えていた。私に何が起こっていたにせよ、そして、これから私の苦しみにどんな名前がつけられようと、私の奇妙な発作に、どこかで父につながる感情的要因があったのは間違いない。問題は、私自身が感情的になっていると感じていなかったことだった。私は落ち着き払っていたし、理性的でもあった。何かがすっかりおかしくなってしまった。では、その正体は？私は、震えている女を捜すことにした。

医者たちは何世紀にもわたって、私のような痙攣の症例に頭を悩ませてきた。人を震えさせる病気はたくさんあるけれど、それはなかなか区別できない。ヒポクラテス以降、診断というものは、一連の症状を一つの名のもとに集めることを意味してきた。震える病気の中で、最も有名なのはてんかんだ。もし、ローマ皇帝マルクス・アウレリウスに仕え、そのおびただしい著作が何百年にもわたって医学史に影響を与えたギリシアの医者ガレノスの患者だったら、私は痙攣と診断されても、てんかんであるはずはないと思われただろう。なぜなら、ガレノスはてんかんを、身体じゅうを痙攣させるだけではなく、「指揮機能」――つまり、意識と発話能力をも妨げるものだ、と考えていたからだ。[*1] ギリシアでは、一般に神や幽霊が人を震えさせると信じられていたものの、ほとんどの医者はこの現象について自然主義の立場をとっていて、震えが超自然的なものと驚くほど密接に結びつけられるようになるのは、キリスト教が勃興してからのことだった。人の身体を苦しめているのは、自然、神、悪魔のいずれの可能性もあったので、医者たちはなんとかしてその原因を見極めようとした。しかし、天災と、神からの干渉と、悪霊の憑依とを区別することなどできるだろうか？　アビラの聖テレサは、神を感じる神秘的な体験として、発作的に怒ったり、失神したり、幻視を見たり、恍惚状態になったりしたのに対して、セイラムの少女たちは、魔女に唆《そそのか》されて苦しんだり、震えたりした。ジョン・ヘイルは『魔術に関する小論』のなかで、子供たちがどんなふうに苦しみ、痙攣したのか描写しているけれど、その極度の苦しみは皮肉にも、「いかなるてんかん発作や、自然に起こる病気をも超えたものである」[*2]という。もし震えていたのが、狂信的な魔女狩りが行なわれていたころのセイラムだったら、私は悲惨な末路を辿ることになっていただろう。私はきっと、悪霊に取り憑かれたよう見えただろうから。しかし、もっと重要なことに、もし私が当時の宗教観に染まっていたら――その可能性は高い――何らかの外的な力が自分の身体の中に入ってきて震えた、という奇妙な感覚だけで、自分はきっと魔法にかかっているんだ、と確信していただろう。

二〇〇六年のニューヨーク市で、まともな医者なら私を悪魔祓いにやったりはしないだろうけど、それでも診断に混乱はつきものだった。痙攣に対する見方は変わったかもしれないけれど、私に何が起きたのか理解するのは容易ではなかった。神経内科医に、てんかんかどうか診てもらうこともできただろう。マウント・サイナイ医療センターの病室で過ごした日々のせいで、私は神経系を調べる医者を警戒するようになっていたけれど。てんかんと診断されるには、発作が少なくとも二度、起こっていないといけないことは承知していた。難治性片頭痛になる前に、真性発作が一度あったと思う。二番目の発作はてんかんかどうかはっきりしない。発作によっては、どうにも震えが止まらないこともある。でも、私は身体の両側が震えたし、なにより発作のあいだじゅうしゃべっていた。発作のあいだしゃべっていられる人が何人いるだろうか？　それに、私が片頭痛になるときよくある前兆《オーラ》、つまり何らかの神経症状が現われつつあることを示す兆《きざ》しがそのときはなかったし、始まりから終わりまでもっぱら私は亡き父親のことをしゃべっていた。私のこれまでの病歴から、注意深い医者なら脳波を調べたことだろう。べたべたする電極を頭皮にくっつけられたまま、しばらく座っていなければならないが、医者は何も見つけられないはずだ。もちろん、標準検査の範囲内では探知できない発作に苦しむ人もたくさんいるから、さらにいくつか検査しなければいけない。私が震えつづけなければ、診断は下されないだろう。私は診断不明の苦しみという、地獄の縁部《リンボ》を漂うことになっていたかもしれない。
ときには、震えに対する答えらしきものがにわかに現われて、戸惑うこともあった。それは徐々に現われるのではなく、啓示のように突然やってきた。私は毎月開かれる神経内科学の講義でいつもの席に座り、一つ前の講演で私の前の席に座っていた精神内科医と少し話したのを覚えている。どこでどんな仕事をしているのか尋ねると、彼女はある病院のスタッフとして、主に「転換性反応の患者」を診ていると教えてくれた。「精神内科ではそういう患者をどうしていいかわからないの」と彼女は言った。「だから私のところに寄越すのよ」。これかもしれない！と私は思った。私の痙攣はヒステリー性だったのだ。この古くさい言葉は、いまや医学の現場ではほとんど使われず、「転換性障害」という言葉に置き換えられるようになったけれど、この新しい言葉の根底には、古い言葉がまるで幽霊のように取り憑いている
今日、ヒステリーという言葉が新聞や雑誌で使われるときは、必ずと言っていいほどその語源がギリシア語の「子宮」にあることが指摘される。もともと生殖器に関連した女性だけの問題だったことは、この言葉自体に古来の女性蔑視が反映されていることを読者に教えてくれるものの、ヒステリーの歴史は単なる女性嫌悪《ミソジニー》よりはるかに複雑だ。ガレノスは、ヒステリーを男性と性的な交渉を持たない未婚の女性や未亡人特有の病気と考えたけれど、必ずしも精神障害を伴うわけではなかったことから、狂気だとはみなさなかった。古代の医者たちは、てんかんの発作とヒステリーの発作はよく似ていることがあって、必ず見分けなければならないことを十分承知していた。しかし、両者はいつまでたっても混同されたままだった。十五世紀の医者アントニウス・ガイネリウスは、子宮から立ち上る蒸気がヒステリーを起こし、ヒステリーを

起こした人は発作のあいだのことをみんな覚えていられる点で、てんかんとは区別できると考えた。[*3]十七世紀イギリスの偉大なる医師トマス・ウィリスは、子宮という器官に原因があるとは考えずに、ヒステリーもてんかんも、どちらも脳で起こっていると考えた。しかしウィリスの考えは広まらなかった。なぜなら、この二つは同じ病気で、単に症状が違うだけだと考える人がいたからだ。マスターベーションの危険性に関する論文が広く出版されたおかげでもっぱら医学史に名を残す、スイスの医者サミュエル・オーギュスト・ダヴィッド・ティソ（一七二八-一七九七）は、子宮に由来するてんかんは確かにあるけれど、この二つは別々の病であると主張した。[*4]古代から十八世紀にかけて、ヒステリーは身体のどこか——子宮、脳、手足——に由来する痙攣性疾患とみなされ、ヒステリーの人は気が狂っているとは思われていなかった。もし上記の医者のうちの誰かが、私がしゃべりながら痙攣するところをたまたま見かけていたら、間違いなくヒステリーと診断しただろう。私の高次機能の働きは妨げられていなかった。発作のあいだ起こったことをすべて覚えていたのだから。それに、なんといっても私は、蒸気を発したり、調子が悪くなったりする子宮を持つ女なのだ。

ヒステリーがいつごろから、もっぱら心の病気と思われるようになったのか探ってみたい。日常会話では、ヒステリーという言葉は、人の興奮しやすさとか、極端な感情を指すのに使われる。それは、自制心をなくして叫び出す人、とりわけ女性を連想させる。私の腕や脚や胴体に何が起こっていたにせよ、私は平常心を保っていたし、落ち着いて話していた。そういう意味では、ヒステリーを起こしていなかった。今日、転換性障害は神経疾患ではなく、精神疾患に分類されているので、私たちはそれを心の病気だと思ってしまう。現在、第四版の『ＤＳＭ』

では、転換性障害は身体表現性障害――つまり、身体と身体感覚の異常に含まれている。[*5] しかし、ここ四十年のあいだに、この病気を表わす用語や分類は何度も変わっている。『DSM』初版（一九五二年）では、転換性反応と呼ばれていた。『DSM』第二版（一九六八年）では解離性障害に分類され、転換型のヒステリー性神経症とみなされた。一九六八年版では、ヒステリーという言葉をふたたび持ち出すことで、編者たちはこの病気のルーツを復活させようとしているようだ。解離性という言葉はかなり広汎な用語で、何らかの形で正常な自我の状態からかけ離れていたり、分裂したりしていることを指すために、さまざまな方法で使われる。例えば、幽体離脱体験をした人は解離状態にあったと言われるし、自分自身や世界が現実ではないような感覚に悩まされている人も、解離していると言われるだろう。『DSM』第三版（一九八〇年）が出るころには、ヒステリーという言葉は姿を消して、転換性障害という身体表現性の問題に変わり、それは『DSM』第四版でもそのままになっている。しかし、世界保健機関の現在の手引き書である『国際疾病分類』第十版（一九九〇年）は、これに異議を唱える。そこでは解離性（転換性）障害と呼ばれているのだ。紛らわしい名でいろいろ呼ばれているのは、現状の反映である。精神内科の診断に関する文章を書く人々は、明らかにヒステリーをどう扱えばいいのかわかっていない。

ただ、多少の見解の一致はある。転換性症状は神経症状とよく似ていて、麻痺、発作、歩行・嚥下・発話の困難、失明、難聴などを引き起こす。でも、神経内科医が調べてみても、通常ならこういった症状を引き起こすような原因は何ひとつ見つけられないだろう。だから、例えばもし、さすらいの神経内科医が、たまたま木の前で震えている私の脳波（EEG）を調べていたとしても、そこにヒステリー性痙攣は記録されなかっただろうけど、てんかん発作なら記録されていたかもしれない。だからといって、ヒステリー患者が仮病を使っているわけではない。自分の身に起こっていることを自分ではどうしようもできないだけで、病気のふりをしているわけではないのだ。それに、これらの症状はひとりでに治まることがあるし、実際そうなることも多い。『DSM』の著者たちが言っているように、「注意を怠らないようにしなければならない」という警告が大切だ。[*6] 言い換えれば、もし私が精神内科医に診てもらっていたなら、その医者は私を注意深く扱うべきだったということだ。どんな検査でも探知できないような、正体不明の神経疾患が私の症状の奥に潜んでいたかもしれないのだから。医者は診断を下す前に、私の震えがてんかんにしてはあまりにも奇妙だと確信していなければならない。実際、問題はどちらにもある。コロンビア大学の薬理学者カール・バジルは、自分の職場が焼け落ちるのを見て、「右半身がまるで発作のように、急に麻痺した」[*7] 患者を診たことがあるという。実は、この男は「転換性反応」を起こしていて、それはショックが引いていくとともに治まった。てんかんを患っている人は、患っていない人よりもはるかにヒステリー発作を起こしやすい、という事実が、この問題をさらに複雑なものにしている。ある論文によると、心因性非てんかん発作（PNES）の一〇～六〇パーセントの人がてんかんを併発しているそうだ。病気を特定する際の、このような現代のジレンマは、医者が何世紀にもわたっててんかんとヒステリーとを区別するのに苦労してきたことと非常によく似ている。問題はいつもこうだ。女が震えている。なぜか？

二十世紀末の医者たちは、「器質的原因がない」というフレーズを何年にもわたって軽々しく乱用した。ヒステリーは器質的原因のない、精神的な病だった。器質的な原因なしに、知らず知らずのうちに麻痺したり、目が見えなくなったり、痙攣したりしていた？　そんなことがありえるだろうか？　幽霊とか、霊魂とか、悪魔とかが、天国だか地獄だかからやってきて、人の身体を支配するとでも考えない限り、ヒステリーが器質的でも、身体的でもない現象だなどと言えるだろうか？　現行の『ＤＳＭ』ですらこの問題を認めていて、精神的なものと身体的なものとを区別することは、「精神・身体二元論という還元主義的アナクロニズムである」と述べられている。[*9]このような対立は、少なくともプラトン以降、西洋ではおなじみのものである。私たちは一つではなく二つのものでできているとか、精神なんてどうでもいい、という考えは、依然として多くの人々の世界の捉え方に欠かせない。たしかに、おのれの頭の中で生きる、という経験には魅力的なところがある。私はどのように見て、感じて、考えているのか？　心の正体は何なのか？　精神と脳とは同じものなのか？　白と灰色のものからどうやって人間の経験が生まれるのか？　何が器質的で、何が器質的でないのだろうか？

　去年、ある男が統合失調症の息子とどんな暮らしをしているのか、ラジオで話しているのを聴いた。多くの患者と同様、彼の息子も薬を飲みつづけるのが難しかった。退院して家に帰って、これまで処方されていた薬を飲むのを止めた途端、また倒れた。私が教えている病院の患者からも、似たような話をよく聞くけれど、薬を飲まなくなる理由は人それぞれだ。ある患者は抗精神病薬のせいでひどく太り、みじめな気分になったからだというし、他の患者は心が死んでしまったように感じたからだという。母親に対する怒りから、腹いせに飲むのを止めた人もいる。ラジオで話していた父親は、「統合失調症は器質的な脳の病気なのです」と強調していた。なぜ彼がそんなふうに言っていたのかわかる。きっと息子を診た医者に言われたか、この病気がそんなふうに書かれている記事を読んで、父親として息子の病気には何の責任もないし、周りの環境からの影響も受けていないんだ、と思って慰められたに違いない。統合失調症に関する遺伝的な謎は、いずれ解明されるだろうけれど、今のところは謎のままだ。一卵性双生児の片方がこの病気に罹《かか》れば、もう一方が罹る確率は五〇パーセントである。確率は高いが、決定的ではない。きっと他にも環境的な要因、つまり大気汚染から両親の育児放棄まで、さまざまな要因が作用しているに違いない。人は簡単な答えに飛びついてしまうことがあまりに多い。現代の文化的風土の中では、器質的な脳の病気という言葉には人を安心させる響きがある。私の息子は気が狂っているわけではないんです。脳に何か問題があるだけなんです。

しかし、精神か肉体かという罠から抜け出すのは簡単ではない。著名な精神分析学者で、おそらく躁うつ病ではないかと思われるフロイト学派のピーター・ルドニツキーは、オットー・ランクと議論している。彼によると、躁うつ病は現在「器質的な」病気だとは考えられていないので、ランクの気分変動は「性格上の」汚点とみなすことはできないという。[*10] 双極性障害とも呼ばれる躁うつ病は、家族内発症の傾向があり、遺伝的要素が果たす役割は統合失調症よりかなり大きいようだ。それにもかかわらず、ルドニツキーは性格上の欠点のような、非器質的な要素にその原因を帰することができると示唆している。これによって、次のような問いが生まれる。性格とは何か？　性格というのは、私たちの器官の総和であり、器官というのは器質的ではないのか？　もしそうでないなら、何が精神的で、何が身体的なのだろうか？

問題は、器質的な脳の病気という言葉が大して意味をなさないことだ。統合失調症や躁うつ病の患者の脳組織には損傷も穴もないし、大脳皮質を蝕むウィルスもいない。脳の活動における変化の中には、脳スキャンという新しい技術を用いれば察知できるものもある。でも、私たちが悲しいときや、嬉しいとき、欲情しているときにも脳は変化する。人間のこのような状態はみな身体的なものだ。では、病気の正体とはいったい何なのか？『キャンベル精神医学事典』に、カルヴァーとガートの『医学の哲学』からの言葉があった。「症状と病気とは密接に関係しているが、病気はただの症状より、存在論的により遅しい」[*11]。言い換えると、病気は症状よりも確固たる存在なのだ。このあいだ、ある友人に『片頭痛病や頭痛と仲良くする方法』という本を教えてもらった。これには驚いた。以前、神経内科医を次から次へと渡り歩いていたとき、誰も片頭痛を病気だとは言わなかったからだ。どう見ても、新たな地位を獲得して、一九八二年と比べてより「逞しい」存在になっている。統合失調症や躁うつ病と違って、転換性障害は心霊現象なのだろうか？　霊魂と脳は違うのだろうか？

「転換」という言葉を最初に使ったのはジークムント・フロイトで、彼はヨーゼフ・ブロイアーと『ヒステリー研究』（一八九三年）を出した。「ヒステリーを特徴づけるのは、心的興奮の身体的持続症状への置き換えである、私たちは、こうした置き換えを簡潔に表わすのに、『転換』という術語を選ぶことにする」[*12]。ここで、フロイトは何が言いたかったのだろうか？　身体的興奮は非生物学的だと考えていたのだろうか？　フロイトは、当時の哲学や科学に傾倒していた人物である。彼は医学生として学位を取るだけでなく、それに加えて哲学や動物学の授業も受けた。一八七六年の夏、フロイトは奨学金を得てトリエステにある動物学実験所に赴き、そこでウナギを解剖して、その組織学的構造を調べ、これまで誰も見つけられなかった精巣を探して日々を過ごした。アリストテレス以来ずっと、ウナギの生殖腺の構造は、当事者を困惑させてきたようだ。フロイトは決定的な答えを出せなかったけれど、彼の研究をもとに、この問題はようやく答えに辿り着いた。医学部で三年間学んで、一番に関心を持ったのは神経内科学だったので、エルンスト・フォン・ブリュッケの生理学研究所で六年、神経細胞を研究した。目に見える神経系に照準を合わせたのだ。最初に出版されたフロイトの本は『失語症の理解に向けて――批判的研究』だ。失語症――ギリシア語の「口がきけない」に由来する言葉――は、脳損傷がある患者の言語障害を指す。言語のあらゆる面に影響が出る。言われていることはわかるのに、自分では話せない患者もいれば、何を言われているのかわからなかったり、きちんとした文章を作れなかったりする患者もいる。その一方で、自分が何を言いたいのかはわかっているのに、それを口にするための音素が思い出せない者もいる。当時はそれほど注目されなかったものの、フロイトがこの本で論じていることのほとんどが、今でも価値がある。彼によると、たとえ脳がそれぞれどこの部分で処理を行なっているか突き止めることはできても――脳の中ではそれぞれ特定の場所が、言語のようなさまざまな人間の行為を司《つかさど》っている――そのような神経経路は、脳の中で静的ではなく、動的に働いているという。これは疑いようもない事実だ。フロイトは精神と物質の関係について、微妙な立場をとっている。彼は還元主義者でも、二元論者でもない。「それゆえ、精神は人の生理と並行する過程であり、それに従属しながら共存している」[*13]。フロイトは生涯、物質主義者だった。魂や精神、霊魂といった、物理作用と切り離されたあいまいな概念に関わることはなかった。それらは相互依存しているからだ。それと同時に、カントにならって、彼はもの自体を理解できるとは考えなかった。私たちは知覚を通してのみ世界と接することができる、と彼は主張した。それにもかかわらず、フロイトをほとんど神秘主義者とか、物理的実在とは何の関係もない考えを持った人のように扱って、その思想が最終的には、驚異的な薬理学に基づいた新たな科学的精神医学によって打ち砕かれるまで、だまされやすい大衆にあらゆる種類のナンセンスを吹き込んでは、現代に道を誤らせた一種の妄想の怪物、とみなしている人にしょっちゅうお目にかかる。一人の科学者が、どうやってこんな評価をされるに至ったのだろうか?

ブロイアーと『ヒステリー研究』を出版してすぐに、フロイトは後に「科学的心理学草稿」と呼ばれるようになるものに着手している。これは、心の働きに関する洞察を神経内科学の知識と結びつけ、脳の構成要素、つまりニューロンに基づく生物学的モデルを作り上げる試みだった。しばらく無我夢中で書いたものの、そのようなマップを作るためには神経過程についてまだ十分解明されていないことに気づいて、その草稿を書くのを諦めた。それから精神分析の父は、心をもっぱら心理学的に説明するという運命的な方向転換をしたが、いつの日か科学者が、脳の実際の働きを解明して、彼の考えを裏づけてくれると信じて疑わなかった。ジョージ・マカリは、精神分析の歴史を振り返る『精神の革命』のなかで、フロイトや他の神経内科学、心理学、生物物理学の研究者たちが直面した問題を評して、「一つの神経が一つの言葉や考えを宿す、などと安易に言うことはできない」[*14]と述べているのは核心を突いている。フロイトは、そのつながりがどのように機能しているかについて自分なりの考えを持っていたけれど、それが正しいかどうか証明することに取りかかることはできなかった。

神経内科医に診てもらうことを想像してみても、いっこうに面白そうなことが出てこなかったので、次は精神分析家に診てもらうことにしよう。ひところのアメリカの精神医学は精神分析の強い影響下にあったけれど、とりわけ一九七〇年代以降、この二つの分野はどんどん別物になっていった。精神分析に関する知識がほとんど、あるいはまったくない精神科医が増え、精神分析はだんだん文化の周縁に追いやられるようになっていった。いまや、アメリカの精神科医の大部分は対話をソーシャル・ワーカーに任せっきりにして、自分は処方箋を書くだけになっている。薬理学に支配されているのだ。それでも、今なおたくさんの精神分析家が世界中で開業しているし、私は十六歳のときに初めてフロイトを読んで以来、この分野に魅せられている。実際に精神分析を受けたことはないけれど、これまで人生の岐路に立たされたとき、何度か分析医になろうと思ったことがあるし、そのためには私も分析を受けるべきだと思った。一度、簡単な精神療法を受けたことがあるし、それはとても助けになったけれど、結果的に自分がどこかで分析を怖がっていることに気づいた。この恐怖がどこから来ているのかわからないから、それがどんなものなのかはっきり説明するのは難しい。心の奥に、自分では目を向けたくないような場所が隠れているような気がする。その部分が震えたのかもしれない。分析家と患者が交わす親しげな会話もちょっと怖かった。正直言って、胸の内をすべて率直にさらけ出すのは恐ろしいことのように感じる。私が想像する精神分析家は男性だ。なぜ男性を選んだかというと、その人はおそらく父親的な存在として私の父を反映した、何らかの形で私の震えに関わる幽霊だからだ。

私の話を聞いて、分析医はきっと、父の死や、私と父とのつながりについて知りたがるだろう。私の母も対話に呼ばれるだろうし、きっと夫や娘、妹たちなど、私の大事な人がみんなやってくるに違いない。私たちは対話して、そのやりとりの中で、私がなぜ松の木の前でしゃべったときに震える女になってしまったのか、突き止めたいと思うだろう。もちろん、話すこと自体が問題だったわけではない、ということはわかってもらわなければならない。震えている最中も、よどみなくしゃべりつづけていたのだから。私の病理はどこか別のところにあって、それが言葉の奥なのか側《そば》なのかは、どんな空間的メタファーを使うかによる。精神分析では、私の障害は「抑圧」と形容されるかもしれない。私が抑圧していた何かが無意識から飛び出して、ヒステリー症状として現われた。実際、私のジレンマは、フロイト派の分析家たちの目には古典的なものに映るだろう。もちろん私は想像の中の分析家に、神経内科医に診てもらって、てんかんではないと言われたことを伝えるし、そうすれば分析医は私の脳のことはあまり気にかけないようになるだろう。フロイトはニューロンに興味を持っていたけれど、私の分析医はそのことを忘れて、代わりに私の物語を掘り下げ、その症状を治療するために物語を語り直す方法を二人で探ることになる。治癒を目指しているうちに、私は分析医と恋に落ちる。私は転移を経験する。その愛、あるいは嫌悪や無関心や恐怖を通して、私は自分の気持ちや、父や母、妹たちへの思いを彼に転移し、医者のほうは自分の物語によって形作られた逆転移を起こす。私たちは、自分が考えだけでなく感情にも囚われていることに気づく。最終的には――そこには終わりというものが想定されているはずだ――偽の発作を起こした物語を手に入れて、私は治癒される。少なくとも、それが分析における理想的なシナリオだし、それはある特定の物語という形をとる。フロイト自身も、こういった試みがいかに奇妙なものか、『ヒステリー研究』

の中で触れている。

他の神経病理学者と同じく、私も局所診断や電気予後診断学の教育を受けてきた。にもかかわらず、私の書き記す病歴がまるで短篇小説のように読みうること、そして、そこにはいわば厳粛な学問性という刻印が欠如していることに私自身、奇異な思いを抱いてしまう。私としては、私の好みでこうした結果となるのではなく、それは明らかに事柄の性質ゆえのことだとして自分を慰めるほかない。局所診断や電気反応はヒステリー研究において何の有効性もない。他方、ほんのわずかな心理学的公式を用いるにしても、一般には詩的作品の中に見出しうるような心的事象の詳細な描出を通じて、私にはヒステリーの経過に関するある種の洞察が獲得できるのである。*15

フロイトは科学者として、小説家のように思われることをちょっと不快に思っていたようだ。彼の精神装置についての考えは徐々に変化し、発展していったものの、神経系の理論に没頭することはできなかった。心の動きがそこから始まっているのはわかっていたのだけれど。失語症の生理学的な原因は、すでに明らかになっていた。脳のある特定の場所に損傷があると、言語の問題が起こるのだ。フロイトが失語症についての本を出したとき、すでにフランスの科学者ポール・ブロカとドイツの科学者カール・ウェルニッケが、左脳の中で言語を司っている部分を突き止める、革新的な研究結果を残していた。しかし、ヒステリーは脳の損傷を伴わない病気だ。このことは、有名なフランス人神経内科医ジャン゠マルタン・シャルコーが研究によって明らかにしたのだけれど、フロイトは彼のことを知っていて、その研究を翻訳し、彼に師事して多大な影響を受けた。パリのサルペトリエール病院で働いていたシャルコーは、これまでの大勢の医者たちと同様、てんかんの発作と「ヒステリー性てんかん」と彼が呼ぶものとを区別しようとした。解剖によって、脳の損傷なしに起こる真性てんかんがあることが判明していたので、シャルコーは患者をじっくり観察して、この二つの病気を臨床的な根拠に基づいて区別する必要があった。解剖学的病巣なしに罹るヒステリーなどの病気を、彼は神経症《ノイローゼ》に分類した。ヒステリーを神経系の器質性疾患とみなして、遺伝的な根拠があり、女性特有の病気ではないことを指摘した。男性もまたヒステリーになるのだ。

　シャルコーは、激しい恐怖や強い感情がヒステリーの症状と結びつくことがあることに気づいて、その心理学的側面に興味を持つようになった。そういう場合、ショックが自己暗示、つまり患者自身も気づかないうちに一種の自己催眠を引き起こすとシャルコーは考えた。例えば、シャルコーの患者で外傷性男性ヒステリーと診断された鍛冶屋は、手のひらから肘にかけて火傷《やけど》を負った数週間後、それと同じ部分に拘縮《こうしゅく》を起こした。シャルコーの理論によると、すでに弱っている神経系にトラウマが作用して、発作、麻痺、歩行困難、難聴、失明、遁走、夢遊病のような症状を引き起こすような観念を生み出すことがある。さらに医者は、患者を催眠術にかけて手が麻痺したと唱えることで、同じような症状を引き起こすことができた。自己暗示と催眠暗示は生理学的に同じ領域を活性化させるので、形は違っていても一つの同じ過程のうちにある。シャルコーにとっては、催眠術にかかるという事実そのものが、ヒステリーの証拠だった。トラウマに興味を持ちつつも、シャルコーはヒステリーを生理学的に説明することにこだわり続けた。*16

哲学者であり神経内科学医でもあったピエール・ジャネは、シャルコーより年下の同僚で、ヒステリーの精神的な側面について師より踏み込んで研究した。シャルコーと同様、彼はヒステリーとはショック――例えば馬車事故――がもとでなりはじめるもので、その衝突で実際に怪我をしている必要はないと主張した。ジャネによると、脚が麻痺するには「車輪が脚を轢《ひ》いた」という観念だけで十分だという。[*17] ジャネは「解離」という言葉を初めてヒステリーと関連づけて使った。そして、それを「人格を形成する観念や機能の体系」における不一致と定義づけた。[*18] ジャネにとって、観念とは身体から切り離された思考ではなく、感情や記憶、感覚や行為を含む心理生物学的な体系の一部をなすものである。ジャネは一九〇六年にハーヴァードで行なった一連の講義の中で、ヒステリーとは「暗示」によって定義づけられるものであり、それは「あまりにも強力な観念なので、身体に異常な形で作用する」[*19] と主張した。馬車事故、という恐ろしい観念がその人の中で解離されるようになって、「まるで思考の部分的な体系である観念が解き放たれて、独立し、ひとりでに生じたかのようにして、物事が起こる。結果として、それがあまりにも行き過ぎてしまう一方、他方では、意識にはもはやそれを制御できなくなってしまうようだ[*20]」。それなら、ヒステリーとは自己を裏切った部分をやみくもにさまよわせる、体系的な分裂だ。

ジャネは、愛する母親が結核でゆっくり苦しみながら死んでいくのを見ていた、二十歳の貧しい女性イレーヌの話を書き残している。何週間も病床に付き添ったあと、イレーヌは母親が息をしていないことに気づいて、なんとか生き返らせようとした。そうして必死になっているうちに、母親の死体が床に落ちて、それをヘトヘトになりながらベッドに戻した。葬儀のあと、イレーヌは母の死をトランス状態で再び体験するようになり、その恐怖を細部まで忠実に演じてみせたり、何度も何度も語って聞かせたりした。そのように再現したあとで、イレーヌは正常な意識を取り戻し、何事もなかったかのように振る舞った。親戚たちによると、イレーヌは母親の死に不気味なほど関心がないようだった。それどころか、死んだこと自体、忘れてしまったように見えた。イレーヌ自身が驚いて、母親がいつどうやって死んだのかと尋ねたくらいだった。「自分でもよくわからないことがあるのですが」と彼女は言った。「あんなに愛していたお母さんが死んだのに、わたしはどうしてもっと悲しくならないのでしょう？　悲しめないのです。まるで、ここにいなくてもどうでもいいみたいに。旅行にでも出かけていて、すぐに帰ってくるような気がするのです[*21]」。

この一節にはハッとさせられた。似たような空白が、私の中にもあるのではないだろうか。あんなに愛していた人のため、私はもっと悲しむべきだったのでは？　父が死んだあと、私は何ヶ月も父がまだ生きている夢を見た。死んだと思ったのは間違いだった。父は死んだりしてない。母親が死んだとき、イレーヌは何もできずに側にいた。父が死にかけているとき、私はベッドサイドの椅子に座って、何時間も一緒に過ごした。マスクのおかげで呼吸することはできたけれど、自分でベッドから起き上がることはもうできなかった。肺の空気が抜けたあと、医者たちは胸にトラカールで穴を開けて肺をもう一度ふくらませて、父を生き返らせた。その穴のことを覚えている。ミネアポリスの病院で見た父の灰色の顔や、小さな部屋の醜い蛍光灯、カーテンごしに隣のベッドで呻《うめ》いていた老人のことを覚えている。老人ホームに戻って来られた父が、車椅子を押して狭い部屋に入っていきながら、「やっぱり家《ホーム》はいいな。本物の家じゃなくてもね」と笑顔で言っていたのを覚えている。最期の数日間、私たちはいろんなことについてたくさん話をしたけれど、私は話しながら、もうすぐ父は死ぬんだから覚悟しないと、と自分に言い聞かせていた。父は八十一歳で、もう長いこと生きてきた。人は永遠には生きられない。誰だって死ぬ。私はそんなありきたりな言葉を並べて、自分に物語を話して聞かせたことがうまく機能したと思っていたけれど、今では間違っていたんじゃないかと思う。

ジャネが作り出した満ち足りた無関心という言葉は、今でも使われている。それは自分の病気に無関心になることだと考えられていて、とりわけ転換性障害やヒステリーと関連づけられている。これがどんなものか説明するには、精神内科の入学試験を受ける学生のための入門書に載っている例を見てみるといいだろう。故郷のメキシコにいる母親が死んだとき、今ではアメリカに移住していた男の目が急に見えなくなった。身体的な原因は見当たらないけれど、自分が見えないということに妙に無関心である。そんな劇的な状況下で、あまりにも朗らかにしていることは、てんかんの兆候かもしれない。[*22] イレーヌの場合、無関心はトラウマになった出来事と直結していた。私にもこれが当てはまるのだろうか？　あんなに愛していたお父さんのため、私はどうしてもっと悲しくならないんだろう？　ジャネなら、悲しみは私の中の見えないところに隠れてしまったと言っただろう。フロイトなら私の問題を、認めたくないことから自分を守るための効果的な方法だったと捉えただろう。ヒステリー性の震えは、隠すという目的に適うものとして役に立った。

ただし、奇妙な無関心は脳に損傷があると認められる神経内科の患者にも見られる。アントン症候群の人は、脳卒中などで神経系に甚大な被害を受けて、視力を失ってもなお、自分は目が見えると言い張る。アントン症候群は病態失認《アノソグノジア》、つまり病気を否定するという、もっと広い現象の一部だ。トッド・ファインバーグは『自我が揺らぐとき』という本で、一次視覚野がある左右の後頭葉で発作が起きて、完全に失明したリジーという女性にことを記している。「彼女は目が見えないのを否定していたこともあったけれど、いずれは認めるようになった」と彼は書いている。「それでも、自分に視覚障害があることを気にするそぶりは見せなかった。彼女は面談のあいだずっと話しっぱなしで、まるで心配事など何もないかのように振る舞った」[*23]。リジーは目が見えないことがわかっている状態と、わかっていない状態とのあいだを揺れ動いたけれど、わかっているらしいときでも態度は一貫していた。気にかけるそぶりを見せないのだ。目が見えなくなった人が二人いる。一人の視覚野は無傷で、もう一人のものには損傷がある。一人は精神内科の症例で、もう一人は神経内科の症例だったけれど、おかしなことにどちらも自分のつらい状況を気に病んでいる様子はない。両者の無頓着には関係があるのだろうか？　二人とも、何らかの形で自分の身に起こったことから解離しているのでは？　精神分析の用語を使えば、二人のよく似た態度がいずれも抑圧であるとみなすことができるだろうか？　前者の症例の無関心は心理学的で、後者の症例は神経内科学的なのか？　もちろん、一次視覚野に損傷があって目が見えなくなった人が、みな自分が盲目であることを否定するわけではない。そういう人もいるというだけだ。そして、転換性障害の人すべてに満ち足りた無関心が見られるわけではない。でも、イレーヌと架空のメキシコ人とリジーと私のあいだには、何か共通点があるのかもしれない。でも、それは、悲しみの問題だ。イレーヌは母親の死がトラウマになったあまり、自己の断片のいくつかがその死の状況を何度も何度も繰り返す一方で、それ以外の部分は何も感じなかった。私もまた、このようなある種、二重の意識を持っていたのだろうか――震える人と、冷静な人とを。

震えてから六ヶ月ほど経って、私はリタ・シャロンが主催する「コロンビア大学物語に基づく医療《ナラティヴ・メディスン》プログラム」の輪講の一環として、ニューヨーク長老派病院で講演を行なった。シャロンは医者でありながら、文学の博士号も持っている。彼女の使命は、医療行為に物語ることを取り戻すことにあった。それがなければ、個人の苦しみから現実感が失われて、医学界に損害がもたらされるという。彼女による、物語と物語でないものとの区別が焦点の一つだった。「物語を介さない知識は、個別なことを超えて、普遍的なことを解明しようとする。一方、物語を介した知識は、人生のさまざまな状況に立ち向かう人々をじっくり観察することで、個別なことを明らかにし、普遍的な人間のありようを解明しようとする」*24。私は講演の中で、記念植樹での発作の話をして、三つの断章――精神科医、精神分析家、神経内科医――を使って、分野によって一つの発作がどれだけ違った解釈をされうるか説明した。専門分野というレンズは、どうしても人の見方を左右してしまう。そのときは他にも、精神内科医や精神分析家、文学の博士課程の学生たちの前でも話をすることになっていたので、今度は私の震えについて話そうと思っていた。講演の前にこんな考えが浮かんだ――また震えたらどうしよう？　話しはじめたとたん、手が震えるのを感じた。それはよくあることだったので、あまり気にしないようにした。話せば話すほど、私はリラックスしていった。みんなが私の話を聞いてくれているのがわかった。私がなぜ震えたことを打ち明けたのか、みんなわかってくれているようだった。講演はうまくいった。数ヶ月後、私は同じスピーチの短縮版を、フロリダのキー・ウエストでの文学セミナーで行なった。その二度目の講演までのあいだ、私はパネルディスカッションに参加するために何度か登壇したけれど、震えることはなかった。

問題の日、私は四人いる講演者のうちの一人だった。すぐ前は『オプラ・ウィンフリー・ショー』に出演したことのある有名な人気作家だった。彼は女性の囚人たちが出てくる作品について話し、涙を誘った。悲しい話だったけど、ハッピー・エンドになった。おぞましいことに、刑務所側はなんとかして彼が教えた女性たちの書いたものを握り潰そうとしたけれど、結局は彼の努力が実った。観客はパッと立ち上がった。大きな拍手喝采がいつまでも続いた。さあ、今度は私が心という領域でした冒険について、病院で精神病患者に作文を教える仕事をしている話を交えながら語る番だ。私はまったく緊張していなかった。一つ前のものに比べると、私の話はちょっと難解に聞こえるかもしれないのはわかっていたけれど。それでも、もちろん正直に話すつもりだったし、これから話す内容にも満足していた。私が舞台に上って、最初の言葉を口にしようとしたそのとき、それがまた起こった。私は何百人もの前で震えていた。演壇をしっかり摑んでいたけれど、腕も、胴も、脚も、あまりにもひどく震えていたので、それは隠しようがなかった。なんとか最初の段落を読み終えたとき、最前列の誰かが「あの人、震えてる」と言い、それから別の人が「たぶん発作だな」と言った。みっともない痙攣が続くなか、私は目の前にある木製の演壇に両手でしっかり摑まって、どうか辛抱して聞いてください、実はこの痙攣のことをもう少ししたら話すつもりなんです、と聴衆に伝えた。このときも声には影響がなかったけれど、とにかく急いで最後まで話してしまおうと、猛烈な勢いでしゃべった。そうすれば、震えが治まるのがわかっていたからだ。あとになって、（記念樹の式典には参加していない）夫から、あんなの初めて見たよ、と言われた。以前の痙攣がどんなだったか話してはいたけれど、まさかこんなにドラマチックだとは思っていなかったようだ。夫はとっさにステージに駆け寄って、私の身体を摑み、階段から引っぱり下ろしたくなったらしい。

　けれど、話しつづけているうちに震えはだんだん治まっていった。ピタッと止んだわけではないけれど、ゆっくり、じわじわと身体の震えが引いていった。話し終えるころには、すっかり治まってしまった。聴衆は優しかった。拍手してくれたのだ。あとから、神経内科医、精神科医、精神療法家がやってきたけれど、診断ではなく講演の感想を伝えてくれたので、私はものすごくホッとした。「立派だったよ」と言いにきてくれる人も何人かいた。自分では立派だなんて思わなかった。私は何をするつもりだったのだろう？　救急車を呼んで欲しいとは思わなかった。話し終えれば震えが止まるという自信があった。話しつづけるか、床に倒れて負けを認めるか、そのどちらかしかなかった。あとになって、コロンビア大学の大学院生だったころの指導教授で、セミナーにも参加していた友人に、まるで一つの身体に医者と患者が共存しているのを見ているようだった、と言われた。その日、私は確かに二人いた――理性的な講演者と、ひとり震えのまっただなかにいる女。はからずも、私は自分が話している病理そのものを実演していた。

　そのあと何時間もフラフラして、疲れてぐったりしていた。手足は風邪のときのようにヒリヒリ痛んだし、なんだか目眩《めまい》もした。でも、なにより恐怖が勝った。もし、同じことがこれからも起こりつづけたら？　父のことを話したせいなのか、それとも、もしかして単に父のことを話そうとしただけで発作が起こるのだろうかと自問した。でも、それならどうして「物語に基づく医療《ナラティヴ・メディスン》プログラム」の講演のときは震えなかったのだろう？　どちらのときも、話す前はなぜあんなにも落ち着いていたのだろう？　人気作家の話が大成功したことで、あんなにうまくいった話のあとで私が何を言ってもがっかりされるだけだ、と無意識に考えてしまっていたのだろうか？　前の晩、夜更かししすぎて、当日の朝、コーヒーを飲みすぎたのだろうか？　薬理学者によるパニック発作についての講義の中で、ある特定の振る舞いが脆弱性を生む可能性がはっきり示されるのを聞いたことがある。例えば、喫煙者は非喫煙者に比べるとパニックになりやすい。私は何年も前に禁煙していたけれど、カフェインが刺激になって震えているのかもしれない。残念ながら、自己診断では転換性障害の問題を解決できなかった。別の講演の日が近づいていた。マドリードのプラド美術館で、大画家たちやモダニズムに関する連続講演の一環として、まったく別のトピックについて話す予定だった。原稿は書き終えていたし、パワー・ポイントでのプレゼンテーションの準備もできていた。もしかすると、私はまた取り乱してしまうかもしれない。もしかすると、この先ずっと人前に立つたび震えてしまうかもしれない。私には助けが必要なのであり、自分の空想の産物だけでは足りないのだ。私は精神内科医の友人に電話をかけた。きっと頭が良くて真面目な専門家を薦めてくれるだろう。彼はメールで、きみはヒステリーではなく、一種のパニック発作なんじゃないかと言ってきた。私に必要なのは、プラド美術館での一時間をやりすごすための薬だった。そのあとでなら、震えの原因になっているかもしれない、もっと深い問題にも対処できる。彼は薬理学者を紹介してくれた。

私はとうとう、本物の診療室にいる本物の精神内科医、F医師に自分の物語を話して聞かせた。彼は親切で、思いやりのある人だった。これまでの片頭痛の病歴について話すと、じっと耳を傾けてくれて、私はずっと同じ発作と闘っていること、友人には一種のパニック発作だと言われたけれど、自分では転換性症状ではないかと思っていることを伝えた。彼はざっくばらんに、あなたの発作はパニック障害にはあたりませんよ、事前に何の心配もしていらっしゃらなかったわけですから、と言った。たしかに、自分が何らかの危険にさらされていると感じたことなんてなかったし、死にかけているわけではないのもわかっていた。彼は〇・五ミリグラムのロラゼパム六錠の処方箋と、てんかんの専門家への紹介状を書いて、私を送り出した。マドリードでは、発表の前に薬を飲んだ。私は震えなかった。てんかんの専門家に予約を入れたけど、キャンセルした。

　私の旅は、想像上のものも現実のものも堂々巡りするばかりで、発作の原因はいまだにわからなかった。プラド美術館では、たぶんロラゼパムのおかげで落ち着いて、震えを抑えられたのだろう。この薬のようなベンゾジアゼピンは、本物のてんかんやパニック発作の治療にも使われるので、薬が効いたからといって、医者が私を診断する助けにはならない。一方で、話の内容が父とはまったく関係がなかったおかげで、震えずにいられたのかもしれない。さらにややこしいことに、プラセボ効果もあったかもしれない。薬が効くと思うだけで、脳にオピオイド・ペプチドが出て気分が良くなること、もしくはある研究者の言葉を借りれば、「認識因子（例えば、痛みが和らぐという期待）は、身体的、感情的な興奮を和らげることができる」[*25]ということが、今ではわかっている。観念というものはどうやら強力で、私たちを変えてしまえるらしい。ジャネが言っていたように、実際に馬車の車輪に足を轢かれなくても、轢かれると思うだけで手足が痺れることもある。私を震えさせたのは、父の死という観念にすぎないのだろうか？　それとも、何か別のものなのだろうか？　ひとつだけ確かなのは、それは私の意識では探知できないということだ。私はそれを言葉にすることができないのだから。その観念は、どこか他のところに隠れている。問題は、それを見つけられるかどうかだ。

理論がときに、その正しさを証明する技術の先を行くこともあるし、技術が理論を追い越すこともある。神経内科学の研究を一変させた進歩については、後者が当てはまる。PET（ポジトロン放出断層撮影法）や、SPECT（単一光子放射コンピュータ断層撮影）、fMRI（機能的磁気共鳴画像法）による断層写真はどれも、人体の他の器官と同様、脳を調べるためにも使われてきた。雑誌やテレビでよく見かける色分けされた画像は、脳のさまざまな部位への血液の流れを示している。血流に酸素がたくさん含まれていればいるほど、脳は活発に動いているという。ただ、この画像が実際に何を示しているのかとか、どうやってそれを解読すれば良いかについては、いまだ議論の余地がある。この画像が本当に何か意味しているのかと、科学者たちがはっきり疑問を呈するのをこれまで幾度となく見てきたけれど、それでもこの画像は、たとえ科学研究において最も重要なものとみなされることはなくても、証拠としてしょっちゅう引き合いに出されるし、人の目を惹きつける便利な道具だ。しかし、脳の断層写真が大衆紙に載るとき、そこに付随する疑問はほぼ払拭されている。二〇〇六年九月二十六日、『ニューヨーク・タイムズ』紙の科学面に、「ヒステリーは本物《リアル》？　脳画像が証明」という記事が載った。見出しの「本物《リアル》」という言葉が何を意味しているのか、首をひねらずにはいられないことはさておき、この記事は精神疾患や心と身体の関係についてどんな勘違いがされているのか教えてくれる。記事の論旨ははっきりしないものの、ヒステリー性麻痺や発作が脳スキャンで確認できるなら、以前は「気のせい」と思われていた病気が、実際には身体のせいということになり、もし身体のせいならそれは確かに「本物《リアル》」だと言えるらしい。「ヒステリーはまるで絶滅した十九世紀の贅沢品のようなもので」と記者は書いている。「文学研究には使えても、真面目な現代科学が及ぶ領域では明らかに場違いだ」。ここでもまた、ヒエラルキーが形成されている。文学を真面目に捉えるようなうるさ型なら、ヒステリーが必要になることもあるかもしれないけれど、なぜ物事の真相を究明し、文化に精通した科学者が、ヒステリーのような時代錯誤なものに興味を持つというのだろうか？「この言葉自体が陰気であり」と彼女は続けて言う。「おおいに女性嫌悪的《ミソジニスティック》で、それもこれも、今では誰も見向きしなくなったフロイトのせいだ」[26]。この記者の言うとおり、たしかにヒステリーには女性に対する否定的な含みがあるし、ジークムント・フロイトの考えはヒステリーという病気そのものと同じようにもはや時代遅れだから、彼の書いたものを一文字も読んだことがない人でも、好き勝手に非難できる。しかし、どんなに脳スキャンが役に立っても、転換性障害の原因を明らかにすることはできない。

fMRIの画像は、ヒステリー性の麻痺や視覚喪失――器質性変化――と、神経解剖学的な相関関係があることを示しているけれど、それがどうやって起こるか解明することはできないし、医者がどうやって転換性障害の患者を治療すればいいのかも教えてはくれない。ショーン・スペンスが『精神病の治療における進歩』で、転換性症状やその他、拒食症や幻聴など、何らかの身体機能障害を伴う精神疾患に関する脳画像の研究を吟味して述べているように、「おそらく、この調査結果から最も肝に銘じておくべきなのは、これまで記してきたいかなる発見にも特異性が見られないということだろう。何らかの身体的機能障害を持つ患者の、脳のある特定の候補領域に異常が見られることは予測できるかもしれないが、脳スキャンに基づいて診断や治療に修正を加えるのは非常に難しいだろう」[27]。それにもかかわらず、転換性症状は他の症状と同じくらい「本物《リアル》」であり、精神的なショックやトラウマと結びつけられるだろう。

ジュスティーヌ・エチュベリはシャルコーの最初のヒステリー患者だった。サルペトリエール病院に来るまでの彼女の人生は、まるで不幸のカタログのようだった。十四人いた兄弟姉妹のほとんどが、若くして死んだ。彼女は腸チフスとコレラに罹りながらも生き延びた。雇われていた会社では、男に襲われてレイプされそうになった。二十五歳のとき、初めて痙攣の発作を起こし、火の中に落ちてひどい火傷を負い、片目を失明した。サルペトリエール病院に辿り着いたころには、左半身が麻痺して感覚がなくなっていた。あるとき、病院でまた激しい発作を起こし、左腕が使えなくなって、じきに両手足も駄目になった。その「拘縮」は八年続いた。それから、一八七四年五月二十二日に、病院のベッドで眠っていると急に窒息を伴う発作に見舞われ、右顎と右足の強張りが解けているのに気づいた彼女は、看病していた姉妹に向かって、「ベッドから起こして！　歩きたいの！」と叫んだ。何年もずっと麻痺していたのに、ジュスティーヌはベッドから這い出して、歩いた。[*28] ヒステリーは奇跡の源にもなりうるのだ。

二〇〇一年の『ブレイン』誌の記事に、次のような転換性障害患者の手短な病歴が補足として載っていた。

> 患者V・U。四十歳の右利きの女性で、子供のころ、親戚が射殺されたアルジェリアから亡命してきた。車の事故に遭い、怪我はなかったものの何年も慢性的な首の痛みに悩まされ、左腕の放散痛もあったが、これまで器質性疾患や理学的、精神内科的所見はなし。スイスに強制移住させられ、家具を運んだ二ヶ月後に、左腕の筋力低下と感覚鈍麻を覚える。左腕を上げたり、伸ばしたままにしておいたりすることができず、指をゆっ

くり少し動かせるだけ。腕全体の触覚鈍麻覚があるが、神経根の分布はなし。[*29]

この『ブレイン』の記事を書いた人々は、彼女に振りかかった恐ろしい出来事と病気とのあいだに何らかの関連があることをほのめかしつつも、断言はしていない。彼らの仕事は脳スキャンを調査することで、七人の患者全員の脳皮質下に「非対称」があり、回復した四人の患者からはその「非対称」が消えていることを発見した。ジュスティーヌと同じく、V・Uは一度きりではなく、何度もトラウマ体験をしたけれど、自分ではそれをどうすることもできなかった。子供のころ「逃げて」きたことと、大人になって「強制」移住されたことが似ていることは無視できない。最初の出来事が、後の出来事に反映されている。

『DSM』は何も語らない。そこには実際の患者の症例どころか、架空の症例ですら載っていない。そこには病因学、つまり病気の原因の研究は含まれていないのだ。その使命は、純粋に記述に徹し、見出しごとに症例を集め、医者が患者を診断する際に役立つことにある。『DSM-Ⅳケースブック』という副読本があるけれど、注目すべきことに、本物の医者と患者の物語は、診断書とは分けて、ここに収められている。実際、すべての患者には物語があって、決まってそれぞれの病気の意味の一部をなしている。このことは、精神内科の患者に特に当てはまるだろう。彼らの物語は病気そのものと複雑に絡み合っているので、そこから切り離すことができない。

ある日、私は病院で十五歳の少女を教えた。その午後の生徒はBひとりで、私は一緒に作文をしましょう、と伝えた。書きたくない、と彼女は言った。無理に書かなくてもいいのよ、と答えて、しばらく二人で話をした。それから何の前触れもなく、彼女は鉛筆を持って、二人の女の子についてのお話をスラスラと書きだした。学校で出会った二人は、お互いを気に入り、交換日記を毎日やりとりするようになった。そうやって秘密にしなければいけなかったのはなぜかというと、どちらの父親も暴力的で怒りっぽく、電話だと立ち聞きされる恐れがあったからだ。毎日、日記を書いてコミュニケーションを交わすことで、二人はいくらか慰められはするものの、二、三ヶ月後に一方の少女の父親がノートを見つけると、たった数日のうちに父親は娘を連れて街を離れた。残された少女が、ふたたび彼女に会うことはなかった。素敵な話だけど、すごく悲しいわね、と私は言った。すると彼女は顔を上げて、「これ、私の物語なの」と言った。それからちょっと間を置いて、私の目をじっと見つめながら、こう付け足した。「あのね、私はお父さんにぶたれて、お兄ちゃんにレイプされたの。私がつらい思いばかりしているのはそのせいなの」。私は言葉を失った。その日病院を離れるとき、彼女の病気と、私に語った暴力とレイプの物語とを区別することはできるだろうか、と自問した。あの物語は、病気そのものの一部なのではないだろうか？　その二つを切り離すことはできるだろうか？

　デジレ゠マグロワール・ブルヌヴィルは、若きシャルコーと一緒に働いた精神科医で、サルペトリエール病院のヒステリー患者に関する詳細な臨床報告を残している。「精神錯乱状態《デゼモシオン・モラル》で」と彼は書いている。「ヒステリー患者は、大昔に経験した出来事や、それに伴う精神的な感情も肉体的な痛みも覚えて《レミニソンス》いる。それは、かつて発作を引き起こした出来事であり……こういう感情に訴える出来事を彼女たちが覚えているのは、何より明らかだ」[30]。後にフロイトとブロイアーは、これよりずっと有名な言葉を残すことになる。「ヒステリー症者は、主に回想に病んでいるのである」[31]。私が病院で出会った女の子は、転換性障害患者ではなかった。どういう診断をされていたかは知らないけれど、傷つけられ、暴力を振るわれた記憶がトラウマになっているのは明らかだった。本当の物語は、前に向けてではなく、後ろ向きにしか語れない。私たちはそれを、「現在」というつねに変化する視点から作り上げ、物語がどんなふうに進んだのかを自分自身に語って聞かせる。両親から虐待されて情緒不安定になる人がいる一方で、同じような境遇から憂鬱症になったり、説明のつかないような麻痺になったりする人がいるのはなぜなのかはわかっていない。はっきりしているのは、記憶は私たちの在り方になくてはならないものであり、潜在的でも顕在的でもある——つまり、無意識的でも意識的でもあるということだ。脳がやっていることのほとんどが無意識だと主張したのは、フロイトが初めてではない。十九世紀のイギリス人生理学者ウィリアム・カーペンターや、ドイツの心理学者グスタフ・フェヒナー、ドイツの物理学者ヘルマン・フォン・ヘルムホルツらはみな、生理学的な無意識だけではなく、心理学的な無意識もあると断言した。思考や記憶、観念はわれわれの意識の外に存在しているのかもしれない。フロイトは、無意識が精神の働きの中でどのように作用しているのか理解しようとした。

今では、無意識の存在を疑う神経科学者はいない。けれど、つい最近まで無意識という考えそのものが疑いの目を向けられていたというのは、おかしなことだ。マウント・サイナイ医療センターで発作を起こしたあと、私は心理学者であるE医師のところに連れていかれて、そこでバイオフィードバックを教わった。私は電極のついた機械につながれて、リラックスの仕方や、血の巡りを良くして、手足を温め、痛みを減らす方法を八ヶ月にわたって学んだ。E医師は行動主義心理学者だった。こんなふうに言っていたのをはっきりと覚えている。「無意識なんてものがあったとしても、構うものか」。行動主義心理学が無意識に対してドアを閉ざしたのは、その唱導者たちが人間について知るべきことはすべて、その行動を観察すれば――三人称の視点から――推論できる、と断言しているからだ。一人称というあいまいな領域は罠である。しかし、それでも病気というものは、どんな病気であっても必ず誰かが経験するものだ。病気になることについての現象学というものがあって、それは私たちの気性とか、生い立ちとか、これまで接してきた文化などに依存している。

それからも私は震えた。ロラゼパムを飲んでいても震えたけれど、人前に出るたびにそうなるわけではなくて、ときどき震えるだけだった。一つ前に書いた小説は、私の想像上の弟が語り手で、そこでは父が家族や友人のために書いた回想録の一部を使ったのだけど、本が出版されて、その一節を人前で朗読したとき、私は震えた。オーストラリアで文学における死についてのパネルディスカッションに出席していたとき、私は震えた。シナリオはいつも同じだった。話しつづけていれば、そのうち震えは治まっていったけれど、他でもない自分の身体が激しく痙攣するのに気を取られないようにするために、かなりの自制心を必要としたし、果たして自分はこんなことに耐えられるだろうかと疑うようになった。あんなに驚かされたことに、だんだん慣れていった。原因らしき感情がはっきり特定できない、奇妙な出来事に思えたことが、次第に極度の舞台恐怖症――まるっきり理屈に合わないのだけれど、衆人環視にさらされたときにだけ起こるように思えてきた。人前で行なうあらゆることが私を不安にさせ、苦しませた。いつ何時、私のなかにいる手に負えない破壊工作員が現われて、段取りをめちゃくちゃにしてしまうかわからなかった。私がベータ遮断薬のインデラルを見つけたのは、その時分だった。その何年か前、私は片頭痛でインデラルを飲んでいた。頭痛には効果がなかったけれど、友人のアドバイスに従って、朗読や講演の前に十ミリグラム飲んでみたら、それが効いたのだ。インデラル（プロプラノロール）は血圧の薬で、アドレナリン受容体遮断薬として、ストレスホルモンの放出を遮ってくれる。

震えている女の物語は、ここで終わるのかと思われた。知らない人々の前で起こる発作をなんとか止められて、私は安堵し、喜びにさえ満たされるはずだった。でも、実際のところは違った。ドイツとスイスを旅して回っていたとき、私は六都市で朗読を行なう前に、毎回プロプラノロールを飲んだので、震えはしなかった。最後の都市、チューリッヒでは薬を飲んだおかげで震えず朗読できたけれど、話しているあいだじゅう、身体の内側がブルブルと震え、電撃のようなうなりが手足を駆け巡るのを感じた。まるで、震えずに震えているみたいだった。朗読しているあいだ、私は心の中で自分を叱りつけて、何度も「認めなさい。これがあなた。受け容れるのよ！」と繰り返した。もちろん、自分に二人称で話しかけていたことから、私の中で分裂が起こっていたことがわかる――シリが一人ではなく二人いる、というゾッとするような感覚があった。そのころには、私は街から街へと旅して、毎日インタヴューや朗読をこなし、いつまた震えるのかわからない不安につねに怯えながら、父の死から直《じか》に生まれた本を人前で朗読することで、自分の内面の最も深い部分をさらけ出すことに疲れきっていた。薬を飲むことで表面的な問題は抑えられていた反面、それは謎そのものの解決にはならなかった。私に何が起こったのかは、教えてはくれなかった。

ベータ遮断薬は、心臓病や不安、緑内障、甲状腺機能亢進症、そして片頭痛のような神経疾患を治療するために使われてきた。『カッツング・薬理学』の「神経疾患」の項目では、プロプラノロールがなぜ片頭痛に効くことがあるのかは、わかっていないことが明記されている。さらに、次のように書かれている。「交感神経活動は骨格筋の震えを大きくすることがあるので、ベータ遮断薬がある種の震えを軽減することがわかっても驚くことはない。身体に不安が表われているとき、プロプラノロールを特に予防的に服用すれば劇的な効果があるだろう。例えば、ミュージシャンの演奏不安(「舞台恐怖症」)に効果があることがわかっている」[*32](傍点は著者による)。「交感神経活動」は、自律神経系の一部で、緊急時や、ストレスの強い状況下でフル回転になる。これは自動的に、無意識のうちに起こる。どれも私の場合に当てはまるけれど、どうして私は何の前触れもなしに、五十一歳にもなって突然、舞台恐怖症になったのだろう? もう何年もわりあい落ち着いていたのに、何らかの理由でまた、かつて経験したような簡単にごまかせる神経的な震えだけでなく、倒れそうになるくらいひどい痙攣も起きた。でも、もし不安が原因なら、なぜ最初の震えの発作のときに何の不安も感じなかったのだろう? 発作のときいつも落ち着いて話せるのはなぜだろうか? 他の状況では感じるような、心臓がドキドキして息もできなくなるようなパニックは、どこへいったのだろう?

プロプラノロールは、心的外傷後ストレス障害の人を弱らせる、記憶の反復想起を治療するためにも使われる。それは記憶を消し去ってはくれないけれど、代わりに、強烈な記憶を和らげて、いくぶん耐えられるようなものにしてくれる。認知科学者のラリー・カーヒルは、薬が記憶に与える影響を明らかにする調査研究を行なった。二つのグループが、同じように始まる一連のスライドを見せられる。最初の四つのスライドは全員が見るけれど、そこから物語はあたりさわりのないもの（男の子とその両親が病院を訪れ、防災訓練を見る）と、感情に訴えるもの（男の子が事故でひどい怪我をして病院に搬送され、外科医がちぎれた足をくっつける）とに分岐する。[*33] 二つのうちどちらかの物語を見せられる前に、被験者はプロプラノロールかプラセボを飲まされる。二週間後、参加者たちはふたたび集められるが、スライドについての記憶を調べられることは知らされない。結果はというと、プラセボを飲んだ被験者たちが事故の物語をはっきり覚えていたのに対し、プロプラノロールを飲んだ人はそうではなかった。一方、あたりさわりのない物語を見た人たちは、だいたい同じような結果になった。私たちが感情を強く揺さぶられる体験をすると、ストレスホルモンのエピネフリン（アドレナリン）とコルチゾールが脳に分泌され、それが刺激となって記憶が保たれるようだ。でも、プロプラノロールはこのようなホルモンの分泌を妨げ、感情の高ぶりが記憶に及ぼす作用を遮る。ただ、日常的な記憶や、もっとあたりさわりのない記憶には影響しないようだ。[*34]

感情的な記憶はまた、脳の中で平凡な記憶とは違う形で処理され、貯えられているらしく、これはトラウマのフラッシュバック現象の説明になるかもしれない。一九九六年に、フラッシュバックを経験した人を対象に行なわれた神経生物学的な研究によると、そういう記憶は、「知覚と感情のレヴェルで整理されるが、その意味表示は限られたものであり、もともとの出来事と関連した感情的、感覚的な断片として心の中に割り込んでくる傾向があり、しかもそれは徐々に強固なものになる」という。[*35] ややこしい表現が使われているけれど、つまりフラッシュバックで戻ってくるものは、言葉ではなく、感情や感覚を通して記憶されている、ということだ。

車の事故に遭ったあと、私には四晩続けてフラッシュバックが起きた。それは、決まって眠っているときで、目が覚めるとベッドから起き上がっていて、事故の瞬間を再び体験した恐怖に襲われ、胸がドキドキしている。スピードを上げるワンボックスカーと、ガラスと金属が周りで破裂する耳をつんざくようなノイズ。四晩続けて、ワンボックスカーが私の座っていた助手席側に激突するショックが再現された。それは、これまでのどんな記憶とも違っていた。自分で思い出そうとしたわけでもないし、匂いや味、景色や音など、何らかの外的な刺激に触発されたわけでもなかった。それはただやって来るのであり、いざやって来たときには過去ではなく現在の出来事として起こる。かつて起こったことが、もう一度起こったのだ。

『トラウマを超えた歴史』で、フランソワーズ・ダヴォワンヌとジャン＝マックス・ゴディリエールという二人の精神分析家は、広範囲にわたる実地調査を行なって、トラウマを経験した人がこのように奇妙に時間を歪める問題に取り組んでいる。彼らによると、『ある時』《ワンス・アポン・ア・タイム》が、『ない時』《ワンス・アポン・ア・ノー・タイム》になる」[36]という。トラウマの記憶にはナレーションがない。物語はいつも、時間の中で起こる。そこには順序があって、それはいつも私たちの後ろにある。四晩にわたる事故の再現には、言葉が介在していなかった。私はこんなふうには言えなかったのだから――ああ、これは四日前に、主人と娘と犬と私とで、田舎からドライブして戻ってきたときのことね。交差点でスピードを出したワンボックスカーが私たちの車にぶつかったのよ。車はめちゃくちゃになったけど、私たちみんな無事だった。この経験には、文脈（田舎からの帰り）も、場所（ブルックリンのサード・ストリートとフォース・アベニューの交差点）もなければ、距離を置いてショックを軽減すること（これは今起きていることじゃなくて、昨日だか一昨日だか二日前だかに起こったことよ）もいっさいできなかった。突然、どこからともなく夢の中に現われては、事故そのものと同じくらい、私に強いショックを与えた。

　その衝突がいかに恐ろしかったかは、立て続けに四晩も思い出したことからもわかるけれど、大惨事の瞬間のことはもうよく覚えていない。それでも、事故のあとのことは、かなりはっきりと、正確に覚えている。シートの上で身じろぎできずにいたことを覚えているし、頭をぴくりとも動かさずに、自分が怪我をしていないか確かめたことも覚えている。粉々になったフロントガラス越しに空を見上げたこと、何もかもが黒と白と灰色だったことを覚えている。消防士が救出機《ジョーズ・オブ・ライフ》がうるさい、と言ったのも覚えているし、何もかもがどうでもよかったのも覚えていて、実際、心底どうでもいいと思うあまり、もし今死ぬのならそんなに悪い死に方じゃないな、と自分に言い聞かせたのも覚えている。救急車の中で、サイレンが頭上でけたたましく鳴り響くなか、どんどん下がっていく血圧を測定していた救急医療士に、あなたは特に色白なほうですか、と訊かれたのを覚えている。私は北欧系だからたしかに白いほうだけど、ふだんは色が白いことをとやかく言われたりしないわね、と答えた。きっと事故に遭って、すごく真っ青になっていたんだと思う。そのときは、首の骨が折れたのかどうか、もうすぐ死ぬのか、それとも一生後遺症が残るのかまだわからなかったけれど、恐れも悲しみも感じなかった。知覚は研ぎ澄まされていた。実際、もし生き残れたら、今起こっていることを小説に使えるかもしれないから、あらゆることに注意を払わなくては、と自分に言い聞かせたくらいだ。あの状況下でそんなことを考えていたなんて、今となっては変な感じがするけれど、大惨事だったかもしれない出来事から距離をとることで、私は自分を守り、事態に適応しようとしていたのだ。つまり、それは現実に対抗する手段としての疎外だった。頭の中で、小さな声は語りの旅を続け、ひたすら合理的にしゃべっていたけれど、感情は遮断されていた。

『憑かれた自己』で、オンノ・ファン・デル・ハールトとエレールト・Ｒ・Ｓ・ニーエンハイスとキャシー・スティールはトラウマと解離について論じている。[*37] 彼らはジャネたちのあとを継いで、解離体験は患者の精神生物学的な体系における分裂によって引き起こされると主張している。彼らはこの分裂を、とりわけ第一次世界大戦の退役軍人におけるトラウマを研究したチャールズ・マイヤーズが作り出した、「明らかに普通の人格」（ＡＮＰ）と「感情的な人格」（ＥＰ）という専門用語を使って説明している。この区分は、思わぬところで滑稽に聞こえることがある――彼女のＡＮＰがこれをやって、ＥＰがあれをやった――けれども、この言葉には納得できるところもある。危険なのは、この言葉を使う著者たちが、いくらその背景には複雑な仕組みがあるという感覚を持ったままでいようとしても、この言葉を使うことで込み入った現実があまりにも単純な形に還元されてしまうことだ。ＡＮＰとＥＰは、危ういくらいに多重人格に接近している。多重人格と診断されると不安になる人が多いのは、一時期、精神療法家がそこらじゅうで多重人格者を見つけ出しているように見えたからだ。主人格や別人格が、トラウマの回復記憶と同じように至るところに溢れていて、そのいくつかはかなりうさん臭いものだった。これを受けて、『ＤＳＭ』は多重人格障害を解離性同一性障害（ＤＩＤ）に改めた。それによって、この病気の「一人の中にたくさんの人がいる」という側面があまり重視されなくなり、患者のアイデンティティ全体に何らかの問題があることが強調されている。別々の人が何人かいるというより、むしろ多重人格者は人がバラバラになった状態なのだ。イアン・ハッキングが『記憶を書きかえる――多重人格と心のメカニズム』で指摘しているとおり、知覚は病気を変える。「一八四〇年代には患者の中に多重人格者を抱える医者がいたが、その病状は一九九〇年代によく見られるようなものとはかなり違った形で描写されている。患者が違うから、医者の見解も違った。しかし、医者たちによる予見が違っていたから、患者も違っていたのだ」[*38]。言い換えれば、暗示というものは強力で、人間は自分が思っているよりもずっとそれに左右されやすい。

ハッキングは何も、トラウマを抱えた人の存在そのものや、そういう人がときにわけのわからない症状に苦しむことがあるのを否定しているわけではない。彼は十九世紀に広く行なわれていた診断、特にヒステリーの一種とみなされたものの歴史的発展を辿っているのだ。多重人格はヒステリーとともに減っていったものの、十九世紀後半に形を変えてまた増えるようになった。ハッキングが解離という言葉を嫌うのは、その意味するところが広く、さまざまな状態を表わすのに使われるからだ。彼が反感を強めていった背景には、一九九〇年代に回復記憶に関する論争が起こり、精神療法家たちが『解離』や『国際解離研究学会』などの雑誌に論文を発表するときに、この言葉自体が多重人格障害を擁護する人々の旗印になっていたことがあるのだろう。たしかに、この言葉が広まったことで、医者たちに用いられ、暗示によって患者から多重性が引き出されていた恐れがある。それでも、やはり人間には防衛反応があって、耐えがたいこと――自分や他人の死に近づくこと――から何らかの形で距離をとったり、それを解釈したりしているらしい。一八七四年のジュスティーヌと二〇〇一年のV・Uは、それぞれ違った医学的状況にあったけれど、だからといってそこに類似点が見出せないわけではない。

私の中には依然として、奇妙な二重性、つまり「私」と制御できない他者がいる、という感覚が強く残っていた。たしかに、震えている女には名前がなかった。私がしゃべっているあいだにだけ現われる、言葉を持たないよそ者だった。ハーヴァードで行なった講義の一つで、ジャネはヒステリー性痙攣の症例に触れている。「非常に稀なことだが、震えの背景に……意識とは切り離された固定概念があることに気づくことがある。……しかしほとんどの場合、震えの背景にあるのは、ただ感情のあいまいな状態と、四肢の運動機能がある種、変質したものにすぎない」[*39]。彼はヒステリー性知覚麻痺の症例に触れながら、「実は、消えてしまったのは基本的な感覚ではなく……『感じているのは私、聞いているのは私』と主体に断言させる力なのだ」と書いている[*40]。このような観点から見ると、ヒステリーは主観、つまり自己の所有権をめぐる障害だということになる。

しかし、自己の所有者とは誰なのだろうか？ 「私」？ バラバラではなく統合されている、とはどういうことなのだろうか？ 主観とは何だろう？ それは一人のものなのか、それとも複数のものなのだろうか？ 私は震えている女のことを、制御不能なもう一人の私とか、私のジキル博士にとってのハイド氏、つまり一種の分身とみなすようになった。文学における分身はほとんどいつも、本体の持つ欲望や野心を掻き立てたり、邪魔したりして、しばしば本体に取って代わる。ポーの「ウィリアム・ウィルソン」における不気味な双子のライヴァルは、どこから見ても元のウィリアム・ウィルソンとそっくりだけれど、ささやき声で話すことしかできず、それは語り手自身の声のこだまになって頭から離れない。ドストエフスキーの『二重人格』における愚かな主人公ゴリャートキンは、医者の診察室にいたとき、ずる賢くて野心家なもう一人のゴリャートキンが現われる直前に震える。「その灰色の瞳はなんとなく奇怪な色を漂わせて光り出し、唇は震え、顔の筋肉という筋肉、線という線がピクピクと引きつり、動きはじめた。同時に彼の全身もブルブルと震えていた」[*41]。ハンス・クリスチャン・アンデルセンの「影」で、主人を取り込むのは影だ。「さしあたって影が主人で、主人が影だ」[*42]。ここでは、オリジナルとコピーが争っている。

ただし、分身譚はフィクションだけでなく、神経内科学の文献の中にもある。片頭痛の患者の中には、前兆《オーラ》の一部として分身を見た者もいる。自己像幻視と呼ばれる症状で、その幻は自己の鏡である。片頭痛患者が見る分身は、動かないこともあるけれど、たいては自分の隣に並んで歩き、やることなすこと真似をする。片頭痛の前兆《オーラ》に関する広範囲な研究を行なった神経内科医クラウス・ポドールは、同僚のマルクス・ダーレムと共有しているウェブサイトに、スウェーデン人の植物学者カルロス・リンネの逸話を載せている。彼は片頭痛の発作が起こる前にたびたび自分の分身を目撃していて、一度などは講義をするために講堂に入ったら、すでに演台に誰かいるのに気づいて、講堂から出ていったことがあったと言われている[*43]。トッド・ファインバーグとレイモンド・シャピロはある論文で、右側頭頭頂部に萎縮があるS・Mという患者のことを書いている。S・Mは鏡に映った像を自分の分身と勘違いして、「もう一人のS・M」と呼んだ。S・Mは耳が聞こえなかったので、自分の鏡像と手話で会話した。S・Mはもう一人の自分とおおむねうまくやっていたけれど、多少の食い違いがあることは認めていた。もう一人のS・Mは、彼女自身ほど手話がうまくなかったし、賢くもなかったのだ[*44]。もし私が、自分自身を知らず知らずのうちに他者として外側から眺めることがあったら、どんな欠点に気づくだろうか。S・Mとは対照的に、ファインバーグのまた別の患者ロザモンドは、自分の鏡像を嫌って、ウィリアム・ウィルソンと同様、それを不吉な双子とみなした。「このあばずれ！　家に帰れ……私たちを放っておいて！」[*45]。彼女は怒りを募らせるあまり、しまいにはこの邪魔者を殺してやると脅した。このような話から、単一の自己という考え方は、少なくとも見直しが必要であろうことがわかる。S・Mとロザモンドが見間違えたのは、鏡に映った自分だけで、他人の像ではないことから、自己の鏡像に関する人間の認識には、神経内科学的に見て特異なところがあることが示唆されている。どちらの女性も、鏡に映った他人の像は簡単に見分けられたし、それぞれの医者に自分の身体を指差され、これは誰のものですか、と尋ねられたら、私のものです、と二人とも難なく答えた。

　幼児やほとんどの動物は、鏡に映る姿が自分かどうかわからない。私が飼っている犬のジャックは、自分の鏡像にいっさい興味を示さないし、それが自分だと気づかない。人間や、いくつかの霊長類や、ゾウや、ある種のイルカは成長の過程で、いつしか、そこに他人ではなく自分がいることがわかるようになる。それは高等動物の特権だ。精神分析家のジャック・ラカンは、人生におけるこの転換期を鏡像段階《スタッド・デュ・ミロワール》と名づけ、子供が鏡に映った像を見て、自分自身を客観化された統一体として捉え、他人の目を通して見ているかのように自分を眺める時期だとしている[*46]。しかし、私たちはほとんどの場合、自分の全体像を見ていない。私が見ているのは自分の身体の一部だけであり、例えばタイプしているときは自分の手と腕の一部が見えているけれど、通りをぶらぶらしながら景色や音や匂いを楽しんでいるときは、自分の身体がまったく目に入っていない。モーリス・メルロ＝ポンティは、『幼児の対人関係』の中で次のように書いている。「自分の身体に関する私の意識は、疎外された大衆のものではない。それは身体図式《シエマ・コーポレル》である[*47]」。

この哲学者の言葉を借りるなら、それは内受容的な感覚だ。メルロ＝ポンティを受けて、ショーン・ギャラガーは身体図式と身体イメージとを区別することを提言した。前者は「感覚運動能力のシステム」[*48]で、ほとんど無意識のシステムだ。グラスに手を伸ばすとき、私は自分の腕がグラスに向けて伸ばされるのを見守ったり、手とグラスとのあいだの距離を測ったりしなくていい。なぜなら、それは何も考えずにやっている行動なのだから。

一方、身体イメージは意識的なものだ——それは、私が自分の身体について抱いている考えのことを指す。自分は太っているとか、痩せているとか、醜いとか、美しいとかいった、ものとしての私、外側から見た自分の身体のことであり、ギャラガーは詳しく述べていないけれど、その重要な部分は言語によって構築されると、私は思う。ただ、自己認識は深く感情に根ざしているところもある。自己を見つめることで、ある特定の感情的な共鳴が引き起こされるものだし、そういう親近感が沸かなければ、鏡像は意味を失ってしまう。S・Mの身体図式はきちんと作用していた一方で、身体イメージのある一面が失われてしまったと言えるかもしれない。それはつまり、あそこにいるのは他人ではない、鏡の中に立っているのは私だ、と言える能力のことだ。彼女の主観にも誤りがあって、自己所有の一面——この場合、自分自身の鏡像の所有者だという認識——が、抜け落ちてしまっている。

人間は二元的な生き物だ。腕が二本、足が二本、目が二つ、腕が二本、鼻孔が二つ、そして脳の二つの半球はよく似ているものの、それぞれ違った機能を司っていると言われている。二つの半球は、お互いを結ぶ神経線維、つまり脳梁を通して意思疎通をする。一九六〇年代にロジャー・スペリーは、難治性のてんかん発作を治療するために、脳梁切断と呼ばれる手術を受けた患者たちの実験を始めた。彼らの脳梁は分断されてしまっていた。スペリーは、ノーベル賞受賞スピーチの中でこう言っている。「つながりを断たれた半球はそれぞれ、もう一方の半球が認識した出来事にまるで気づいていないかのように振る舞った……言い換えれば、それぞれの大脳半球が、おおむね独立した認知領域を持っていて、知覚による学習や、記憶体験を個別にできるようだった」[*49]。私たちは二つなのだろうか、それとも一つなのだろうか？

神経内科学の分身譚の中には、二つに引き裂かれてしまったような人の話がある。自分の分身が身体の中に住み着いて、右半身と左半身が争うのだ。右手がシャツのボタンを留めると、左手がそのボタンを外す。右手が引き出しを開けると、左手がバタンと閉じる。外科手術を受けた分離脳の患者の中には、「奇妙な手」または「他人の手」症候群になる者がいる。ダーリア・ザイデルがこういう人の言葉をいくつか伝えている。「煙草を吸っていると、左手が口から煙草を取り上げるんです」。「右手で蛇口をひねって水を出すと、左手がその蛇口を止めるんですよ」[*50]。反抗する手を持っている人はしばしば、言うことを聞かない手を叱りつけて、「悪い手！」と叫んだり、それ以上悪さできないようにピシャリと叩いたりする。ある男の手は、部屋に誰か他の人がいるときでも、しょっちゅう太ももを這い上がって性器を触ろうとするので、なんとかしてそれを鎮めなければならなかった。一九〇八年に、ドイツの神経内科医クルト・ゴールドシュタインは悪魔の手を持った女性の症例を報告している。「あるとき、彼女の手が自分の首をつかんで窒息させようとしたので、力ずくで引きはがすしかなかった」[*51]。この女性が死んだあと、脳に多発性病巣が見つかり、その一つは脳梁にあった。こういう人たちは、衝動的に悪さする手を「自分」とはみなさないだろう。こういう場合、困り者の手は自ら意志を持って暴れているようだし、自己の外部にあるものとして第三者とみなされたり、持ち主の意志に真っ向から反する力とみなされたりする。罪を犯すのは、いつもとは決まっていないものの、たいていは左手だ。左手の運動機能を制御しているのは脳の右半球で、これは左半球が右手を制御しているのと同じである。けれど、「私」、つまり言葉を発する一人称の主体を制御している部分はふつう、脳の左半球の言語領域にあり、フロイトは失語症についての本でこの場所のことを論じた。他人の手症候群では「私」がきちんと機能していて、世の中のしきたりに従って考えたり、話したりする自己が、意識と理性的な目的を持って動いている一方で、それとは別のものとかそれとかいったものが、勝手に動いているようだ。

聞いているのは私だ。感じたり、考えたり、見たり、話したりしているのも私。私はここからここまで。私は鏡に映った自分のことがわかる。私はあなたを見ている。あなたは私を見ている。これは物語る私であり、意識して話す私だ。でも、それは震えている私でも、フラッシュバックを起こしている私でもない。マーク・ソームズとオリヴァー・ターンブルは『脳と内面世界――主観的経験のニューロサイエンスへの招待』の中で、スペリーが分離脳の患者に行なった実験の一つを引用している。ある映像がスクリーンにパッと映し出される。こういう患者は、右半球が映像を知覚しても、左半球はそれにアクセスできない。ある女性がポルノ写真を見せられた。彼女はクスクス笑ったけれど、自分がなぜ笑ったのか説明できなかった。「この症例は大脳半球全体が、無意識に情報を処理できることを示している」とこの二人の著者は言っている。より重要なのは、「人が視覚的体験についてじっくり考えるためには、その視覚的体験を言葉に置き換える必要がある」と述べられていることだ。[*52] どうやら言語は、自己言及的に意識すること、つまり、私はスクリーンに映ったセクシーな写真を見て恥ずかしくなってドキドキしたと言うためには必要不可欠なようだけれど、映像をただ心に留めたり、それに反応したりするだけならそれは必要ないようだ。このような右脳・左脳という分け方が形を変えて、右脳タイプの人・左脳タイプの人、というよく知られてはいるもののあまりにも単純化された考え方や、意識は左半球、無意識は右半球が司っている、というような、還元主義的な推測につながった。スペリーらによって、右脳は空間的、写象主義的機能を司っているとみなされてはいるものの、いっさいの言葉を持たない失語症だというわけでもないことが明らかになった。

無意識による認識がなぜショックだったり、おもしろいとか、恐ろしいと感じられたりするのか、その理由を自分では説明できない患者は、作話する。S・Mは鏡に映った自分を見ても誰かわからず、それが自分だとも感じられなかったので、もう一人のS・Mの話を作り出した。作話は嘘をつくこととは違う。この神経内科学の用語は、脳に損傷を負った人が、目の前にある謎の正体を明らかにしたくて思いついた説明のことを指す。右半球が捉えた像の情報が左半球に送られなかったとき、言語を司る大脳新皮質は、なんとかして今起こっていることを説明しようとする。分離脳の患者を研究したマイケル・ガザニガは、これを「左脳の通訳」と呼んだ。[*53] 私たちの脳梁は傷ついていないので、脳の両半球間でもっと円滑なやりとりがなされているけれど、私たちもまた、自らに降りかかるさまざまな内的・外的刺激の謎を通訳している。震えている女は物語る女とは違う。物語り、通訳する女は、もう一方が震えているあいだも休むことがない。語り手は、文章や説明を流暢に生み出した。今、書いているのも彼女だ。白状すれば、私は気分が沈んでいるとき、知的な理論の多くは壮大な作り話の類《たぐい》なんじゃないかと思った。

ここでも、すべての分離脳の患者が意志のある手を持っているわけではなく、そういう人もいるだけである、ということに注意しておくことが大切だ。似たような損傷や脳梁切断の跡があっても、損傷や切傷から必ず症状が出ると予測できるわけではないため、単なる解剖学的な調査だけでは、こういうことが起こる理由を説明できないだろう。実際、分離脳の患者について最も注目すべきなのは、彼らに何が欠けているかではなく、彼らがいかに問題なく暮らしているかということのほうだ。もちろん、手術によってなにも神経系全体がまっぷたつになってしまったわけではない。脳幹は傷ついていないから、脳の両半球がお互いに多少の意思疎通をすることができる。それに、脳は柔軟だから状況の変化に対応できる。若い脳は老いた脳より順応性がある。片側の脳をすっかり失ってしまった幼児も、驚くほど普通に成長できる。小さいときに視力を失った子供のほうが、大人になって失明した人よりはるかに適応能力が高いのは、視覚に充てられた脳領域が他の感覚、とりわけ聴覚機能に振り分け直されるからだ。脳は自分で経路を切り替えることができるし、歳をとるにつれて柔軟性は失われるものの、完全に動きが止まってしまうことはないのがわかっている。調査された分離脳の患者はみな、「私」の感覚をしっかり保ちつづけているし、たとえ右脳が見たものを誤って解釈してしまったときでも、左脳の通訳は依然として働いている。彼らの言語機能はきちんと働いているのだ。

「私」は「あなた」との関係の中でのみ存在する。言語は人々のあいだに生じるものであり、それを取得するために必要な生物学的装置がたとえ私たちにもともと備わっているとしても、それは他者を介することで獲得できる。もし子供をクローゼットに閉じ込めて育てたら、話し方を覚えられないだろう。言語は私たちの外にも内にもあって、人と人とのあいだにある、複雑で弁証法的な現実の一部を成している。言葉は私たちの身体の境界を外から内へ、内から外へと両方向に横断するので、生きた言語には少なくとも二人の人間が必要になる。私が初めて出会った二人だけのための言語は、私の生まれ故郷の一卵性双生児が持っていたものだった。少女たちが三歳ぐらいのとき、両親は二人がお互いにしか通じない言葉で会話しているのに気がついた。FとTはバイリンガルの家庭――フランス語と英語――で育ったので、それぞれの言語から少しずつ取ってきて、自分たちで特別な混種語を作り出したらしい。一九三〇年代、ロシアの神経内科医A・R・ルリヤとF・ユドヴィッチは、ジェスチャーといくつかの原始的な名詞をもとに、FとTが持っていたような、自分たちだけの言語を作り出した六歳の双子の兄弟に実験を行なった。兄弟には、あらゆる分野でかなりの認知と発育の遅れが見られた。神経内科医たちは双子をバラバラにして、やや乱暴なソヴィエト式のやり方で、片方だけ――双子A、二人のうち劣っているほう――に言葉を教えることにした。双子Aはすぐに、双子Bの言語能力を追い越した。動詞の時制を持つ正しい構文の文章で話しはじめ、想像力を育んだ――つまり、未来の自分を予測したり、過去の自分を覚えていたりできるようになったのだ。以前は理解できなかったような、言葉を使わないゲームでも遊べるようになった。言語という、なくてはならない道具を手に入れる前は、標準型のゲームが理解できなかったので、投げてよこされたボールをどうすればいいのか、どこに向かって走ったりジャンプしたりすればいいのかわからなかった。ロシア語を学んだことで、彼の考えはまったく新しい形で整理されるようになった。[*54] ルリヤは私がするようにはっきり断言したわけではないけれど、意識を働かせるため、それからもちろん物語るためにも必要不可欠な人間の時間はおそらく、言語を通して訪れるのだと思う。

赤ん坊は生まれたあと、脳の前頭前野皮質がだいたい二歳ごろと五歳ごろの二度にわたって爆発的に成長するけれど、それは他者と関わる体験をすることによって引き起こされる。神経生物学的に見れば、脳はそれ自身を超えたところで交わされる、親子間の必要不可欠なやりとりによって左右される。双子は自分たちだけの原始的な言語を作り出したけれど、その性質そのものが彼らの成長を妨げた。豊かさや柔軟性——特に動詞の時制——に欠けた彼らの言葉は、現在がいつまでも続く世界を作り出した。それは、おそらくうちの犬が暮らしていたような世界だ。犬はきっかけさえあれば自分の持っている記憶を呼び出せたのは間違いないし、そのきっかけには、歩けとか、自分の名前のジャックといった言葉もいくつかあった。どんなことだって学べた——おすわり、おしっこは外ですること、飛び上がって私たちのお皿からものを食べないこと——けれど、きっと未来を夢見たり、過去に焦がれたりしたことはないと思う。私たちが感じているような時間の概念は、人間の能力があってはじめて可能になるものだ。これがあるおかげで、私たちはかつて人生に起こった出来事や、これから先起こるであろうことを時間の中に位置づけることができる。ただ、人間の経験がみな、そのように自伝的な順序で並べられているわけではない。トラウマを経験した人々を調べたダヴォワンヌとゴディリエールが、「過去は現在である」と断言したことを思い起こせば、トラウマとは、いつまでも続く現在の中に置かれた、言葉にできないものの一形態であることがわかる。実際、トラウマに苦しむ人々は「時間の外側」で生きている、と彼らは主張している。[*55] 私のつかの間のフラッシュバック体験も、この事実を裏づけている。それは言葉もなく、不意にやってきたし、過去の出来事ではなかった。同じことがもう一度、起こっていたのだ。指示したり、考えたりする「私」は蚊帳の外に置かれていた。それと同じように、私は身体が震えるのを自分ではどうすることもできないと思ったけれど、しばらくすると、発作が通り過ぎるのを、ガタガタ震える手足がゆっくりと、ひとりでに鎮《しず》まっていくのを見守れるようになった。ここに断絶があるのは明らかだし、それは精神生物学的なものと言うべきだろう。プロプラノロールは、死や父、観客といったものを引き金にして私の中に溢れ出してきた奔流の前で、ドアを閉めるのを助けてくれた。しかし、プロプラノロールが助けに来てくれるまでは、私の心の声や、なんとか震えを抑えて落ち着こうとしたことが、発作を和らげるのに役立っていたのだろうか？

ルリヤによると、話すことが促進するのは、「感覚から思考へ、そして新たな機能体系の形成への移行である。話すことによって外の世界にあるものに名前がつけられるだけではなく、本質的な特性をもとに区別され、他のものとの関係によって体系づけられる。その結果、人はある特定のイメージを呼び出して、もとになったものがそこにないときでも、それを使うことができる」という。[56] フロイトが『快感原則の彼岸』で紹介している有名な、自分の孫の「いないいない《フォルト》・ばー《ダー》」の逸話は、この点の例証になっている。小さな坊やは、糸にくくりつけた木の糸巻きがなくなったり、出てきたりする遊びをしていた。「フォルト」（いない）と言いながらそれを放り投げては、「ダー」（いた）と嬉しそうに言いながら引っぱり戻す。フロイトはこの遊びを、子供が存在と不在、つまり母親がやってきたりいなくなったりすることを覚えるための方法だと解釈した。[57] 後に、ラカンはこの遊びの言語的・記号的側面、つまりそこにないものを制御するために言葉が使われていることを強調した。私たちは記号を使っていて、そのおかげで、もはや存在しないものや、まだ存在していないものを支配できる。私たちは自伝的な記憶として、過去を系統立てて整理する。アントニオ・ダマジオはこれを、「自伝的自己」と呼んでいて、それによって断片が一つの物語として継ぎ合わされ、代わりに私たちの未来への期待が形作られる。言葉がなければ、自伝的自己もない。

「談話療法《トーキング・キュア》」という英語の言葉を思いついたのは、ブロイアーの有名なヒステリー患者、アンナ・オーことベルタ・パッペンハイムだ。彼女は、しばらくのあいだ母国語を話せなくなり、英語を話すようになった。パッペンハイムには「おびただしいヒステリー症状」、つまり咳、麻痺、感覚脱失、拘縮があった。彼女はまた、シャルコー、ジャネ、フロイト、そしてブロイアーが「二重意識」と呼んだものにも苦しんでいた。彼女は自己が二つあるように感じていたけれど、その一方はブロイアーによると「精神的にきわめて正常」であり、もう一方は「悪い私」と彼女が自ら称しているものだった。具合がものすごく悪いときでも、「患者いわく、鋭い、もの言わぬ観察者が心のどこかにいて、狂乱をじっと見守っていた」という。[58] 通訳はそこにいた。ただ、悪魔を抑えられなかっただけだ。

ブロイアーによると、患者のヒステリー性の咳は、愛する父親の死の床に付き添っていたときに始まったのだけれど、そのとき近所の家からダンスミュージックが聞こえてきたという。その音楽によって、自分も一緒に騒ぎたいという欲望が呼び起こされて、それ以来「強いリズム」のある音楽を聴くたびに神経性咳が出るようになった。[59] 本当に医者の言うとおりだったのだろうか？　音楽は、パッペンハイムの中にある死にゆく父親と、彼を残して他の若者たちと一緒に夜更けまで踊りたいと思ってしまった罪悪感という、潜在的な記憶を呼び覚ましたのだろうか？　本当に、そんなことが私たちにわかるのだろうか？　話すことで人は症状から解放されるのだろうか？　あの木の前に立って、私は地面に据えられた銘板を見下ろし、そこに書かれた父の生まれた日と死んだ日を読み上げた。それが、私にとっての音楽だったのだろうか？

フロイトは『自我とエス』（一九二三年）で、次のように書いている。「これに照らせば、あるものがどのようにして意識的になるのか〔意識できるようになるのか〕という先の問いは、あるものがどのようにして前意識的になるのかという、より答えやすい問いとなる。そしてその答えはこうなるだろう。すなわち、それに対応した語表象と結びつくことによって、と」。さらに、これらの言葉は「記憶の残滓《ざんし》」であると言っている。フロイトは、視覚的なイメージが記憶の中の精神世界の一部をなしていることは否定しないが、そこには別の性質があって、視覚的な記憶を意識することはもっと具体的で、「たいていは思考の具象的な素材のみが意識化されるだけで、思考をきわだたせるものとしてのもろもろの関係づけは、視覚的に表現されえない。つまり、イメージによる思考においては、意識化はきわめて不完全なものでしかないということである。じっさいイメージによる思考は、語による思考よりもどこか無意識的過程に近く、個体発生的に見ても系統発生的に見ても、語による思考よりも古いことは疑えないところである」という。[*60]フロイトによる空間視覚的なものと聴覚言語的なものとの区別が、こんなにも見事に、分離脳の患者たちの研究と合致するのは驚くべきことだ。ルリヤの研究もまた、視覚的なものと言語的なものとの違いを明らかにしている。双子Aが言葉を教えられたことで、フロイトが述べていたような記憶された語表象を通した流動的な思考ができるようになった一方で、双子Bは兄弟で共有していた、はるかに具体的で名詞中心の言語の中に閉じ込められたまま、心の成長が妨げられた。

意識にのぼりやすい記憶もあれば、ぼんやりとして断片的にしか思い出せない記憶もある。

私はあるしぐさを覚えている――テーブルに眼鏡を置いた。でも、どのテーブルだっただろうか？　時々、私はそれと同じ老眼鏡を取りに下の階に降りていくのだけれど、他のことをあれこれ考えているうちに、目的地に辿り着くころには、何がしたかったのかすっかり忘れてしまっている。それまでの手順を遡ってみて――もう一度、二階に上ってから今いるところに戻ってくる――初めて、自分が何をしにきたのか思い出せる。同じ動きを繰り返したときにだけ、記憶がよみがえるのだ。あるとき、自分のコーヒーカップのひびを眺めていて、たしかつい最近、別の容器のひび割れを見たのを思い出した。何を思い出していたのか自分では説明できなかった――会話か、絵か、本の一節か――そして突然、それは夢で見た映像であり、自分がそれ以外のことはすっかり忘れてしまっていることに気づく。最近、友達のHが、私たちが十八歳のときにヨーロッパを旅行していて、トラウマとまではいかないけれど、あまり愉快ではない経験をしたことを思い出させてくれた。私たちはパーティに来ていた。私がアパートの一室で若い男に話しかけていたとき、突然その男が私に迫ってきた。私は男を払いのけて、Hと一緒にそこから逃げ出した。こんなふうに乱暴されそうになったことを、私は何年も思い出さなかったし、今でもその記憶は断片的で支離滅裂――もみ合い、恐れ、安堵したことを、ぼんやりと思い出せるだけだ。実際のところ、私はこの出来事をあまり覚えていたいとは思わない。Hに言われるまで、完全に意識の外にあった。フロイトが抑圧と呼んだものの中には、患者が知りたがらないから意識されないままになっている記憶があるけれど、それは分析の過程で、つまり談話療法によってふたたび意識することができるようになり、それによって話している主体、つまり「私」はその経験をふたたび自分のものにできる。

科学者たちは、記憶を意味記憶・手続き記憶・エピソード記憶に区別する。意味記憶とは私が世界について知っていることのほとんどであり、そこにはガラスが割れることから、スカンクはどんな匂いがするか、そしてキルケゴールの美学の概念に至るまでのことが含まれる。手続き記憶は潜在的なものだ。私が自転車に乗れるのは、身体が乗り方を覚えていて、もはや考える必要がないからだ。これは、メルロ＝ポンティの「身体図式《シエマ・コーポレル》」やギャラガーの「身体図式《ボディ・スキーマ》」と一致する。一方、エピソード記憶は明示的なものだ。それは自意識のある「私」のものである。それはまた、文字どおり回想《リ・コレクション》、つまり過去の断片を現在の意識の中に持ってくる行為だ。そのほとんどが言語の形をとっていて、内省的であるため、自分の中の自分を見つめられるだけでなく、自分をまるで遠くから——誰か別の人が見ているみたいに——眺めることができる。これがあるおかげで、私はデイヴィッド・コパフィールドがその名を冠された、チャールズ・ディケンズの小説の一行目でやっているように、あれこれ思いを巡らせることができる。「ぼくが自分の人生のヒーローになれるかどうか、それとも、その役目を他の誰かに明け渡してしまうのかは、この本を読めばおわかりになるだろう[*61]」。

　私はこれまで精神科の患者たちに作文を教えるとき、詩人でヴィジュアル・アーティストのジョー・ブレイナードの『ぼくは覚えている』という本をよく使ってきた。短いけれども素晴らしい本で、著者の思い出のカタログになっている。どの節も「ぼくは覚えている」で始まる。

　　ぼくは覚えている。人前では決して泣かなかったことを。

ぼくは覚えている。他の子が泣くとどれだけ居心地が悪かったかを。

ぼくは覚えている。初めて芸術賞を獲ったときのことを。小学生だった。キリスト降誕の場面を描いた絵だった。空にすごく大きな星を描いたのを覚えている。展覧会では最優秀賞をもらった。

ぼくは覚えている。煙草を吸いはじめたとき、両親に手紙を書いて報告したことを。その手紙にはついぞ触れられず、ぼくは煙草を吸いつづけた。[*62]

患者たちとそれぞれの「ぼくは覚えている」を書いてみると、驚くべきことが起こる。ぼくは覚えていると書く行為そのものが、記憶を生じさせるのだ。それは、たいてい過去のきわめて具体的なイメージや出来事で、長いあいだ、思い出しもしなかったものであることが多い。ぼくは覚えていると書くことは、運動と認知、両方の動作を引き起こす。たいていの場合、文章を書きはじめたときにはそれがどうやって終わるのかわからないけれど、ひとたび覚えているという単語がページに記されると、何らかの考えが浮かんでくる。一つの記憶が他の記憶につながることもよくある。ここには連想の連鎖があるのだ。

ぼくは覚えている。自分の膝が醜いと思っていたときのことを。

ぼくは覚えている。きみの膝きれいだね、と言ってくれた男のことを。

ぼくは覚えている。それ以来、もう二度と自分の膝を醜いだなんて思わなかったことを。

私の手は動いて書く。それは私が無意識のうちに知っている身体的な手続き記憶で、過去の何らかのイメージや出来事についてのぼんやりとした気持ちや感覚を呼び起こし、意識にのぼらせる。それから、驚くほど唐突にエピソード記憶が心に浮かんできて、それを言葉にすることができる。どんな些細で、おかしくて、悲しい記憶でも、私のクラスの書き手たちはみな喜んで心の金鉱から小さな金の塊を掘り出す。ものすごく鮮明な記憶が、どこからともなく浮かんでくるらしい。テーマは決まっていない。どんな記憶も歓迎だ。この課題をやると、多くの生徒が驚いた様子で帰っていった。「こんなこと、もう何年も思い出さなかったよ」とか、「フレッドおじさんの三本足の猫のことなんて、今の今まですっかり忘れていたよ」とか言いながら。感情は記憶を強固なものにするので、取るに足らない思い出はめったにない——そこには、たいてい何とも言えない感情が溢れている。ぼくは覚えているという呪文を書くことは、触媒として欠かせない。それは、これから現われるものの持ち主を想定している。これは私のものであり、たとえその思い出がどうやって隠れた深淵から出てきて日の目を見るようになったのか説明できなくても、ひとたび現われたらそれは書き手のものであって、病院で治療中の精神科の患者、つまり自分を形作るさまざまな欠片《かけら》を一つに統合するのが難しくなる病気に何度も苦しまされて、自分がバラバラになっていくような感じがしている人にとっては、ぼくは覚えているという言葉それ自体が治癒力を持つ。それはどうやら、心に刻み込まれた、短いけれど一貫した記憶を授けてくれるようだ。ジョー・ブレイナードは記憶装置《メモリ・マシン》を発見したのだ。

ぼくは覚えていると書くことは、単にぼくは覚えていると言うだけのときとは違った働きをするようだ。私は一九九四年の『ブレイン』誌に載った論文の中で、ニールという仮名で呼ばれている十三歳の少年の症例と出会って興味をそそられた。侵潤性脳腫瘍の放射線治療を受けたあとも、ニールは相変わらず流暢に話せたものの、読む能力は二年のあいだにだんだん落ちていって、とうとうすっかり失読症になってしまった。つまり、まったく読めなくなったのだ。視覚障害にもなったし、身近な物の名前を言ったり、顔を区別したりすることにも困難を覚えるようになったし、腫瘍ができて治療を受けるようになる前のことは詳しく覚えていたのに、その後のことは思い出せなかった。ある研究者が、日々の物忘れについて尋ねると、ニールは「先生に質問しても、答えてもらうところには自分が何を訊いたか忘れているんだよ」と言った。それにもかかわらず、この少年は物や風景の絵を細かいところまで丁寧に描くことができ、そのうちいくつか——クリスマスツリー、庭にいるうさぎ、ジュースと栓抜き——のコピーが記事の中に載っている。ニール自身は、それが何なのかわからなかったけれど。のちに明らかになったのは、ニールには自分の世界について話すことができるような記憶はなかったものの、筆記してみると自分に起こったことを覚えているようだった。自分が書いたことを、思い出すことも読み返すこともできなかったけれど。どうやら彼の記憶は、心と手とのあいだの運動的なつながりの中にだけ存在しているようだった。例えば、今日学校で何をしたの、と母親に尋ねられると、「今日は、学校で僕の左足（『マイ・レフト・フット』）という映画を観た。地理の授業もあった。［先生の名前を挙げ］彼に会ったらすごく喜んでいた。ミス［先生の名前］が、休みのあいだにやることのお知らせを配ってくれるみたい」と書いた。映画は楽しかった、と母親に尋ねられると、「何の映画？」と訊いた。論文の著者たちによると、ニールはまた、書くことを通して、研究者たちがテストした他愛のない単語のリストに比べ、意味のある記憶――友達や家族との経験――のほうをよりはっきりと思い出せたという。出来事を普通に思い出せる他の私たちと同じように、ニールが病気になったあと持つようになった、書くことしかできない記憶は、感情によって強固なものになっている。ぼくは覚えていると書いているとき私の手は動き、その動くという行為そのものが記憶を呼び覚ます。ニールがページの上に文字を書きつけるとき、自分の残りの部分が忘れてしまったことを記すことができた。話すニールは健忘症だったけど、ニールの書く手は違った。[*63]

『ブレイン』誌の論文の執筆者たちは、ニールの症例をどう考えたら良いのかわかっていない。ニールの「パフォーマンス」が、「自動筆記、つまりかつて実験心理学でも臨床心理学でも熱心に研究が行なわれていた解離現象」と似ているとは言っている。[*64] でも、自動筆記がヒステリーの自発症状とみなされていただけではなく、それを治癒するのにも使われていたことには触れられていない。ジャネは、この技術を催眠術をかけた患者に用いて、意識から切り離されたトラウマの物語を引き出そうとした。このような患者は、自分に浴びせられた感覚のもとになるものを統合できなかったせいで、感覚運動の過程で解離が引き起こされたと、ジャネは考えた。催眠状態で書かせてみると、患者たちはみずから書いた物語によって、何が隠されていたのか気づくことができた。ニールの脳障害は分裂を生み出した――彼の意識の中には、書く手が覚えていることは含まれていなかった。著者たちは、一九八六年に行なわれた二人の「神経精神病の患者たち」の研究にも触れていて、その人たちには側頭葉てんかんと情動障害があり、知らず知らずのうちに何ページもの文章を書いていたという。この二つの現象が関連しているのは間違いない。問題は、どんなふうに関連しているかだ。そして、研究者たちは過去の医学史に通じていながら、なぜそれについて議論しようとしないのかだ。

自動筆記は、十九世紀末から二十世紀初頭にかけて広く研究された。チャールズ・D・フォックスは、一九一三年に出版された『ヒステリーの精神病理学』の中で、この現象について説明している（この文章は、医学にとって専門用語は別に目新しいものではないことを気づかせてくれる）。

そのような自動筆記が起こるためには、意識の解離と同時に、自動的に機能する手が意識の領域から排除されなければならない。運動機能の解離だけではなく、一般に、手全体が意識から無視された結果、その部分に端を発する感覚の印象が、意識に感知されなくなる。[*65]

『ブレイン』誌の論文の著者たちが言っているとおり、たしかにニールのような症例には前例がないかもしれないけれど、これに関連した有名な症例がある。それは、神経内科医のA・R・ルリヤが『失われた世界——脳損傷者の手記』という本で詳しく述べた患者、ザゼツキーだ。第二次世界大戦で重傷を負って、脳の左頭頂後頭部に障害が残ったザゼツキーは、自分に深刻な空間障害と認知障害があることに気づいた。ニールのように話したり、言われた単語を繰り返したりすることはできたけれど、自分の名前や住所、周りにある物の名前などを思い出すことができなかった。彼は賢明にも、自分から消えたのは「話す記憶」であることを突き止めた。二、三ヶ月入院したあと、彼はゆっくりと自分の過去や名前、住所、その他の言葉の断片を思い出しはじめた。

周りの人が言っていることは全部聞こえていたし、頭のなかがだんだん曲や、物語や、かつて交わした会話の断片などでいっぱいになっていった。言葉を思い出して、それを考えるために使うようになると、私の語彙はより柔軟になっていった。

最初は、手紙に使いたいような言葉を一つも思い出せなかった。でも、とうとう故郷に便りを送ろうと決心して、すぐに手紙を出した——短いもので、ただのメモ書きだった。私は自分が書いたものを一つも読めなかったし、なぜだかそれを他の患者に見せたくなかった。そのことについて考えて混乱しないように、私はすぐに封をして、家族の住所を書き、郵便で送った*66（傍点は筆者による）。

ザゼツキーはいつも、自分が書いたものを読んだり理解したりするのにひどく苦労したけれど、書くことはできたし、書いているときは、とりわけ書いている手をページから離さなければ、思い出すことができた。膨大な数のノートに、ザゼツキーは脳の障害によってどれほどつらい思いをしたのかだけではなく、バラバラになった意識からなんとか救い出せた記憶を、一つ残らず取り戻しては、苦労しながら書いている。障害を負っていたにもかかわらず、彼は自意識という究極の感覚、つまり柔軟な、考える「私」を保ちつづけていた。ザゼツキーのノートからの引用を見れば、彼が驚くべき個性を持った人物だったことがわかる。知的好奇心が旺盛で、分析力もあり、繊細な感情を持っていたザゼツキーは、書くことには記憶の手段になるような、奇妙で独特な力があるということの、決定的な証拠だ。

私は、自分はこれまでどのくらいのことを忘れてきただろうかとよく考える。「ぼくは覚えている」を日課にすれば、ひょっとすると自分の人生から失われた欠片が取り戻せるかもしれない。ニールの記憶システムは、どうやら日々のあらゆる記憶を暗号化して、貯えるための「場所」を、通常の覚醒意識（そこにはひどい障害があった）から完全に切り離されたところに持っていたようだ。読むことと書くことは、連動していないのだろうか？ この一見、関連しているように思える二つの機能が、ニールの場合もザゼツキーの場合もバラバラになってしまっていた。一方は消え、もう一方は残った。私が震えたのは、システムの断絶のせいなのだろうか？ 私の人生にプロプラノロールが登場して以降も、震えは何度か私を不意打ちした。スウェーデンのテレビ番組のインタヴューを受けるため座ろうとしたとき、手足にブンブンというなりを感じた。前もって薬を飲んでおくべきだとは思わなかった。それはささやかで、リラックスできる仕事だったからだ——インタヴュアーとカメラマンだけの。セットはレストランの奥の部屋に作られた。その音叉がブンブンうなりだすまでは、私は落ち着いていた。椅子の手すりをしっかりと摑んで、どうか急な発作のような痙攣が起こりませんように、と祈った。結局、発作は起こらなかったけれど、実際それは、まったくの偶然とも、見知らぬ他人が起こした気まぐれとも思えなかった。別のとき、私は自分の家にいて震えそうな前兆を感じて、ショックを受けた。それは、あるラジオ番組用に、ベルリンに関する短い物語を募っていた若い男性のため、自分の書いた短篇を読んで聞かせようと口を開いたときのことだった。私はちょっとすみませんと断って、慌てて薬を取りにいった。

それはそうと、私たちはいったい何者なのだろう？　私は自分について実際、何を知っているのだろう？　震えのせいで、私はギリシアから現代に至るまでの、世界のさまざまな見方に基づいた理論や思想のあいだを渡り歩くことになった。身体とは？　そして心とは何か？　私たちはそれぞれ単数の存在なのか、それとも複数なのか？　私たちはどうやって物事を覚え、そして忘れるのか？　自分の病状を探っているうちに、私はいつしか経験と知覚をめぐる歴史の中を旅していた。病気やその症状を、私たちはどうやって読み取るのだろう？　観察したことを、どうやって一つに組み立てていくのだろう？　どんなことがその枠の中に入り、どんなことがこぼれ落ちてしまうのだろう？　ジャネの患者たちは脳スキャンを受けなかったけれど、ニールは受けた。ニールの脳スキャンは、彼の持っている、書くことしかできない解離した記憶の説明にはならない。自動筆記はかつて、医学理論の対象になっていた。でも、今は見放され、研究者たちを驚かせる物珍しいものになってしまった。なぜか？

近年、ジャネに対する関心はわずかに高まっているけれど、その著作のほとんどはもう何年も絶版になったままだ。歴史的観点から見ると、その主な原因は催眠術にある。十九世紀後半に催眠術が信用されなくなると同時に、シャルコーやジャネなどのような、患者に催眠術を使っていた人々の評判にもひどく傷がついた。シャルコーは皮肉にも、催眠術をオーストリア人医師、フランツ・アントン・メスメルと結びつけられることから解放した張本人だった。動物磁気によって治療するというメスメルの考えは、シャルコーの前世紀にセンセーションを巻き起こしたけれど、この科学的技術はのちに医学界から完全に否定された。シャルコーはサルペトリエール病院でふたたび催眠術を行なうようになったけれど、それは結局、自分の遺産を傷つけただけだった。シャルコーの誤りの一つは、ヒステリー患者だけが催眠術にかかると断言したことであり、この確信はのちに間違いであることがわかった。当時、スウェーデン人医師アクセル・ムンテが批判していたとおり、「サルペトリエール派が言うように、もしヒステリー患者だけが催眠術にかかるのなら、少なくとも人類の八五パーセントはヒステリーだということになる」[*67]。シャルコーが、催眠にかかった患者に自分の病気を公の場で実演させる、という手の込んだ見せ物を上演していたこともまた、彼の評判を傷つけた。シャルコーは患者を、自分の理論を証明する小道具か何かのように扱いがちだった。それに、ジョルジュ・ディディ゠ユベルマンが『ヒステリーの発明』で述べているように、シャルコーが病気を記録する「客観的な」道具として使った写真には、しょっちゅう性差別や改竄が行なわれていたことが、ヒステリーはもともと芝居がかっているという見方を生み、そういう考えがいつまでもつきまとっている[*68]。いまだにヒステリーという言葉は、ドラマチックな感情表現という意味で使われるのが普通だ。フロイトは当初、患者を催眠術にかけて暗示を行なおうとしたけれど、のちにあまり得意ではないからといって、それを使うのをやめた。フロイトはまた、非難が集中するようになっていたフランスの学派から距離をとったほうが都合がいいこともわかっていた。催眠術のもとで行なわれたかどうかにかかわらず、医者の暗示には患者の心を感化したり、左右したりする力があるのではないか、という不安がいまだに残っている。シャルコー以降、このような恐怖は精神分析や精神療法、そしてさまざまな形の精神内科の治療に取り憑いてきた。言葉は変わっても、「回復された記憶」対「偽りの記憶」の激しい戦いは、まったく同じ議論の延長にすぎない。

それにもかかわらず、多くの人の意識の中ではヒステリーや自動筆記はいまやすっかりセピア色になっている——フロックコートにシルクハット姿の医者がかつて使っていた、時代遅れの言葉として。ジャネは、フランスのシュルレアリスト詩人たちに刺激を与え、自動筆記を使って無意識の創造性を解き放ってみさせた。十九世紀の霊媒エレーネ・スミスは、トランス状態で自動筆記を行ない、それが火星と交信して書かれたものだと言い張った。自動筆記の評判が悪くなったのは、催眠術、詩、オカルト、そして間違いなく時代そのものと関係している。私たちは現在という自信過剰に陥っている。つまり、自分たちは絶え間なく進化しつづけているという見当違いをして、自分たちはつねに前進していて、より良く、より賢くなっていると信じているのだ。

自動筆記をしているときは、書くことを自分でコントロールしている感じがしない。私がこの文章を書いたのではない。それは、私のために書かれたのだ。この現象を、読み書きできる見知らぬ手症候群、と呼べるかもしれない。しかし、自分で実際に書いたのではなくて、言葉が自分のために書き取られたのだ、という感覚は、過去のものになってしまってはいない。多くの詩人、とりわけブレイクやイエーツだけでなく、ジェイムズ・メリルやセオドア・レトキのようなもっと現代の作家たちも、詩を霊魂や死人から授かったり、もっと単純に、雷に打たれたみたいに突然インスピレーションが浮かんだように感じたりした。作家にとって、こういうことは例外ではなく、かなり良くあることだと思う。私は調子の良いとき、文章を書いている感じがまったくしなくなることがたびたびある。まるで、自分で書こうとしたのではなく、誰かが書いてくれたような感じがするのだ。私の書き方が毎日こんなふうなわけではない。いつもは書いては止めの、つらく苦しい作業の繰り返しだ。でも、一冊の本を書くあいだに、何かに乗っ取られているような感覚がすることは何度かあるもので、たいていは後半を書いているときに起こる。私が書いているのではない。書かされているのだ。もし私が神秘的な表現を好むタイプだったら、きっと天使（または悪魔）がタイプする指と戯れていたところを想像していただろう。私はなにもケルビムや悪魔を呼び出したいわけではない。ただ科学界でタブー視されるようになってしまったことを、もっと自然に受け止めたいだけだ。自動筆記では何が起こっているのだろう？　無意識な自己暗示？　それまで温めてきたことが突然、言葉になった？　潜在的な記憶が、形を変えて意識にのぼった？　ニールやザゼツキーの神経内科学的な症例と、取り憑かれた詩人たちとのあいだには明らかに関連がある。でも、『ブレイン』誌の記事を書いた者たちにとって、自動筆記は「かつて実験心理学と臨床心理学との両方で熱心な研究が行なわれていた解離現象」（傍点筆者）になっている。今はもう違うのだ。知識はつねに積み重ねられていくわけではない。失われてしまうこともある。貴重な洞察が、明らかな間違いと一括りにされて忘れ去られる。ニールの症例だけが取り残されてしまった。

それにもかかわらず、『てんかんの精神医学』という教科書の「非てんかん性発作の概念化に向けて」という節では、ジャネに言及されている。しかも、考えられる治療介入や処置として、他の治療法とあわせて催眠術が紹介されている。ここでは、議論を呼んだシャルコーの考えが、いくぶん柔らかい表現に改められている。「催眠術のかかりやすさが解離の尺度になるし、どのくらい催眠術にかかったかによって、それぞれの精神障害の特徴がわかるだろう」。わかりやすく言えば、催眠術にかかりやすい人ほど、解離しやすいということだ。さらにこの本では、PETスキャンによって、「転換性症状と催眠状態とのあいだには神経心理学的に重なっている部分があることが示され、どちらの状態でも、例えば眼窩前頭野や前帯状領域などで局所脳血流が増加することがわかっている」と書かれている。[*69] もしそうなら、シャルコーとジャネがいずれも仮定していたように、ヒステリーは無意識の自己暗示や自己催眠の一種なのかもしれない。この教科書や、ここで引用されている研究によると、ヒステリーに関するシャルコーの神経内科学的な仮説は、これまで考えられてきたほど的外れなわけではなかったことになる。

後退することは、ときに前進することのように私には思える。震えている女を捜してみても堂々巡りになってしまうのは、それが結局は、彼女の正体を明らかにしてくれるような見方を探す試みでもあるからだろう。一つだけはっきりしているのは、一つの窓だけを通して見るのでは満足できないということだ。あらゆる角度から眺めてみなければいけない。

ヒステリー症者は、主に回想に病んでいる。転換性障害において、記憶はどんな役割を果たしているのだろうか？　『DSM』にはシャルコーも、ジャネも、フロイトの名前も出てこないけれど、この病気の来歴については漠然と言及されている。「伝統的に見ると、転換という言葉の由来は、個人の身体症状は無意識の心理的葛藤に対する象徴的な解決を表わしていて、不安を軽減し、その葛藤を意識から追い出す役目を持っている、という仮定にある」[*70]。注意しておきたいのは、この考え自体にどれほどの価値があるのか意見が述べられたり、そこに記憶が関与している可能性に触れられたりはしていないことだ。そういうことは、このマニュアルの埒外にある。もちろん、症状が「葛藤やストレス要因」と「近い時期」に現われたときは、それが診断の助けになるかもしれない、とは書かれている。また、「転換性障害になるのは女性のほうが男性より多く、だいたい二対一から十対一の割合で起こると言われている」とも記されている。[*71] おそらく、非戦闘員の場合、と追記しておくべきだっただろう。

兵士たちに説明のつかない麻痺や発作、視覚喪失、無言症、失語症、難聴が見られたことは、これまでずっと記録に残っているけれど、それは最近まで男性に限られたことだった。報告症例が最も多かったのは、第一次世界大戦中やそのあとで、当時は戦争神経症に罹る人が大勢いた。前線での暮らしは実に恐ろしいものだった。兵士たちはそこから動くことができなかった。長くて狭い穴の中で身体を寄せ合いながら、兵士たちはいつ何時、自分が粉々に吹き飛ばされてもおかしくないとわかっていた。次々と起こる転換性障害の共通点は、どの患者も傷つきやすさや無力さを感じていることだ。目の前の事態に圧倒されてしまったのだ。彼らにはなすすべもない。兵士たちが前線からの移動を許されて、どこかに閉じ込められていると感じることがあまりなくなると、戦争神経症の発症率は著しく下がった。[*72] C・S・マイヤーズは、戦争ヒステリーの典型的な例を次のように描写している。イギリス人兵士が他三人とともに前線に出ていたとき、砲弾が命中して仲間のうち二人が即死し、生き残ったもう一人とともに前線のはるか向こうまで吹き飛ばされた。見たところ怪我はないのに、立ち上がることも、まともに話すこともままならなかった。野戦病院で十七日間も昏睡状態に陥り、目が覚めるとこう叫んだ。「また奴らが来るぞ。お前も見たか、ジム?」。それからまた昏睡状態になり、意識が戻ったとき、耳が聞こえず、口もきけなくなっていた。彼はその状態のまま、イギリスに戻って暮らしていたけれど、「ある日、ヒステリー性の痙攣性疾患になり、それから前線で発された命令を叫ぶと、ただちに耳が聞こえ、口がきけるようになっていた」[73]。

神経精神科医のエド・ワインスタインは、南北戦争からヴェトナム戦争に至るまでの、アメリカ軍兵士たちの転換性障害について書いている。ワインスタインによると、南北戦争中に「一八・三パーセントがてんかん、そして二〇・八パーセントが転換性障害を含む麻痺と、かなりの数の兵士が除隊になった」[74]。こう主張する理由は単純だ。除隊になった者の多くが、家に戻ると全快したからだ。ヒステリーと戦争は共にある。問題は、一つの語彙と命名の魔法にある。別の名前をつければ、また別のものに見えるだろう。軍医たちは、それまでずっと女性のものとされてきた病名を兵士たちにつけたくなかったのだ。戦う男たちがヒステリーになるものか。なにより、これまで見てきたように医学史とは変わっていくものだし、全員ではないけれど、多くの医師たちが診断の拠り所にしている今ある枠組みの前に、どんなものがあったのかほとんど把握していない。彼らは、現在と過去とを関連づけることができないのだ。それがどれほど難しいかは、最近イスラエルで行なわれた研究を見てみればよりはっきりする。研究者たちは、病棟に収容された三十四人の事例を分析し、「転換性麻痺運動障害」と診断した。一九七三年に、「実戦経験のかなりある」陸軍将校が、乗っていた装甲車が地雷に当たって負傷した。彼は神経外科に送られ、意識ははっきりしているのに足が動かせなかった。ＣＴスキャンでも麻痺の原因はわからなかったし、病院の職員によると眠っているあいだは下肢がよく動いていたらしい。その後、回復して精神内科に移され、三週間治療を受けると、何の症状も出なくなって退院した。

この男は「心的外傷後ストレス障害（ＰＴＳＤ）による転換性反応」と診断された[75]。わけのわからない診断だ。転換性障害だけしか表われなかったのに、ここで彼のヒステリー症状はＰＴＳＤとして一括りにされている。なぜだろうか？　精神内科に収容されたとたん、それ以外の症状も見つかったのか（もちろんそんな記述はなく、すぐに回復したということしか記されていない）、もしくは単に、戦歴をもとに診断が下されただけなのかもしれない。おびただしい数の文献が転換性障害をトラウマと結びつけているにもかかわらず、『ＤＳＭ』では転換性障害がＰＴＳＤの一部だとは書かれていない。そこでは、「もし症状が、他の精神障害（例：短期精神病性障害、転換性障害、大うつ病）の基準を満たしていた場合は、そちらの診断をＰＴＳＤの代わりに、もしくはそこに付け加えて下すべきである」[*76]。はたして今日、ジュスティーヌ・エチュベリのように性的暴行を受け、ひどい火傷を負い、二度も瀕死になった女性は、ＰＴＳＤによる転換性障害と診断されるだろうか？　イスラエル人将校への診断はそもそも、症状に関連するものを連想して付け加えただけなのだろうか？　歴戦の勇士は、ＰＴＳＤに相応しいと。ＰＴＳＤは戦争と深い関わりがあるから、これまでずっと、そしていまだに女性と結びつけられる転換性障害にはないような威厳を、与えてくれるのだろうか？

　ヴェトナム戦争中、ＰＴＳＤは兵士たちに戦後も残ったトラウマの諸症状をまとめるのに最適な略称になった。戦争というものは、みな自分の名前を欲しているようだ。兵士の心臓、砲弾神経症《シェル・ショック》、戦争消耗、戦争神経症は、いずれも戦争の恐怖によって起こる心的外傷という一つのテーマが、形を変えたものにすぎない。転換を患った兵士の人生にとって、記憶が重要な役割を果たしているのは明らかだ。耐えられない記憶。好ましからぬ記憶。好ましからぬ現実。抑圧。無意識の記憶や考え。

心因性の症状――つまり、普通の神経内科学的診断に当てはまらない諸症状のある人々に何が起きているのかを理解するために、科学はどのくらいのことを成し遂げてきたのだろうか？　二〇〇六年に『神経内科学』誌に掲載された「転換性障害とｆＭＲＩ」という論文で、トレヴァー・Ｈ・ハーウィッツとジェームズ・Ｗ・プリチャードは、ヒステリー患者の脳スキャンに関する近年の研究を振り返っている。論考の最後に、彼らは過去に一三〇年遡って、イギリス人医師Ｊ・ラッセル・レノルズに辿り着く。この人物は、「麻痺やその他の運動、感覚障害を『心を我がものにして、自らの目的達成に導くような考え』に基づいて説明した」。彼らはこの意見を、現在の言葉で「再公式化」している。「転換性反応は、皮質経路や皮質下経路をコントロールして、従来の意味では器質的とは言えない機能の増減パターンを作り出す、精神的苦痛から生まれる身体機能不全を指した凝り固まった考えである」[*77]。このハーウィッツとプリチャードが引用した論文を、一八六九年にレノルズが英国医師会で発表したとき、ジャン＝マルタン・シャルコーもそこにいて、このイギリス人医師の言葉にフランス人神経内科医は強い影響を受け、たびたびそれを信じては、自分でもその考えを推し進めた[*78]。「凝り固まった考え」はジャネの言う固定観念と非常によく似ている。シャルコー、ジャネ、そしてフロイトもまた、ヒステリーは従来の意味では器質的とは言えないことがわかっていた。私がこれまで調べてきたさまざまな研究や論文を見る限り、ヒステリーに関する科学思想は、彼らが十九世紀末から二十世紀初頭にかけて成し遂げた功績から一歩も先に進んでいないと言える。転換性障害と神経画像検査に関する論文を書いた二人が、こんなふうに言っている。「ただし、ある特定の心理作用がどうやって神経生物学に変容するのか、という問題にはいまだに答えられていない」[*79]。この問題こそ、まさにフロイトが一八九五年に『科学的心理学草稿』で答えを出そうとしていたものではないだろうか？

「心理的ストレス要因」が、心因性の病気の症状に一役買っていることはおおむね認められているし、脳スキャンによって、疑わしいと思われる脳領域で神経回路の変化が起こっている証拠が今でははっきり示されているけれど、より広い範囲をカバーする説明が欠けている。ハーウィッツとプリチャードが「従来の意味では器質的とは言えない」と言うとき、それは何を意味しているのだろうか？　もっともらしく聞こえるけれど、何が言いたいのか今ひとつはっきりしない。器質的という言葉は、原因のはっきりしている病気、例えば発作が見られると判断されたり、視覚喪失の原因が脳障害にあるとわかっていたりするときには使われるけれど、原因不明の病気を指すのには使われない。転換性障害の徴候が、目に見える形で人々の脳に現われるようになったことで、多くの研究者たちが理論的な穴の中に取り残されてしまったようだ。彼らに残されたのは、従来とは違う意味での器質的なものだ。

心と身体の問題はいまだに非常に厄介で、二元論としてあまりに確立されているので、それなしには考えるのはほぼ不可能だ。結局のところ、この分裂が精神医学と神経内科学とを区別し、病んだ心と病んだ脳という対立を作り出した。かつて精神内科学の摂理のもとにあったヒステリーは、精神医学のほうに押しやられた。それにもかかわらず、ほとんどの転換性患者がまずは精神内科医に診てもらいに行くのは、それが誰の目から見ても神経内科学的な問題に思えるからだ。ここでもまた、問題は知覚したものをどう形作るのかということと、専門分野という観点が視野を狭めてしまうということにある。カテゴリーがなければ、私たちは何も理解できない。科学はその窓をコントロールしたり制限したりしなければ、何も発見できなくなってしまうだろう。それと同時に、科学は自らを導いてくれるような意見や解釈を必要としていて、それがなければいかなる発見も無意味になってしまうだろう。しかし、研究者たちがあらかじめ定められた枠組みに囚われてしまうと、風通しが悪くなって、科学の持つ想像力が窒息してしまう。転換性障害の研究が小規模なものになりがちなのは、同じ症状の人々を一括りにするのが簡単ではないからであり、たとえその症例が描写されることがあったとしても、普通は『ブレイン』誌の研究に参加した他の七人の患者のように、二、三行で片づけられてしまう。

患者V・A

五十一歳、右利きの女性、離婚歴あり、調査の前年に息子を心臓病で亡くす。新たな伴侶が、青少年虐待という不当な嫌疑をかけられているあいだに心筋梗塞になり、そのあと、右の手足が重くなって、衰弱し、器用に動かせない。感覚症状なし。[*80]

かわいそうなV・A。子供を心臓病で亡くしたあとで、若者への暴力だか性的暴行だかで誤った疑いをかけられて心臓発作を起こすことになる人と恋に落ちる、この悲しみを想像してみて欲しい。心臓にまつわる災難に、あまりに何度も見舞われすぎた。自分の心臓と、愛する人たちの心臓。要するに、心臓は愛の在り処の象徴だ。彼女は傷ついた心、という病気に罹った。「〜しているあいだに」という言葉は、このカップルが何らかの取り調べに耐えつづけなければならなかったことを示唆していて、それは毎朝目が覚めてから毎晩ベッドに入るまで、まるでどんよりとした暗雲のようにそこにあった。ヒステリーの症例が狂気として表われることはほとんどない。多くの精神病患者と同様、ヒステリー患者は「ストレス要因」に何度もさらされてきたものの、ノイローゼになって通りで叫び出したりはしない。うつ病で何もできなくなってしまうわけでもない。その症状は、口には出せないことのメタファーになっている。もう十分だ。もう耐えられない。もしこの苦しみや悲しみを本当にぶちまけてしまったら、私はボロボロになってしまう。私はよく、イギリス人の精神分析家で小児科医のD・W・ウィニコットが書いた一節のことを考える。「正気と戦うことが健康なのではない。健康は病気を受け容れる。実際、あらゆる側面から見て、つねに不健康と接していることで、健康は多くのことを得ている」[*81]。要するに、健康であれば多少の分裂は受け容れられる、ということなのだろう。私たちは誰しも、一度や二度は心がバラバラになってしまうことがあるけれど、それは必ずしも悪いことではない。そうした分裂状態があるおかげで、健康であることの一部である、柔軟さや、開かれた創造性を持てるのかもしれないのだから。

V・Aや、家族が殺されて故郷から逃げてきたアルジェリア人女性V・Uの症例などを含むこの分野の研究で、ある非常に興味深い発見があった。それは、「注目すべきことに、これと同じ前運動前野の神経回路［七人の転換性障害患者に影響があることが明らかになった神経回路網］が、本当の麻痺もなければ、一次感覚運動経路も無傷なのに、四肢を自分で動かすことができなくなる器質的な病変によって生じるはずの半側運動無視にも冒されている」と書かれていることだ[*82]。右の頭頂葉に損傷を負うと、無視の症状が出る患者がいる。自分の左半身を含め、空間の左側に気づかなくなるのだ。例えば、この症状がある人は、頭の右側の髪だけ梳《と》かし、皿の右半分にあるものだけを食べ、花の絵を描くように言われると、半分だけ――右半分だけ描く。左側は存在しなくなってしまったのだ。半側運動無視は運動型の無視だ。患者は、神経内科学的には機能しているはずの左の手足を動かせなくなる。そういう患者の一人は、歩くときに時々、右足でピョンピョン跳ねていたけれど、それ以外のときは両足とも動かせた。[*83] 無視は通常、注意力の問題だと考えられていて、それは知覚に欠かせないものだとみなされている。世界の片側が消えてしまう。例えば無視の患者は、自分の左腕が麻痺しているのを否定することがあるが、実際にその左腕を見せられると、それは医者とか部屋にいる別の誰かのものだと言い張って、自分の腕だとは認めない。それは他人の手になってしまったのだ。この記事の中で、ヒステリー症状と半側運動無視が関連づけられている理由は、どうやらそこには脳の同じ運動前野が関与しているようだからだ。神経生物学的に見て、(従来の意味での) 器質的な病気と非器質的な病気は鏡のようにお互いを映しているかもしれないという考えは、注目すべきだと思われている。

右半球の損傷が、私がこれまでに触れたような症状につながることがよくある。病気の否定や病態失認、もしくは神経内科医が疾病無関心と呼ぶ、自分が病気なのは認めても、そのことをまったく気に留めないこと。ジャネの満ち足りた無関心。これは、自分の目が見えないことは認めても、いっさい関心を払わずにひたすら無視したリジーという、トッド・ファインバーグの患者にも見られた。奇妙なことに、無視の患者の左耳に冷たい水を流し込めば、病態失認はなくなる。V・S・ラマチャンドランの患者は、自分が左半身麻痺で、左腕がまったく使えないことを認めなかった。M夫人はその代わり、私は大丈夫よ、歩くこともできるし両手も使えるわ、と言って、自分の麻痺した左手を見せられると、これは息子の手よ、と言い張った。[*84] 耳に氷水を流し込まれると、彼女は身体が麻痺していることを進んで受け容れて、発作を起こして以来、自分の身体はずっとこうだったと医者に認めた。これがきっかけで、ラマチャンドランはフロイトの抑圧という概念を初めて真剣に捉えるようになった、と打ち明けている。M夫人は、無意識のレヴェルでは明らかに自分が麻痺していることがわかっていたけれど、意識のレヴェルではそのことをわかりたいとは思っていなかった。

カレン・カプラン・ソームズとマーク・ソームズは『神経精神分析学の臨床研究』で、ラマチャンドランの実験を引用している。ある章では、右半球に損傷のある五人の患者のことが書かれている。どの患者も、神経内科の治療だけでなく精神療法も受けた。同じような損傷なのに（どの患者も右のシルビウス裂周囲に損傷があった）、それに対する反応はそれぞれ違っていた。にもかかわらず、彼らは揃って、もう自分は昔の自分ではない、という悪い知らせを抑圧したり否定したりした。これは、左半球を損傷したせいで自分が何を失ったのか、はじめから痛いほどはっきりわかっていたザゼツキーの反応とはまさに対照的だ。彼は何も抑圧しなかった。ニールもまた、自分が忘れっぽいことに気づいていたし、腫瘍ができて、それを小さくする放射線療法を受けたことで、自分が変わってしまったこともよくわかっていた。右半球の損傷のせいで、自分のどこがおかしくなっているのか根本的に理解できなくなる、と結論づけるのは簡単だ。でも、この本ではそうは考えられていない。「このようにして患者たちは、自分の身体の異常に関する情報を、脳の中で絶えず受容できる形に変えているので、どこか深いところでは身体障害のことも、そこからどんな感情がほのめかされるかにも気づいている。彼らに欠けているのは、許容力だ――もしくは、私たちが示唆しているように――自分の気づいていることに耳を傾けたり、それをはっきり意識したりすることだ」。あるいは、ジャネの言葉を繰り返すと、「実は、消えてしまったのは……『感じているのは私、聞いているのは私』と主体に断言させる力なのだ」。病んでいるのは私。覚えているのは私。

こういう患者の一人であるD氏は、脳出血になってから目覚ましい回復を遂げた。左半身に軽い運動感覚障害があったものの、主な障害は左手が動かしにくかったり、不随意的痙攣を起こしたりすることだけだった。D氏は脳出血のあと、一時は自分の病気を否定したり、左半身を無視したりしていたけれど、そういう症状は治まったという。その代わり、自分の左手をひどく嫌悪するようになった。「この手をこっぱみじんにして、その欠片を一つ残らず封筒に入れて、外科医に送りつけてやる」。これに対して、次のような注釈が加えられている。「ある時点で、D氏は実際に、その手が自分のものではないような気がするとも言った。要するに、手は自己のうち彼が失ったり、自分のものだと認めなかったりする部分の象徴だった。このような観点から彼の態度を分析してみると、実は失うという受動的な経験を、それは自分のものではないと否定することで能動的な経験へと転換しようとしていたことがわかる」[*85]。悪さをする手を無視して、その存在そのものや、それが自分の手だという事実を認めない代わりに、彼はそれを「私」から取り除いて、自分の一部として受け入れることを拒みたかったのだ。

カプラン・ソームズとソームズが研究した患者たちの中には、病気の否認と満ち足りた無関心の両方を示している者もいたけれど、面談を行なううちに、その無関心な態度が揺らぐことに彼らは気がついた。B夫人は、発作のせいで身体に障害が残ったことをもう受け容れているのに、なぜ自分は激しく泣いてばかりいるのかよくわからないと言っていたけれど、手がかり——例えば手足を持たずに生まれたサリドマイド児についての記事——を用いてみると、自分が何を失ったのか、これまで何度も思い出していたのは明らかだった。彼女にとって無関心は、頭の片隅ではわかっていることを覆い隠す、耐えがたい感情への盾になっていた。無視や病態失認、視覚的・空間的障害がいくつもある別の女性、A夫人は、自分の重いうつ病のことを、例えば眼鏡とか煙草のような「物を失って」ばかりいる、と説明していた。けれど、分析家と話しているうちに、彼女はこの取るに足らない喪失を、もっと深刻な喪失と結びつけるようになった。それは、まだ若いころに子宮摘出で子宮を失ったことや、幼いころに父親を失ったことだった。彼女はこんなふうに言っていたという。「私は、父を亡くしたことを悲しめなかったのです」[86]。一つの喪失が、別の何かの喪失につながっていく、そのことの繰り返しだ。失ったものが多すぎる。眼鏡や煙草をなくしてイライラしているほうが、ずっと簡単だ。ソームズとカプラン・ソームズはこの症例を使って、彼女たちのような患者が負っている障害は感情を鈍らせたり、身体を意識することを妨げたりするので、どんなレヴェルであれ事態がどのくらい悪化しているのか本当にわからなくなる、というふうに、ある特定の神経内科学の理論で無視や病態失認を説明しようとすることに、反論している。彼女らの症例を見てみれば、この説明は正しくないし、実際にはずっと複雑なことが起こっていることがわかる。

無視や病態失認は、身体の境界を引き直して、悪い部分を心配しなければならないことから「私」の意識を解放してくれるようだ。D氏はうまく動かない手を除外して、自分というものの線引きをやり直すため、この手を切り落として機械の義手と取り替えるぞと脅した。これに対して、転換性障害の患者は、「私」の代わりにショックを引き受けてくれる身体の悪い部分や機能不全を無意識のうちに作り出しているおかげで、何の影響も受けずに気楽に日々を過ごしていられる。では、もう手足が使えるはずなのに、そうならない運動無視の患者の場合はどうだろう？　あるいは、問題があることを裏づけるような生理学上の損傷がないことから、これと同じ機能的疾病と言われるかもしれないけれど、それでも身体の一部が使えない転換性障害の患者はどうだろうか？　なぜ『ブレイン』誌の研究は、半側運動無視の患者と、手足が衰弱したり麻痺したりしている転換性障害の患者との大脳皮質下に共通点を見出しているのだろうか？　SPECTスキャンは、ヒステリー症状に直接つながるような感覚・運動神経経路の異常を示した。このような運動前野から大脳基底核、視床を結ぶ神経回路が、意図的な動きには必要不可欠なことはわかっている。ここが活性化するのも、自発的な動きの主観的な感覚の一部なのかもしれない。私が動いている。これと同じ脳領域が直接、刺激を受けると、主観がみずから意図したと感じるような動きを引き起こすことができる（もちろん、そのような主観性が実際にどのように成立するのか、神経系の言葉ではまだ説明できない）。そして、例えば発作などによって損傷を負った人は、半側運動無視になって、両足を使って歩けることを「忘れて」しまうことがある。だとすると、これは運動意志、つまり動きの所有と結びつけられてきた分野だということになる。あなたではなく、私が手を動かしている。こういうことが、転換性障害と半側運動無視の両方に関わっているのは理にかなっている。どちらの場合も、身体の各部位が自分のものであるという主観的感覚に障害が見られるからだ。

自分の身体は自分のものである、というこのような感覚が具体的にどのように機能しているのかは、意識とは実際にどんなもので、どんなふうに機能していて、何のために存在しているのか、という問題と同様、依然として謎のままだ。一九八〇年代にベンジャミン・リベットは多くの実験を行なって、当時ほとんどの人が心の奥で直感していたこととは逆に、私たちが例えば手首とか指を動かそうと意識して決断する最大二分の一秒前に、脳がその動きを先取りしていて、「準備電位」（RP）と呼ばれる電気的変化が計測できることを示した。つまり、彼の実験によって脳が無意識のうちに自発的な行動を起こしていることが示唆されたのだ[*87]。この発見に対して、すさまじいと言うほかない議論が巻き起こったのも無理からぬことだ。神経内科学者、哲学者、その他関心を寄せる者たちがみな、そこに加わった。私たちはロボットにすぎないのだろうか？　私たちに自由意志はあるのか？　こういうことは大昔からある議論であり、自分のやることは自分で選択している、という考えに人々がしがみつくのも無理はない。一七四八年にジュリアン・ド・ラ・メトリは『人間機械論』において、魂の状態は身体の状態に依存していて、無意識の自発的でない過程を、意識の自発的な過程から切り離せるのは、ただ後者のほうがより複雑だからだと言っている[*88]。私たちは自分の運命を担っているのか、それとも単に自分の行動は自分で決めていると思っているだけなのだろうか？　そして、私たちが決定していることはどんな仕組みで決められているのだろうか？　ラ・メトリはリベットの発見に驚かされた。彼は研究を通して、私たちは何をするのか自分自身では決められないかもしれないけれど、それを拒否したり、禁じたりすることはできる、という見方をするに至った。言い換えれば、意識的な自由意志は、強い否定《ノー》として機能しているのかもしれない。いいえ《ノー》、あなたを殴るつもりはありません、殴ってやりたいのはやまやまだけれど。非常にたくさんの倫理的判断がここに分類される。

その一方で、おそらく自由意志というものを完全に意識することはできない。結局のところ、私たちの身体図式はほとんどが無意識なものだ。私が飲み物を取ろうと冷蔵庫を開けるとき、そのしぐさはあまりにも機械的なのでほとんど考えずにやっているし、単に喉が渇いたからそうしているだけではないのか？　飲み物を取りに行く前に、「私は喉が渇いていることを今、意識しているぞ」と自分に言い聞かせなければいけないという意味で、喉の渇きを意識しているだろうか？　そうではないだろう。でも、たとえ代名詞「私」を持つ完全な文章で自己言及的に認識しているわけではないにせよ、何らかの形で喉の渇きを意識している必要はある。そして、ミネラルウォーターの瓶を取るために、私が人生の主人公として自分を外側から眺めている必要はないことは明らかだ。神経内科学者のジャーク・パンクセップは、あらゆる哺乳類の脳を調べて、さまざまな感情の構造を突き止めたが、そこには彼が「探求系」と呼ぶものもあった。「この系《システム》は、動物たちに周りの世界を熱心に探求させ、自分の望むものが手に入りそうになったときに動物たちを興奮させる」と彼は言っている。[*89] 私たちはみな、自分に必要なものや欲しいものを探しているし、そこには冷蔵庫から水を取ることも含まれている。水を取るというしぐさを私の無意識がどこかで前もって準備しているからといって、私がそれを望んでいないとか、私は自動的に動く機械にすぎない、などと言えるだろうか？

　どの程度、意識しているのかを表現することはおそらく役に立つだろう。結局のところ、私が書いているときでさえ、その内容のほとんどが無意識のうちに生み出されている。言葉の奥にある前意識の世界から言葉を引き出しているという感じがするし、そこにはまだ言葉にはされていない潜在的な考えがあって、そういうものが見つかったときは、それが正しいとか間違っているとか信じられる。そう、これが言いたかったんだ。私は何と比べてそう思うのだろう？　基準は私の外にはない。自分の外側のどこかに、言いたいことをことごとく表わせる完璧な文章がある、と考えているわけではない。知識は私の中にあるとはいえ、その言葉でできた私の内なる世界は、外の世界にあるこれまで読んだ本とか、誰かと交わした会話とか、その記憶の残滓とかでできているのではないだろうか？　私が「心の奥にある」とか「口の先まで出かかっている」という表現が好きなのは、それがそうした漠然と記憶された地下空間を示しているからだ。ぼくは覚えているという言葉を構成する記号を私が書きつけるとき、実際には何が起こっているのだろうか？

　主観というのは、意識的な決定を次々と下しながら人生を練り歩く、絶対に揺るがない「私」の物語ではない。それはまた、ある特定の予想可能な動きしかしないよう前もって遺伝的にプログラムされた、肉体を持たない脳から成る機械でもない。脳をソフトウェアの入ったコンピュータのハードディスクにたとえる考え方は、いっときもてはやされたけれど、その人気はだんだん下火になってきた。テクノロジーの出現によって、コンピュータは一つの認知モデルになったけれど、科学者や大勢の哲学者たちが、人間の心を表わすのに適切なモデルとして機械を選ぶというのは、ちょっとおかしな感じがする。一つには、機械には感情がなく、感情的な価値がなければ、人間は決断することができない、ということが挙げられる。的確に判断するどころか、判断力そのものが失われてしまう。アントニオ・ダマシオは『デカルトの誤り』で、論理的に考えるためには感情が不可欠である、という多くの人が直感的にわかっていることに対して、神経内科学的な証拠を示している。[*90] 前頭葉に障害がある人は感情が鈍くなり、そのせいで自分の幸せのために行動することができなくなる。さらに、私たちの主観は外の世界に対して閉じられているのではなく、開かれている。これは疑う余地のないことなのに、不思議と忘れられることが多く、科学は脳の機能を盲目的に崇拝するあまり、ときとしてこれらの過程がまるで孤立した、身体を持たない器官で起こっているかのように——大きな桶の中に入ったたくさんのニューロンが、ひとりでその務めを果たしているかのように扱う。ウィリアム・ジェイムズは、次のように書いている。「それゆえ、すべての行為は外界に対する反作用《リ・アクション》なのである。そして、考察や熟慮や思考のようなものの中間段階は、単なる通過点、あるいは環の底点にすぎず、その両端は外界の中に適用点がある……私たちの目や耳から流れ込んでくる生の潮流は、手足や唇から流れ出ていくことになっている」[*91]。ジェイムズの主観的経験のモデルは動的で、そこにはあらゆる手段——眺め、音、匂い、感覚、感情、他人、思考、言語——によって知覚された世界が含まれている。それは私たちの中にある。私たちは肉体を持った存在として、誰かに住まれたり、占拠されたりしていて、複数であり、つねにその知覚された外界とのつながりの中で生きているのであって、脳だけの存在ではない。

　エトムント・フッサールの現象学はジェイムズの考えに影響を受け、身体に関する二つの感覚、つまり物的身体と身体とを区別した[*92]。物的身体は肉体的な、物としての体のことであり、医学や科学では非生命体、もしくは「それ」として、三人称の視点から観察できるものである。物的身体は解剖することができる。身体は生命を持った体のことであり、生き生きとしていて、一人称で、精神生物学的で、経験する存在のことだ。『グレイズ・アナトミー』には物的身体が出てくる。身体は私たち自身の中、体を与えられた「私」の中にある。

主観的な世界は、間主観的な世界、つまり「私」と「あなた」の世界でもあって、その二つを簡単には区別できないのは、他者も私たちの中に含まれているからだ。今では、生まれて数時間の赤ん坊でも、自分をのぞき込んでいる大人たちの表情を盛んに真似することがわかっている。これは生まれつきの特徴らしい。新生児たちは何も、他人の顔を真似して動く自分の顔についての、身体イメージを持っているわけではない。自分のしていることを自覚してはいないのだ。赤ん坊たちはまだ自分の人生の主人公ではないけれど、人の顔にはしっかり反応する。私は妹が生まれたあと、何時間もただその顔を眺めて過ごしたし、妹のほうも私を見ていた。その表情や、こちらをじっと見つめる大きな目は、いくら見ていても飽きなかった。母は以前、私たち姉妹についてこう言っていた。「あなたたちが小さかったころは、見ているだけで楽しかったわ」。この言い方そのものが、見つめることの喜びや、そうする必要性に焦点を合わせていて、母親のまなざしを通してどんな気持ちが交わされるのかが、ここに簡潔にまとめられている。生後数週間しか経っていない生まれたての赤ん坊でも、こちらに応えてくれるだろう。私は何度も試してみたことがある。赤ん坊に話しかけて、しばらく待ってみると（時間をあげないといけない）、そのお返しに、話しているみたいな音を出してくれるだろう。言葉の始まりは、真似をすることにある。私たちはお互いを写す鏡なのだ。

D・M・ウィニコットによると、「感情の発達において、鏡より前に母親の顔がある」[*93]。彼はラカンのエッセイ「鏡像段階」がいかに重要なのか触れながらも、ラカンは自分ほどには母性と鏡とを結びつけていないことを指摘している。「赤ん坊は、母親の顔に何を見るのだろう？

普通は、自分自身を見ているのではないだろうか。言い換えると、母親は赤ん坊を見つめているのであり、母親がどう見えるのかは、そこに何を見ているかに関係している」。[94] あなたの目に私が映っている。同じエッセイの中で、ウィニコットは次のようにまとめている。

私が見るとき私は見られている、だから私は存在する
私は今や、見たり理解したりできる
今では、想像力を使って見られるし、気づいたことを知ることもできる
実際、そこに見えるはずのないものを見ないよう気をつけているくらいだ
（疲れていない限りは）[95]

私たちの目は脳に直結している。だからこそ、他人が何を考えているのか知りたいときはいつも、その目をのぞき込むのだ。E・H・ヘスが言っているように、目は「解剖学的には脳の延長にある。脳の一部がほとんど丸見えになっているようなものだ」[96]。神経生物学者は、母子がこのように視線を交わすことで、赤ん坊の脳の発育が促進されるのを知っている。アラン・ショーは、この母子間のやりとりを「精神生物学的な調和」と呼び、他の研究者にならって、母と子とを一対《ダイアド》――二つで一つの輪、という一つの名詞で呼んでいる。「母親の感情豊かな顔は、視覚的に最も強く感情に影響する情報源だ」と彼は言う。「そして、それは面と向かったやりとりを通して、視覚的な刷り込みをする刺激として、赤ん坊の発達中の神経系に働きかける」[97]。私たちの生は言葉なき会話から始まるのであり、それがなければ成長することができないだろう。

生まれと育ちとを区別することはできない。人を育った環境から切り離すことはできないし、なにより外側と内側、主観と客観といった概念そのものが複雑に絡み合っている。私たちの目や耳から流れ込んでくる生の潮流は、私たちの手や足や唇から流れ出ていくことになっている。私たちは他人を通して作られるので、生まれたてのとき、子供と母親とのあいだで、そして、しばらくしてから子供と父親とのあいだで行なわれる認識の動作は、私たちがどんな人間になるのかということや、身体イメージの感覚を成熟させるため、つまり身体的アイデンティティを確立するために必要不可欠だ。ショーン・ギャラガーはこう言っている。「人の［意識的な］身体イメージは、自己受容［ほとんど無意識な運動の身体図式］と他人の顔を見ることとのあいだの通様相的で間主観的な相互作用を通して発達する」[*98]。自分の言葉に直せば、子供は「あなた」を通して「私」を獲得しなければいけない、ということになる。子供たちには持って生まれた遺伝的気質——例えば神経質で感じやすいとか、比較的落ち着いていておとなしいとか——があり、それが視覚的・感情的刺激にその人がどう反応するかに影響するし、また子供たちは相互作用したり、こちらに語りかけてきたりする、世界の一部になるために必要な道具は最初からすべて持ってはいるものの、はっきりと意識したり表現したりできる「私」は、あらかじめ与えられているわけではない。それは、鏡のように真似をしたり、お互いを認識したりすることを伴う、身体の広範囲にわたる発育過程の一部として生まれるものである。

一九九五年にヴィットリオ・ガレーゼ、ジャコモ・リゾラッティ、レオナルド・フォガッシ、ルチアーノ・ファディーガがマカクザルを使って発見したミラーニューロンのことは、すでに多くの人が耳にしているだろう[*99]。動物の運動前野にあるこのニューロンは、サルが何かするとき、例えばバナナを摑むときに発火するけれど、サルが自分は何もせずにその動作を見ているだけのときにも発火する。科学者たちが人間の持つミラーシステムを突き止めたことは、驚くに値しない。それが一体どんなことを意味しているのかはわからないけれど、ミラーニューロンが発見されたおかげで、それが言語から共感まで、あらゆることに関わっているのではないかと推測されるようになった。リゾラッティは、人間の言語の根幹にある信号方式を発見したと考えた。ミラーニューロンは少なくとも、人間関係に固有の弁証法的なやりとりの一部、つまり「私」と「あなた」との反射性の生物学的根幹にあるものらしく、この考えの起源は少なくともヘーゲルまで遡れるし、私たちの自意識は自己と他者との関係に基づいている、という彼の考えとも強く共鳴している。「自己意識は自分が実体的存在であることを自覚した存在である。しかし、そうであるのは自己意識が他者に対して自分が実体的存在であることを自覚していることによってであり、その限りでのことである。すなわち自己意識にとっては『承認』されているということが本質的な事柄なのである[*100]」。

　子供が「私」という言葉を使うようになるのは、比較的遅い。メルロ＝ポンティが指摘しているように、「私という代名詞が初めてその真の意味を持つのは、子供がそれを自分という人格を示すため——おそらく他の誰でもなくその子だけに与えられた記号として——使うときではなく、目の前にいる人はそれぞれ、その人自身にとっては『私』であり、他人にとっては『あなた』である、ということを理解したときである[*101]」。「私」を使うようになるまで、ほとんどの子供は自分の名前を使って自分のことを指す。私の娘が「私はにんじんが欲しい」と言う代わりに、「ソフィー、にんじん」と言っていたのを覚えている。ルリヤが調べた六歳の双子が使っていた、二人だけの言葉の中に、「私」を表わす語はなかった。彼らは自分たちを三人称で表わしていた。ある種の失語症では、早い段階で「私」が消えてなくなるし、統合失調症では「私」と「あなた」が混乱したり、意味をなさなくなったりすることがある。回想録『分裂病の少女の手記』の中で、ルネは自分の病気のことや、自分を支配する「システム」に命令されているという妄想や、そこから自分を「現実」に引き戻してくれたセラピーについて書いている。

> 私にとっていちばん嬉しかったのは、彼女が自分について話すときに「私とあなた」ではなく「ママとルネ」〔ルネはセラピストのことをママと呼んでいた〕と三人称を使ったことでした。彼女がうっかり一人称を使ったときには、私はにわかに彼女が誰だかわからなくなって、そんな間違いをして私との約束を破ったことに腹を立てました。だから、彼女に「私たちがこれからどうやって一緒に『システム』と戦うのか、あなたにもわかるでしょう」と言われても、現実味がなかったのです（私とかあなたって何?）。「ママ」と「ルネ」、あるいはもっと良いのは「小さな人」と言われたときだけ、そこに現実味や、実感や、感情があったのです[*102]。

ルネの精神障害は、彼女が使う言葉よりずっと混乱していた。自我の組織全体がバラバラになってしまっていたのだけれど、分裂を示す一つの兆候としては、言語の使い方が幼少期に退行して、「私」が不安定で空虚なものになってしまっていることがあった。三人称の「ルネ」や、「小さい人」のような記述的なフレーズにこそ現実味があって、そこには、もっぱら話し手によって変化する「私」や「あなた」にはない、普遍性や客観性があった。

私が教えた情緒不安定の少女は、いつもではないけれど、ときどきうっかり三人称を使ってしまう傾向があった。どちらの親からも捨てられて、親戚じゅうを転々とした彼女は、最後は児童養護施設にやってきた。十一歳のときに性的暴行にも遭っていた。彼女はよく、「リニーは学校が嫌い」とか、「みんなリニーのことが嫌いなの」とか言っていた。あるとき、びっくりするようなことを言った。「もしお父さんに愛されてたら、本物のリニーになれたのに」。リニーは二人いて、一人は愛されず、実在しないのに対して、もう一人は愛され、実在している。精神が不安定になるのにはいろんな理由があるけれど、何度も精神的打撃を受けたり、失ったり、奪われたりしたことが、アイデンティティの問題として現われることがよくある。私と私でないもの、私とそれ、現実的なものと非現実的なもの。神経疾患には心理的な側面もあるのに、それを病気そのものや局所的な脳障害とどうやって区別すればいいのか、十分にはわかっていない。D氏は自分の病んだ左手を、卑しい「それ」に変えた。見知らぬ手はもはや、物言う「私」のものではない。誰がこういうことをやっているのだろう?　ニールの手は、話す「私」が思い出せないようなことを書き留めた。フロイトの三位一体の自己のうち、直感に動かされる無意識の部分はそれ、つまりエスと呼ばれていて、英語では「イド」というが、これはフロイトがゲオルグ・グロデックから借りた言葉であり、彼は「私の見解では、人間は未知のものによって動かされていて、その中には『エス』、つまり『それ』と呼ぶべき不思議な力があり、それがその人のすることと、その人に起こることとの両方を支配している。『私は生きている』という断言は、条件つきでしか正しいとは言えないのであって、それは『人はそれによって生かされている』という基本原理のうち、ほんのわずかなうわべの一部分だけを表わしているにすぎない」と言った。[*103] フロイトはグロデックの概念を詳細に論じて、自己の中に、何かに取り憑かれているようではあるけれど、刹那的、あるいは時間を超越した、私たちの知らない部分を作り出した。自由意志の実験をしたベンジャミン・リベットなら、おそらくこれに賛成するだろう。内なる「それ」は力を持ってはいるけれど、話しはしない。

私たち動物の最も深いところにある本能は、生き残るということだ。私たちの全存在は、生きつづけ、増えるよう自然に選択されてきた。おそらくすべての動物が、自らが弱く、死を運命づけられていることを本能的に知っている。私は、動物にも感情があることを恐れたりはしない。ゾウはどうやら、仲間の死を嘆くらしい。神経内科学者D・O・ヘッブは、サルが類人猿の切り離された頭部の模型を、本物ではないことがきちんとわかったうえで避けるのを発見した。危険に気づいたり、防衛行動をとったりすることは生き残るために必要不可欠だけれど、自らの死についてじっくり考えられる動物は私たち人間だけなのかもしれない。それでも、自分の死について考えたがる人はほとんどいない。私たちはそれを抑制する。死が近づくと、私が車の事故に遭ったときのように、感情が遮断される。私の場合、恐怖は忌わしい記憶として、不意の突風のように、うなりを上げながら戻ってきた。文学の中で、この死すべき運命の抑圧を最もよく表わしているのは、ほかでもないトルストイの『イワン・イリイチの死』の次の一節だ。

心の奥ではイワン・イリイチは自分が死ぬとわかっていたのだが、しかしそのことになじめないばかりでなく、単にそれが理解できない、どうしても納得がいかないのだった。昔キーゼヴェッターの論理学でこんな三段論法の例を習った──「カイウスは人間である。人間はいつか死ぬ。したがってカイウスはいつか死ぬ」。彼には生涯この三段論法が、カイウスに関する限り正しいものと思えたのだが、自分に関してはどうしてもそう思えなかった。

カイウスが人間であり、人間一般であること──そこには何の問題もない。だが自分はカイウスではないし、人間一般でもなくて、つねに他の人間たちとはぜんぜん違った、特別の存在であった。彼はイワン坊やであり、ママがいて、パパがいて、ミーチャとヴォロージャの兄弟がいて、おもちゃがあって、御者がいて、乳母がいて、それからかわいいカーチャがいて、幼年時代、少年時代、青年時代それぞれに、たくさんの嬉しいこと、悲しいこと、喜ばしいことを味わってきたのだ。

いったいカイウスなんてやつに、イワン坊やが大好きだったあの縞々の革ボールの匂いがわかるか？　カイウスはあんなふうにママの手にキスをしたか、そしてママの絹のドレスの襞《ひだ》がシュルシュルいう音を聞いたか？　カイウスは法律学校でピロシキのことで抗議行動を起こしたか？　カイウスはあんな恋をしたか？　いったいカイウスにこれほどうまく法廷の運営ができるか？

「したがってカイウスは間違いなくいつか死ぬし、死ぬのが正しい。しかしこの私、つまりイワン坊やとして、またイワン・イリイチとして、ありとあらゆる感情と思考をもったこの私は、まったく事情が別だ。だって私が死ななくてはならないなんて、ありえないじゃないか。それはあまりにも非道なことだ」

そんなふうに彼には感じられたのである。[*104]

カイウスからイワン坊やへの飛躍は、抽象から個別へ、頭で何かを理解することから実際にはわかっていないことへ、一般的な真実から個人的な真実へ、三人称の現実から一人称の現実への飛躍だ。この飛躍はまた、私たちに時間を遡らせて、幼いころの革ボールの懐かしい匂いや母親の官能的な存在感へと、世界がイワン坊や、赤ちゃん陛下、愛された坊やを中心に回っていたころへと連れてゆく。このように不可避で、間違いなく起こる自分の終わりを否定することは、とてもよくあることだけれど、それを本当に理解するのはなんと難しいことだろう。トルストイは、イワン・イリイチが必死に避けようとしている、彼自身の生に潜む存在を、代名詞のあいつを使って表わしている。彼は、「慰めを、別の障壁を見出そうとした。そうした別の障壁は一応見つかり、どうやらしばらくは彼を救ってくれるのだが、しかしじきにまた壊れてしまう、というよりもむしろ透けてしまう。あたかもあいつは万能の浸透性を持っていて、何物をもってしても遮ることができないかのようだった」。失くした眼鏡や煙草に自らの悲しみをぶつけたA夫人のように、イワン・イリイチは磨き上げたテーブルについたひっかき傷や破れたアルバムのことを心配して、その傷んだアルバムをどこにしまっておくかについて妻や娘と口論になるのだけれど、その些細な言い争いもまた、自らを救う障壁になっていることに気がつく。「だがそれで万事めでたしだった。彼はこのあいだあいつのことを忘れていたし、そもそもあいつの姿が見えなかったからだ[*105]」。あいつは、見ず知らずの、私ではないものの象徴であり、私たちの内にあるといわれる欲望や攻撃という奇妙で動物的な力だろうとも、あるいはそのような力が永遠には続かないという恐ろしい現実だろうとも、いずれは亡骸として、物として、生命のない、かつて私だったけれど今はそれであるものになり果てることを示している。

初めて震えたとき、私はホームグラウンドに立っていた。そこは父が何年も教えていた大学だった、というだけではない。父は教授だけではなく男子寮の寮長も兼任していたので、私は子供のころキャンパス内に住んでいた。その古い建物はもう取り壊されてしまったけれど、私は暗い廊下や、その匂い、赤いドアのエレベーターや、一つ下の階であかあかと光る炭酸飲料の自動販売機や、そのロイヤル・クラウン・コーラのボタンを覚えている。人のいい太った用務員のバッドと、その埃だらけの灰色のズボン、行ってはいけないと言われていた上の階を、妹のリヴと二、三度冒険しようとしたのを覚えている。住んでいたアパートからの眺めを覚えているし、あるイースターの日に窓辺に立って泣いたのを覚えている。いつもなら、帽子と手袋と春の明るいドレスで、暖かくて天気の良い日を迎えるのに、そのとき窓から見えたのは雪だった。それと同じ地面の上で、ある春の日に自転車の乗り方を教わったこと、父が自転車から手を離して、自分だけでペダルを漕いでいたときの気持ちや、ちょっとよたよたしてはいたものの、手を離されてもまっすぐ乗っていられたことがわかって嬉しかったのを覚えている。父が私とリヴを発電所に連れていってくれたのを覚えているし、白い煙がもうもうと立ちのぼり、熱がどっと押し寄せるなか、機械がうねりを上げる建物の裏手のあたりの小さな部屋に入ると、そこでは男の人がアイスクリームを作っていて、私たちに無料で試食させてくれたことを覚えている。図書館の表《おもて》の、格子の排水蓋の上に腹ばいになって、そこに落ちているキャンディーの包み紙や、煙草の吸い殻や、その他のいろんなゴミを調べたこと、それをひたすら眺めることにどれほど夢中になったかを覚えている。三年生になる前に、私たち一家は町の外に引っ越してしまったけれど、三年生と四年生のときのことをほんの少し覚えている以外は、五歳から九歳までの私の自伝的な記憶の大部分は、キャンパス内で起きたことだ。場所には力がある。

そうやってなじみの場所に立っていたことで、死が現実味を帯びるようになったのだろうか——物言わぬそれの存在が？　なんといっても、私はニューヨークに住んでいたので、父に毎日会うことはできなかった。ニューヨークでは、父が私の人生から失われていることは日常茶飯事だった。私は自分の中で起こった変化にはっきりとは気づかないうちに、父が永久にいなくなって、もう取り返しがつかないことを潜在的に理解させられたのだろうか？　子供のころからよく知っている人たちの顔が、私を昔の自分に立ち返らせたのだろうか？　震えは、父の立場にいたことと何か関係があったのだろうか？　文字どおり、父のものだと思っていた場所に立っていたことと？　それとも、小さいころだけではなく、もう少し大きくなってから、そして学生になってから何度も歩いたせいで、私の記憶の中に刻み込まれている、父の研究室があった旧館の外の、あの緑の芝生が見えたせいだろうか？　しかし、その場所を見たから痙攣が起こったわけではない。それは話すという行為がきっかけで起きたのだ。震えは、最初の言葉とともに始まって、最後の言葉とともに終わった。それは、記憶と関係していたのだろうか？

顕在記憶は場所に根づく。古典派の理論によると、記憶するには場所、つまりトポスが必要だという。キケロは、セオスのシモニデスが記憶術を作り上げたと考えていた。地震が起きて、宴会場にいた人がみんな死んだとき、その場から離れていたシモニデスが戻ってきて、押しつぶされた死体が誰のものか見分けられたのは、それぞれの客がどこに座っていたか覚えていたからだった。この陰惨な出来事から、シモニデスは場所と記憶とが密接につながっていることを発見したという。スコラ派の哲学者、アルベルトゥス・マグヌス（一二八〇年没）はアリストテレスを読んで、頭の中にある場所は心にとって実用的なものであり、それがあるおかげで記憶が取り戻しやすくなっていると述べている。それは現実を写す鏡ではなく、むしろ私たちが把握した現実の姿なのだ。[*106] キケロは記憶を言葉にするための道具として、場という概念を発展させた。話し手は一軒の家を思い浮かべて、話す内容をそれぞれ別の場所、つまり個々の部屋のテーブルや、ラグマットや、ドアなどに割り当て、その中をぶらぶらすることで、長いスピーチを覚えられた。私の父はスピーチを覚えるのにこの技術を使って、うまくいっていたらしい。想像上の建物の中を歩き回ることが、言葉を使った一連の思考を定着するための場所になる。言葉とは対照的に、視覚的な心的イメージにはもっと原始的な特徴がある、とフロイトが述べたのも頷ける。私の視覚的な記憶は、そのほとんどがどちらかというと固定されていて、私が自分にとってなによりなじみ深い場所——家、森、野原、通りなどを覚えている理由は、そういう場所を人生の背景として、何度も繰り返し体験してきたからだ。それは、私がこれまで一緒に時を過ごしてきた空間なのだ。

その一方で、一度しか訪れたことのない場所の記憶はあいまいになることが多い。例えば、香港の通りを歩いていたときのぼんやりとした感覚――心理的枠組《シェーマ》と呼んでもいい――は残っていても、記憶の中で際立っているのは、ひざまずいた物乞いに洋服の端を摑まれて、思わず飛びのいたことだ。嫌悪感と、哀れみと、罪悪感が交互によぎったけれど、あまりの必死さにぞっとさせられたその男の顔の表情は、もうはっきりとは覚えていない。いわゆる、心の目で再現することはできる。歯はボロボロで、目は血走り、頰は薄汚れている。しかし実際には、そういうことが起こったということ、そしてそれ以来、何度も思い返してきたことを知識として覚えているだけで、その話を自分に語り聞かせるときに、詳しく言葉で描写したりしない。一九七五年の香港には、物乞いが溢れていた。私はこの出来事を、ひととおりの事実に基づいて覚えているだけで、視覚的なイメージとして呼び出せるのは、もはや自分の経験の中で受けた印象をもとに、不正確なバージョンに作り替えられてしまったあやふやな寄せ集めだけだ。言葉は視覚的な記憶をあいまいにするし、何度も繰り返せる一定の物語を作り出して、いずれはそれに取って代わってしまうことも多い。

記憶の劇場としての場所といえば、私自身の、ある記憶違いがその顕著な例だ。私の最も古い記憶の一つは、四歳のときのこと。ノルウェーのベルゲンにあるおばの家で、家族で食事していた。その出来事の視覚的要素は主に、窓からフィヨルドを臨む見慣れたリビングの、見慣れたテーブルから成る。私がその部屋のことをはっきりと思い浮かべられるのは、それから十三年後、おじとおばと一緒にその家で暮らしたからだ。私はまた、そこで起こった一連の出来事をいくつかはっきり思い出すことができる。私が大好きで憧れていた十二歳のいとこのヴィベケの向かいの椅子に座っていたとき、なぜだかわからないけれど、彼女が急に泣き出した。私はとっさに椅子から立ち上がろうとしたのを覚えている。足が床に届かなかったので、椅子から滑り落ちてしまった。私はいとこのところに駆け寄って、背中をポンポン叩いて慰めようとした。大人たちが笑い出したので、ひどくばつが悪かった。そのことが忘れられなかった。今なら、大人たちは何も悪気があって笑ったわけではないとわかるけれど、それでも人としての尊厳が脅かされたという思いは消えなかったし、そのことが、私の娘に対する母親としてのあり方を決めた。ジョー・ブレイナードを引用するなら、私は覚えていた。「今と同じくらい真剣に生きていたということを」、そして子供は愛されるだけではなく、敬意も払われなければならないということを。私の記憶違いは、どう感じたかではなくて、私のプライドがどこで傷つけられたかだった。私の沽券に関わる出来事が、その家で起こったはずがない。私が四歳のとき、その家はまだ建っていなかったからだ。私は忘れてしまった場所の代わりに、自分の覚えている場所を記憶に割り当て直したのだった。アルベルトゥス・マグヌスが言っているように、部屋はとても役に立つ。私はその出来事を覚えておくために、どこかの場所に根づかせる必要があった。そういう視覚的な拠り所がなければ、錨が外れてどこかに流されていってしまっていただろう。古代や中世の記憶の権威たちのように、私は今やその大部分が言葉でできたシナリオを、場所に結びつけたのだ。

A・R・ルリヤが三十年かけて研究し、『偉大な記憶力の物語——ある記憶術者の精神生活』に書いたまた別の患者Sは、数字や言葉の長いリストを、場所という心の中のイメージに置き換えることができた。

Sが言葉の長いリストを通して読むとき、それぞれの言葉が直観像を引き起こした。そのリストはかなり長かったので、どうにかしてそれぞれの像を心の中の系列に割り当てなければならなかった。彼はもっぱら（そして、この習慣は一生続いたのだが）、それを心の中で思い描いた道に「割り当て」た。それはときには、子供のころ住んでいたから今でも生き生きと思い出せる生まれ故郷の通りや、家の中庭のこともあったし、モスクワの通りの一つを選ぶこともあった。彼はしょっちゅう心の中でこの通り――モスクワのゴーリキー通り――を散歩していて、マヤコフスキー広場から始めて、家や、門や、店のショーウィンドウにいろいろな像を「割り当て」ながら、通りを歩いていった。ときには、なぜそうなったかわからないけれど、彼はいつのまにか故郷（トルジュク）に戻っていて、子供のころ住んでいた家で、その行程を終わらせることもあった。彼が「頭の中の散歩」に選んだセットは夢の中のそれとよく似ていたけれど、夢の中と違うのは、ひとたび注意が逸れると、散歩の中の背景はすぐに消えてしまったが、このようにして「銘記」したリストを想起させられると、それは消えたときと同じくらい容易に、ふたたび現われてくるという点だった。*107

ルリヤは古典的な記憶システムに言及していないし、Sもキケロを勉強したわけではない。彼はこの記憶術を生まれつき持っていて、それはいわば共感覚、つまり感覚の交差――例えば色を味わったり、音を見たりすること――の産物だ。優れた物理学者リチャード・ファインマンは、色のついた方程式を見た。「方程式を見ていると、色のついた文字が見えるんだ――なぜかわからないけど……淡褐色のjや、少し青紫がかったuや、焦げ茶色のxがあちこち飛び交っているんだ[*108]」。

ランボーの詩「母音」の最初の一節は、まさにこういう形の共感覚にぴったりの描写だ。

Aは黒、Eは白、Iは赤、Uは緑、Oは青――母音よ、
ぼくはいつか君たちのひそかな誕生を解き明かそう。
Aは、ひどい悪臭のまわりをブンブン飛ぶ
きらめくハエの、毛むくじゃらの黒いコルセット[*109]。

Sが驚異的な記憶力を持っているのは、頭の中で視覚的に鮮明に知覚していたおかげだ。この男には、すべてが見えた。「数字でさえさまざまなイメージを喚起するんです」と彼は言っていた。「例えば1。これはすらりとした高慢な男。2は元気のいい女で、3は(なぜかわからないけど)憂鬱な人、6は足の腫れた男[*110]」。しかし、Sの広範囲に及ぶ記憶は、多くの場合、周りの世界を理解する妨げになった。彼は物語や詩の内容を追うのに苦労したのだけれど、それは読んだ言葉がことごとく心の中で複雑なイメージを生み出したからだ。なんとかして文章の終わりまで辿り着いても、そのころには頭の中が、お互いに矛盾した詳細なイメージでいっぱいになっていて、わけがわからなくなっていた。だから、ランダムな数字や言葉のリストのほうが、それぞれが独立して存在できたから、彼の才能を活かすのにはるかに役立った。どんな記号も頭の中で具体的なイメージに変わってしまうので、その抽象的な意味が理解できず、それゆえ何が

大事で何が大事でないか区別することができなかった。視覚の民主主義の中で、意味のヒエラルキーは消滅してしまった。Sほどホルヘ・ルイス・ボルヘスの「記憶の人、フネス」の主人公にそっくりな人はいない。

忘れてはならないことだが、フネスは普遍的なプラトン的観念を持つことはおおよそできない男だった。包括的な「犬」という記号が、さまざまな大きさや形をした多くの異なる個体を含むということが理解しがたいだけではない。三時一四分の犬（横から見たところ）と三時一五分の犬（前から見たところ）が同じ名前を持っているということに悩まされたのだ。鏡に映った自分の顔や自分の手がつねに彼を驚かせた。

物語の終わり近くで、語り手は主人公のことをこんなふうに言っている。「しかし、彼には大して思考の能力はなかったように思う。考えるということは、さまざまな相違を忘れること、一般化すること、抽象化することなのだから」[*111]。完璧な視覚的記憶を持っていたフネスとは違って、Sは人の顔がなかなか覚えられなかったり（相貌失認）、人の顔に浮かんだ表情が印象に残らなかったりしたが、こういうことは今では自閉症や、顔の認識に不可欠な脳の特定の部分、つまり紡錘状回を冒す障害との両方に関連づけられている。今日、Sはその神経障害と同様、並外れた技能からも「共感覚者」と呼ばれるだけでなく、アスペルガー症候群とも診断されるだろう。

記憶術者のSに生涯、三人称の「彼」という分身が寄り添っていたことは驚くに値しないかもしれない。彼は自分自身のペルソナを、景色に投影した。子供のとき、Sは分身が自分の代わりに着替えて学校に出かけていくのを、ベッドに横たわって見ていることが時々あった。Sが八歳のとき、一家は新しいアパートに引っ越した。そのときの様子をこんなふうに説明している。現在形の使い方に注意して欲しい。そこで起こったことを、まるでもう一度見ているかのように思い出しているのだ。

　僕は行きたくない。兄が僕の手を掴んで、外で待っているタクシーのところに連れていく。運転手が人参をボリボリかじっているのが見える。でも、僕は行きたくないんだ……僕は家の中に残っている――つまり、「彼」がどんなふうに僕がそれまで住んでいた部屋の窓辺に立っているのか見えるんだ。彼はどこにも行こうとしない。*112

ルリヤはこれを「命令する『私』と、それを実行に移す『彼』（Sの中で視覚化された『私』）との分裂」とみなしている。でも、言うことをきかないのもまた「彼」であり、「私」が外に引きずり出されたあとに、住み慣れた部屋に留まるようになったのも「彼」だ。「彼」は「私」の願いを叶える。「彼」は夢の中に出てくる人に似て、目覚めているときのSのように抑制したりしない。Sによると、大人になってからも、彼の分身にはきちんとした振る舞いが期待できなかったという。

　つまり、私は決してそんなことを言わない［主人の煙草の質についての、あまり礼儀正しくない発言］けれど、「彼」ならそう言ったかもしれないということです。その場に相応しい発言ではないのに、なぜそんなことを言ってはいけないのか彼に説明することができないのです。というのも、「私」は物事の道理がわかっているけど、「彼」はそうではないからです。私の気が逸れると、「彼」は言うべきでないことを言ってしまうのです。[*113]

ここで「彼」は、天の邪鬼という、文学や臨床神経学ではおなじみの一人二役のキャラクターを演じているけれど、私たちは誰しもこのような潜在的な分身という、「私」が抑圧したいことを実現してみせる鏡像を抱えているのかもしれない。小さな子供に空想の友達がいて、困ったことやいたずらの責任をとったり、両親の言いつけを守るかどうか必ずお伺いを立てなければならなかったりするのは珍しいことではない。それにSと同じで、子供はみな普通の大人より具体的に考える。大晦日に両親が私と妹たちをベッドに寝かしつけるとき、「また来年ね！」と言われて戸惑ったのを覚えている。朝までにどうやって丸一年が過ぎてしまうのか、わからなかった。ルネも私の生徒のリニーも、同じくらいの歳の子供に比べるとはるかに具体的に考えていたし、Sと同じで彼女たちは三人称の現実——つまり「彼」や「彼女」としての自己に陥っていた。「もしお父さんに愛されてたら、本物のリニーになれたのに」。私の作文クラスにいた幼い生徒Bもまた、交換日記と暴力的な父親についての物語を、「私」を避けて三人称で語った。物語における「彼女」のように、その「私」は自己像幻視の一種ではないのだろうか？ルリヤの双子や、ルネや、リニーや、おそらくBもまた、言語的には未発達だけれど、より視覚的だった過去の世界に囚われているらしい。ある種の神経疾患患者が失ってしまったものを、彼らはもともと手に入れられなかった、と考えるのが妥当ではないだろうか？

Sの豊かな内面生活は、一般に空想と現実との境目だと考えられているものに折り合いをつけているのだということを、ルリヤはわかっていた。彼の精神生活はあまりにも充実していたので、その中で迷子になることがよくあった。けれど、Sは記憶するだけではなく、想像もした。まっすぐ立った数字の1や、憂鬱な数字3（後者がふさぎこんでいるのはきっと頭が傾いているからだろう）は、ちょうど私が子供のころ、目に入るものすべて――朝食のシリアルや、棒や、石や、靴――を擬人化していたことを思い出させる。しかしその一方で、記憶と想像は、一つの過程の別々の側面を表わしているのだと私は思っていた。今や神経内科学者たちは、私たちが記憶を取り戻すとき、元の記憶というよりは、むしろ最後にそれを思い出したときに意識の中に呼び起こしたものを見つけているにすぎないということを知っている。この過程において、記憶は突然変異する。それは記憶の中にとどめられ、固定されているだけではなく、再び保存され、再び固定されているのだ。私がある家での思い出を、無意識のうちに別の家に移し替えたのを見ただろう。間違いに気づいたのは、私の空間視覚ではない――私の不面目なシナリオは、いまだに二番目のリビングで繰り広げられている。他に都合のいい場所がないからだ。私が事の「真相」を頼りにするのは理にかなっていた。論理的に考えて、私が心の中で再現してきたシーンが、私の見た場所では起こりえないことはわかっていたからだ。

友人が、奥さんのこんな話を聞かせてくれた。ユダヤ人の少女としてカトリックの高校に通っていた彼女は、卒業式の日にある難問にぶちあたった。卒業する少女はみんな、卒業証書を手渡してもらったあと司祭の指輪にキスするのが習わしだったのだ。Jは自分の信念からこのお決まりのキスをしないことにして、あとになってこのささやかだけれど、体制に従わなかったという意味では重要な行為を、家族や友人に自慢げに話した。この出来事の数年後、彼女はたまた卒業式の映像を見る機会があったのだけれど、驚くべきことに、若き日の彼女は壇上に上がって、卒業証書を受け取ったあと、おじぎをして司祭の指輪にキスしていたのだ。Jはわざと誤解していたわけでも、相手を騙そうとしていたわけでもなかった。そうではなくて、彼女はその瞬間を無意識のうちに再構成し、そのことが自己像を取り戻すのに重要な役割を果たしたのだ。過去のある時点で、彼女の記憶は再び固定された。実際に起こったこととは正反対のシナリオを望んだのは、きっと転移――精神生物学的な過程で、これを通して事実が想像と入れ替わる――の一部だったのだろう。それは隠蔽するもの、あるいはJの願いを叶える「彼女」という分身だった。科学者たちが観察者の記憶と呼ぶ、具現化された一人称の自己ではなくて、三人称の他者として過去を思い出す現象もまた、このように記憶というステージで演じる鏡のような分身を想像して作り出す分離と、同じような形のものかもしれない。私自身の思い出のうち、いったいどれくらいのことが、事実の歪曲や想像の産物であるにもかかわらず、あまりにも生き生きとしているので、まるで本当に起こったことのように思えるようになっているのだろうと、私はこれまで何度も考えてきた。

百年前の神経内科学者たちは、この再固定のことがよくわかっていて、フロイトは現在が過去を歪めるので、記憶はつねに見かけどおりのものではないし、事実として信頼することもできないと言っている。ある記憶は、別の記憶を隠蔽しているかもしれない。そして、最も重要なのは、人が記憶をあとから修正するということだ。彼はこれを事後性と呼んでいる。この言葉は、英語にするのがすごく難しい。フロイトの英訳者ジェームズ・ストレイチー[*114]はこれを「遡行作用」と呼んでいるけれど、実際の意味は「あとづけ」というような感じだ。人が成熟するにつれて、小さいころの記憶は新しい意味を帯びて、変化していく。海馬はエピソード記憶に欠かせない脳の部位であり、記憶の空間的な側面とも関連している。*115 この部位は出生後に発達することから、幼児性健忘症、つまり私たちはなぜ生まれてから何年かの記憶があいまいなのかを、生理学的に教えてくれる。私たちには生まれてから数年間の潜在記憶があるけれど、顕在記憶はないので、きっとどんな経験も記憶として再び意識されるには、一旦は意識されたことがなければならないのだろう。だから、生まれたときのこととか、二歳までに起こったことをはっきり覚えているという人は、きっと幻想に囚われているのだ。私は、記憶を意識的に作り出すときに言葉がどんな役割を果たすのか知りたくて、生まれたばかりのころの記憶について、みんなに訊いてまわったことがある。この、あくまで非科学的な調査の結果、すごく早くにしゃべりだしたという人は、例外なしに、すごく早い時期の顕在記憶があることがわかった。私の家族でもそうだ。二歳になる前にきちんとした文ですらすらしゃべれた妹のアスティは、三歳のころのことを他の三人の姉妹よりずっとよく覚えている。

記憶は変化するし、創造するものだ、と今では広く認められている。両側の海馬に損傷がある人を調べてみたところ、記憶だけでなく想像力も損なわれていることがわかった。研究者たちは、患者たちに架空の場所や出来事を想像してもらう。被験者たちが新しい経験――ビーチに寝そべったり、美術館の展示を見て回ったりしているところ――を思い浮かべるように言われると、「健常対照」は特定のシーンを生き生きと思い浮かべるのに対し、脳に損傷を負った患者たちの描写は頼りなく、つたないものだった。*116 しかし、いわゆる健常者でも、想像力の豊かさは人によって大幅な違いがある。

私が小説を読むとき、まずはそこに書かれたことを目に浮かべて、それから自分がその本のために作り出したイメージを記憶する。イメージの中には、自分になじみのある場所から拝借したものもある。これまで見てきた映画や、本や絵画の中のイメージからとったものもあると思う。私は登場人物たちをどこかに置いてみる必要がある。いろんな人に尋ねてみたけれど、みんなも本に書かれたことを目に浮かべるらしい。しかし以前、一緒にパネルディスカッションに参加した詩人＝翻訳者の男性は、本を読むときにイメージを作り出したりしないと断言していた。私たちはプルーストについて議論していた。「それじゃ」と、私は彼に尋ねた。「もしマルセルの部屋や、彼の母や、物語に出てくる人たちを誰ひとり目に浮かべないというのなら、何が起こるんですか？」。彼は「そこにある言葉を見るんですよ」と答えた。私は面食らった。そんな読み方は悲しいと思ったけど、よくわからない。たぶん、彼は記号を頭の中でイメージに変えたりしないのだろうし、今まで知らなかったものが、自分に欠けていると感じられるわけがない。私が小説を書くとき、登場人物たちが動き回ったり、話したり、演じたりしているのを目に浮かべるし、いつも彼らを、自分がよく知っていて、よく覚えている実際の部屋や、家や、建物や、通りに置く。たいていは私も、自分自身ではないけれど、別の誰か、別の自己である男や女として、登場人物の一人になって、自分が書いているあいだにいる内面世界に投影されている。ほとんどの場合、私はよく知っている内装や外観をわざわざ細かく描写したりしないけれど、書くためにはそういうものが必要なのだ。私の小説の中で起こる出来事は、私が覚えている記憶と同じように、地面に根づいていなければならない。私には場所が必要なのだ。小説家がみんな、こんなふうに書いているとは思わない。それでも、多くの人にとって、読むことは一種の日常的な共感覚なのだ。私たちは抽象的な記号を、目に見える場面に変える。

　若くて才能あるメキシコ人小説家Mが私に語ったところによると、彼は処女作を書いているあいだ、自分は今、家を一部屋ずつ作っているんだ、ということがわかったし、小説を書き終えたときには、その家が完成していたという。彼にとっては、書くという行為と視覚的なものとがぴったり一致していた。「僕の考えでは」と、私へのメールに書いてあった。「この小説は一軒の白い家のようなものなんだ。そこは面白い家で、家の中にもう一つの家があって、そっちは薄暗くて不吉な感じなんだ。その二番目の家の真ん中には庭があって、その庭には勇敢な犬と庭師がいて、物語を聞かせようと読者がやってくるのを待っているんだよ」。Mは他の作家に、自分の小説を図形や地図にして描いてもらうのが好きなのだけど、それはローレンス・スターンが『トリストラム・シャンディ』に載せた、物語の進み方を描いた小さな地図とは違う。私も、ある小説を絵にしてくれと言われたときは戸惑ったけれど、すぐに目に見える形が頭に浮かんできたので、それを急いで描いた。

　記憶力と想像力は切り離せない。お互い密接に関係しているからだ。多かれ少なかれ、私たちは自分の過去を作り出している。そして、そういう過去はほとんどの場合、感情によって歪められた記憶に基づいている。感情は経験に意味を、あるいは哲学者が言うように価値を与える。気にならないことは忘れてしまう。それゆえ、私たちが多くのことを忘れるのはありがたいことだ。Sは頭の中にイメージが詰め込まれすぎたあまり、それを追い出そうとして大変な目に遭った。彼は単に溜め込みすぎたのだ。いとこを助けようと床の上を駆けていった記憶は、感情を通して私の自伝に残った――この場合、極めて重要な「小さな人」、つまり私というものが侮辱されたことを通して。アリストテレスはすべての記憶を、心の中にある似像や視覚イメージ、つまり模像と、そこに込められた感情である意図とに分けた。この古代の哲学者には、感情の伴わない記憶は存在しないことがわかっていた。けれど、人前で話すことにまつわる記憶を探してみても、私には何も見つからない。私は、自分の目の前から完全に隠されたものに怯《おび》えているのだろうか？

神経科学者ジョゼフ・ルドゥーの研究の大部分は恐怖についてであり、ラットにある音を聞かせたあとに電気ショックを与える、ということを何度も繰り返したとき活性化する、脳の回路について調べた。ラットはすぐに音とショックとを結びつけ、ひとたびこのつながりを学習すると、音が聞こえたら、たとえそのあとにショックが与えられなくても、恐怖反応を示してその場に凍りついた。ラットは音がショックを表わしていることを覚えたのだ。もし音とショックが結びつかない期間を十分に置けば、ラットの行動もいずれ変化するかもしれないけれど、中性刺激と嫌悪刺激とはずっと関連づけられたままだろう――おそらく死ぬまで、とルドゥーは考える。この点では、人間もラットと変わらない。私たちもまた、恐怖を学習できる。事故に遭って以来、私は車で移動することへの不安がいつまでも消えなかったけれど、飛行機とかボートに乗っているときにはそんなふうに感じたりしない。これは理屈に合わないことだ。一度、自動車事故に遭ったからといって、また遭うとは限らないのに、車と衝突とが関連づけられてしまって、それ自体が私の身体を硬くするし、自動車に乗り込むたびに不安がよぎる。それと同時に、恐怖がすぐに治まったのは、論理的に考えることで、私がこの不合理な恐怖をなんとかして抑えたからだし、それ以来、他の車に激突されてもいないからだ。

ルドゥーの研究は、パブロフの犬という有名な条件付けの実験を思い起こさせる。両者の違いは、ルドゥーが似たような実験を新しい道具を用いて行ない、脳の中の恐怖に欠かせない回路の一部を突き止めたことであり、その中にあるとりわけ扁桃体と呼ばれる辺縁系の小さなアーモンド型の部分は、感情的な記憶の固定や再固定にも関わっているという。ラットが音とショックのつながりに気づいていなかったなどと言うことは、馬鹿げていると私は思う。ラットは生きているし、意識もあるし、記憶もある。ただ、人間のようなもっとも高いレヴェルの自意識は持ちあわせていないだけだ。ラットにもある種の自分というものがあって、潜在意識では自分の生体のことがわかっているし、戦ったり、遊んだり、逃げたり、セックスしたり、食べたりしたいという衝動があるのは間違いないし、もちろん捕食者たちの中から仲間のラットを見分けることもできる。しかしラットには、白衣を着た巨大な科学者たちから実験室で音や不快な電気刺激が与えられるという自らの冒険物語を語る、内なる語り手はいない。

震えは恐怖反応、つまり「不安の身体的な表明」と似ている。「彼は恐怖にうち震えている」という決まり文句もある。私が小さいころ飼っていたボーダー・コリーのボールダーは、雷の音がすると寝床に駆け込んで、白と黒の震える毛のかたまりと化したものだった。道を渡っていて、横断歩道に不意に車が入ってきたとき、私は急いで逃げ出す前にいつも一瞬その場に凍りついてしまうけれど、直ちに反応できたときでも、自分が何にそんなに怯えていたのかはっきりわかるまで、心臓がドキドキして息がゼーゼーいっている。私が初めて発作になった日、自分が何を怖がっているのかわからなかったし、通常の恐怖の兆候もなかった。自分が震えているのが感じられたけれど、それが何なのかはっきりしなかった。ここで強調しておきたいのは、ちょっと間抜けだけれど、当時はまた同じことが起こるなんて思いもよらなかったということだ。それは一度きりの出来事だと思ったし、だからこそ恐がるのではなく、むしろ魅力的な出来事だと捉えることができた。人前で話さなければならないことが、私にとっての音であり雷鳴だったのであって、もしそこに記憶が伴っているとしても、それは顕示的ではなく潜在的なものにすぎず、私の高次の自己反映的な意識は震えそのものには関わっていない。でも、話すことや考えること、そして落ち着いていることは、それに関わっている。震えていてもなお話しつづけるためには、私は恐怖を実際に律することができる脳の一部分——腹内側前頭前野皮質——を使う必要がある。ルドゥーは、「病理上の恐怖は、前頭前野皮質が扁桃体を抑えきれなくなったときに生まれている可能性があり、その病理上の恐怖を治療するには、患者が前頭前野の働きを活性化させることを学び、扁桃体があまり好き勝手に恐怖を表わせないようにする必要があるかもしれない」と述べている。[*117] 彼はさらに、扁桃体と前頭前野との関係は相補的——つまり、片方が作動すれば、もう片方が抑制される、と述べている。しかし、これは私の身に起こったこととは違う。私は話しながら震えていたからだ。最終的には私の中のどこかの部分が、身体の下のほうから響いてくる警報に、蓋をしてしまえたようだったけれど。その一方で、私がコントロールしていたという感覚は、おそらく幻にすぎないのだろう。

私の場合はどうやら、二つのシステムが最初にお互いから完全に切り離されてしまって、そのあと調整装置が機能したらしい。それでも、科学者がよく言うように、相関作用が原因なのではない。おそらく、両者はお互いに何の関係もないのだろう。それに、私が最初のときにどうして震えたのかは、依然として謎のままだ。最初に起こったことが重要なのは、神経回路網は敏感で、ひとたび形成されると、同じことを繰り返す傾向があるからだ。神経内科学において、私がまず学んだ概念の一つはヘッブの法則で、覚えやすかったのは間違いなく便利な韻があったおかげだ。「一緒に発火したニューロンは《ニューロンズ・ザット・ファイア・トゥギャザー》、一緒に結合する《ワイア・トゥギャザー》」。私が震えれば震えるほど、この先、震える可能性が高まる。震えている女の正体は、何度も繰り返して活性化するニューロン発火のパターンと、無意識の反応によって分泌されたストレスホルモンであって、私がそれを抑えられたのは、冷静さを保って話しつづけ、実際には身の危険にさらされているわけではないことを確信したからだと言えるのだろうか？　たったそれだけの話なのだろうか？

　ジェームズ・ワトソンと共にＤＮＡを発見したフランシス・クリックは、『ＤＮＡに魂はあるか――驚異の仮説』で、自分のつけたタイトルについて次のように説明している。「あなた――あなたの喜びや悲しみ、記憶や野心、個人としてのアイデンティティや自由意志というものは、実際は、無数の神経細胞体やそれに関連した分子の作用にすぎない」[*118]。たしかに、クリックは真実を述べているのかもしれないけれど、それでもやはり、この断言はどこか間違っている。トルストイの『イワン・イリイチの死』が紙とインクでできていることや、ジョルジョーネの『嵐』がキャンバスと絵の具でできていることを否定する人はいないだろう。それでも、そういうことがそれぞれの作品がどんなものであるのか説明するのにどれほど役に立つというのだろうか？　「無数の神経細胞体」は私の説明としては不十分であるとか、そういう言葉では私に何が起こったのかという質問には答えられない、と感じるのは間違っているだろうか？　私はシナプスの発火や結合にほかならない障害を解釈するため、物語を探して、作話しようとしているのだろうか？　ジョゼフ・ルドゥーは、クリックほど還元主義者ではなかった。彼は、人間の現実にはいくつもの段階があることを理解していた。一八九五年にフロイトが「草稿」で提起した問題について、ルドゥーが頭を悩ませているのは意義深いことであり、それは、前述の転換性障害研究者二人が取り上げた問題でもある。要するに、この二人は、J・ラッセル・レノルズが講義をしてから一世紀以上経った今、その内容を最新の言葉に翻訳したわけだ。ルドゥーはこう言っている。「問題は、神経レヴェルでの変化が、精神レヴェルでの変化とどのようにつながっているのか、はっきりしていないことである」[*119]。それが問題なのだ。

ルリヤの患者Sはどうやら、あらゆる経験を目に見える形に変換していたようだ。私はどうやら、すべてを身体感覚に変換しているらしい。数年前、私はある国際的な共感覚協会に所属している人から手紙をもらった。私の本を何冊か読んで、私にもそれがあると確信するようになったというのだ。当時は、この現象についての知識があまりなかったので、私には数字や文字に色がついているようには思えません、と返事を書いて、それっきりになっていた。手紙に書かれていなかったのは、ミラータッチ共感覚と呼ばれるものがあることで、これは他人を見るだけで、その人が触れられていたり、痛みがあったりするのを感じられることを指す[*120]。そうは言っても、こういう形の共感覚は、二〇〇五年になるまで言葉にされていなかったし、名前もつけられていなかった。私が子供のころ、「世の中のことに敏感すぎる」と、よく母に言われたものだった。母は何も意地悪でそう言ったわけではないのだけれど、それから何年も、私は自分の過敏さを性格上の欠点のせいにしていた。思い出せる限り、私はこれまでずっと他人がトントンと叩かれたり、コツコツとノックしたり、ドシンとぶつかったりするのを、その人の気分と同じように、ほとんど自分のもののように感じてきた。実際に触られるのと、見て触られた感じがするのとの違いはわかっているけれど、それでもなお、そういう感覚が確かに存在していた。誰かの足首の捻挫が、まるで自分の痛みのように感じられた。母親が赤ん坊をなでているのを見ていると、自分がなでたり、なでられたりしているのと同じような喜びを身体に感じた。映画の中で誰かが傷つけられていたりすると、私は目を閉じるか、席を立たなければならなかった。子供のころは、『名犬ラッシー』のどの話を見ているときも、半分はトイレにこもっていた。暴力映画やホラー映画は、被害者の苦しみを感じてしまうので、耐えられなかった。氷や角氷を見たり、それについて考えたりするだけで、寒気がした。私の感情移入は極端で、実際、感じやすいあまり、自分をズキズキと痛む肉の塊に変えてしまうような刺激にさらされすぎないよう、身を守る必要がある時があったくらいだ。こういったことはすべて、ミラータッチ共感覚の持ち主の特徴らしい。

私は色や光に対しても、感情で強く反応する。例えば、アイスランドを旅行中、私はバスの窓から、まったく木の生えていない風変わりな景色を眺めていて、珍しい色の湖のそばを通りかかった。湖の水は氷河のような淡い青緑色だった。その色が、まるで電気ショックのように私を襲った。それが身体じゅうを駆け巡ったので、気づいたら目を閉じて、その耐えがたい色に抵抗し、手を払って身体の中から追い出そうとしていた。隣に座っていた旅仲間に、どうかしたの、と尋ねられた。「あの色、耐えられないわ」と私は言った。「痛いの」。当然、彼女は驚いた。色に攻撃される人なんてめったにいないからだ。多種多様な光が、それぞれ固有の感情を私の中に呼び起こす。窓から差し込んでくる午後の太陽は癒しを、ほの暗い街灯は苛立ちを、蛍光灯は残酷さを。ルリヤによると、Sはこんなふうに言っていたという。「路面電車に乗っていると、歯がカチカチいうのを感じるんだ」[*121]。私も、騒音が歯に作用することがよくある。音が、歯をコツコツ叩いたり、ヒリヒリさせたり、歯茎をブルブル震えさせたりする。これは、もしかすると普通のことなのかもしれない。よくわからないけれど。私は絵画をたくさん見すぎると(絵が好きなのだ)、めまいがしたり、吐き気がしたりする。こういう苦痛にも名前がある。スタンダール症候群だ。ただ、少なくとも私の場合、それは片頭痛とつながっているし、本格的な頭痛になることもある。

身体のこういう異常が――むしろ状態と言ったほうがいいかもしれないが――なぜ最近になるまで特定されなかったのか、疑問に思う人もいるだろう。その答えの一つには、ミラーニューロンがある。私のような人の場合、それが活動しすぎている、という理論もある。ガレーゼとリゾラッティとその同僚たちの発見や、それに続く研究がなければ、私のような形の共感覚は、自然科学の世界では特定されないまま、器質的なものが伴わない心理学的な状態とされていただろう。神経生物学者たちからは、懐疑の目を向けられるか(なぜなら彼らは遺伝過程や神経過程の働きとして理解できるとわかるまでは、どんな形の共感覚も疑っていたからだ)、もしくは単に自分たちの理解を超えた患者として、無視されていただろう。生物学的に妥当な仮説がなければ、研究できない。心理学における行動主義の衰退もまた、これに加担しているに違いない。主観的状態というものが突然、少なくともいくつかのグループでは、研究の主題に相応しいと考えられるようになった。『意識学誌』に寄稿しているアングロサクソン系アメリカ人の分析哲学者がえんえんと議論しているのは、クオリアの問題――つまり、それぞれの人が現象学的に、また個人的にどのように世界を経験しているか、という問題であり、それは（一部の人にとっては）活性化された神経回路や、「情報処理」を用いた説明に還元することができない。「あなたは無数の神経細胞体だ」という還元主義的な断言には、さまざまな分野の科学者たちが異議を唱えるだろう。

　これまでずっと自分にあった特徴には名前があって、科学の特定のカテゴリーに属する、より大きな病気や症候群に分類されることの一部だということがわかると、多くの人が安堵する。パトリシア・リン・ダフィーは『ねこは青、子ねこは黄緑――共感覚者が自ら語る不思議な世界』で、一九七五年の『サイコロジー・トゥデイ』に載っていた、自分と同じような色の共感覚について書かれた記事を見つけて、どれほど嬉しかったか書いている。「読み進むうちに思わず目を見開いてしまった。驚いたことに、私のこの風変わりな『見え方』は、歴史と科学的文献に裏づけられ、詳細に記録されてきた知的様式の一種だったのだ[*122]」。ミラータッチ共感覚は、最近、名前をつけられるようになった現象で、おそらくめったにないことなのだろう。正式に診断されるようになった今、研究者たちが想定しているよりはるかに大勢の人が、この機会に殺到するのではないだろうか。結局、この状態の核にあるのは感情移入であり、人間の感情移入というのは、他人の気持ちを徹底的に共有することから完全な無関心まで、スライド方式になっている。自閉症の人は、他人の気持ちを想像することがすごく難しい。その一方、精神病質者は他人を操るためにその感情を見事に読んでみせるけれど、よく知られているとおり、仲間の人間に対する感情移入がまったくない。これと同じように、脳の前頭葉に持続的な障害がある人は、異様に冷酷になって、以前の自分とはすっかり変わってしまう。これは、おぞましい怪我から回復した鉄道工事の現場監督フィニアス・ゲージの、有名な神経内科学的症例にあるとおりだ。鉄の棒が前頭葉を貫通したにもかかわらず、彼は奇跡的な回復を遂げたように見えた。しかし、その人柄はすっかり変わってしまった。以前はおとなしく、責任感のある男だったのに、先のことがもはや考えられなくなってしまった。気まぐれで、不思議なほど他人に関心を持たなくなったのである。事故で失った脳の欠片とともに、ゲージは罪悪感や感情移入もなくしてしまった。

ミ

ラータッチ共感覚は新しいものだけれど、症状転嫁として知られる現象は、一九〇〇年にカール・ウェルニッケが初めてこの言葉を作り出して以来、神経内科学や心理学のすぐそばにあった。この精神科医はそれを、自己を守るために自分の症状を分身に投影すること、と定義した。[*123] ドッペルゲンガーが自分の代わりに苦痛に耐えてくれたり、Sの「彼」のように、願望を叶えてくれたりする。この言葉は、精神医学では今でも使われていて、患者（たいては精神病患者）が他人と自分とを混同している状態を指す。「私」と「あなた」との境界が混ざりだしたり、完全に崩れてしまったりする。一八九三年にウィーンで生まれた児童精神医学者、シャルロッテ・ビューラーは、症状転嫁が小さな子供たちによく見られることに気づいた。ラカンは一九四九年に行なった鏡像段階に関する有名な講義の中で、ビューラーを引用しているけれど、この現象は、公園でこんな場面を見たことがある親たちにはたいていなじみがあるだろう。よちよち歩きの幼児が転んで、わっと泣き出す。近くで転ぶのを見ていた遊び友達も、泣き出す。一方は怪我をして、もう一方は怪我してない——それなのに、どちらも手がつけられないほど大声で泣きわめいている。ここでは、症状転嫁が混ざり合っている。

日本の大阪府に在住する精神科医、人見一彦は「統合失調症の精神療法の二つの症例における移行主体について」という論文の中で、二人の統合失調症の患者について論じている。*124 一人目の患者は三十代の女性で、思春期に発症して、これまで薬が効かなかった。医者が治療のために持ってきた人形を、患者はTと名づけた。すぐに、人形はこの女性にとって外界に存在する事物、もしくは分身の役割を果たしていることがわかった。ある時、患者が泣いていて、泣きやみそうになかったので、医者が「誰が泣いているの?」と尋ねてみたところ、彼女は「私よ」と答えた。「Tは?」「ああ、Tもときどき泣くことがあるわ」。人見によると、「患者はしばらく困った様子でまばたきしていたけれど、それからこう叫んだ。『あっ、Tが泣き出した』。そのあと、患者はもう泣かなかった」。時が経つにつれて、Tはもっとたくさんの役割を果たすようになった。このドッペルゲンガーは、患者がぐっすり眠れるよう、想像上の襲撃者を追い払う夜警に当たった。人形が床に落ちると、彼女のもう一人の自己が「痛いっ!」と叫んだ。あとになって、Tはこの女性が幼児期に退行するのに付き合うようになり、そこから戻ってきたとき、彼女は良くなっていた。

二人目の患者は、治療者の鏡像になった。医者がネクタイを直すのを見て、患者は「私は鏡です」と宣言した。それ以降のセッションでは毎回、彼は精神療法家のとりわけネクタイに注意を払って絵を描いたけれど、二、三ヶ月のうちにこのスケッチは変化して、どんどん患者自身に似るようになり、しまいには他人を描いたというより、自画像になっていた。*125 この二つの話は、精神療法家や精神科の病棟で過ごしたことのある人にとっては、驚くに値しないだろう。これは、はざまの世界で起こった物語なのだ。

人見は、「移行主体」という言葉を使って、ウィニコットの「移行対象」に言及している。ウィニコットにとって移行現象は、人間の経験の「中間領域」を指している。[*126] 子供がよく「お気に入りの毛布《ブランキー》」やクマのぬいぐるみ、おしゃぶりなどを持っていたがったり、親指をしゃぶりたがったり、毎晩ベッドに入る前に同じ曲を聞きたがったりすることに、名前をつけて解釈したのは、ウィニコットだ。彼はまた、子供にとって移行対象は何か別のもの——母親の胸や身体やそこにいてくれること——の象徴だけれど、それが母と子とのあいだに実際にある物だということも、非常に重要であることがわかっていた。一人目の患者にとって人形は、脆い自己を投影したり、それを守ったりするためのもう一つの主体であることほどには、一個の物としての意味を持たなかった。治療が進むにつれて、人形はそれほど重要な役割を果たさなくなり、患者は医者と直接やりとりをするようになって、医者が彼女の母親になった。その一方で、男性の患者は自分自身の鏡像を見つけるために、治療者の鏡像になった。彼はしばらくのあいだ、医者の持っている安定性を借りていたのだ。

　彼がネクタイに注目したことは、興味深い。なぜなら、ネクタイの上にある顔は、親密なやりとりをする場でもあるし、その人を認識するのにも、特定するのにも——これは二つの別々の過程だ——最も深く関わっている身体の部位でもあるからだ。私はあなたのことを知っている。あなたはフレッド（私は知っている人の手や足をどのくらい見分けられるものだろう。相当、熟知していなければならないはずだ）。内気でどうしようもない場合を除けば、私たちは人の顔、特に両目に向かって話をする。そこに、その人がいるような感じがするからだ。普通に会話しているときでさえ、二人の人間のあいだで起こっていることは簡単に数値化したり、測定したりできない。対話している二人のあいだでは、大部分がはっきりとは形にできないことが起きている。私たちはつねに表情を読んでいるし、無数の省察や、投影、感情転移、同一視などが、私たちの意識のさまざまなレヴェルで起こっている。

人見の報告にある最初の症例では、患者と治療者は、人形を自己の移行対象として、患者のバラバラになったアイデンティティとたわむれるのに使うことができた。二番目の症例では、患者は、治療者を鏡として使っているうちに、だんだんそこに自分自身が反映されるようになった。どちらの症例でも、分身を作ることが治癒への道を拓いた。「自己」を、それを表わす物（人形）や人（治療者）としてよそ者にすることが、それを取り戻すのに役立ったのだ。

父が亡くなる前に一緒に過ごした最後の週、母と私には日課があった。たいていは午後に父のもとを訪ねたのは、そのころなら比較的、話す元気があったからだった。夜には病院をあとにしたけれど、その前に母は、父がベッドに入る準備を手伝った――歯を磨き、乾いた肌を潤して、枕やシーツや毛布がきちんと整えられているか確かめるのが決まりだった。それから、母と私は父におやすみを言って、車で家に帰り、たいていはすぐ眠った。お互いめったに口にしなかったけれど、たぶん二人とも精神的にヘトヘトになっていたんだと思う。そんな最後の日々のある夜、私は子供のころ使っていた狭くて丈が短かすぎるベッドに潜り込んで、ベッドカバーをかぶった。父のことを考えながらそこに横たわっていると、私はやがて鼻の穴に差し込まれた酸素チューブや、その不快さ、足が不自由で重いことや（何年も前にそこから腫瘍が摘出されたのだ）、肺が締め付けられるような苦しさを感じはじめた。自分ひとりではベッドから出られず、助けを呼ばなければならないことの無力感が私を襲い、私をパニックに陥れた。それがどのくらい続いたのかわからない。たった数分のことだったかもしれないけれど、私は父になっていた。圧倒的な、恐ろしい感覚だった。死に近づいた私は、その容赦ない引力を感じ、なんとか自分自身の身体に飛び戻って、もう一度、自分自身を取り戻さなければならなかった。

私が夜のあいだ父になっていたことを話すと、母は「私にはそんなこと起こったためしがないわ」と言った。もちろん、母は肺気腫を悪化させていく父の看病をもう何年もつづけてきたので、もしそんな経験をしていたら、一歩も前に進めなくなってしまっていただろう。父はそのころには、自分の回想録を私が書いている小説に使うのを許してくれていた。父が死んだとき、私は回想録を何度も読み返すことで、ある意味では父の人生を想像のうえで再構成する本に、すでに取りかかっていた。第二次世界大戦の兵士だったとき、太平洋から両親に宛てて書いた手紙を読んだし、それを身をもって感じるために、試しに手紙をタイプしてみた。タイプすることで、手紙の言葉は、読むだけでは経験できなかったような、物理的実在性を帯びるようになった。私の指は、聞くこともできるのだ。私はその本を書くのに四年半を費やした。記念式典のスピーチを書くために、私は完成の近づいていたその小説を書く手をちょっと止めたのだけれど、そのとき、前に書いたような強烈な感覚を覚えた。私が話す内容を組み立て、それをインデックスカードに書き込んでいると、記憶に残っている父の声がしたのだ。自分では知るよしもないけれど、私があの日、故郷のノースフィールドでスピーチを始めようと口を開いたとき、これまでもずっと強かった父との同一化が、さらに強まったのではないだろうか。私が書いた文章の言葉が、私たちのあいだのどこか――父のものでもなく、完全に私のものでもない――中間にあった。小説の主なテーマの一つは、トラウマ記憶だった。私はその本のために、父が日本人の将校を殺したときの言葉を借りたし、また父がフラッシュバックのことを書いた文章から、とりわけある一つを選んで書き留めた。それは、セント・オラフ大学のキャンパスにあるチャペルから賛美歌が聞こえてきて、父が震えの発作になったときのことだった。その出来事は、私があの午後、倒れてしまうのではないかと思うくらいに震えたのと、そう遠くはない場所で起こったことだった。

　ここに物語がある。それは実話だろうか？　私はまるで、何らかの感情的真実の周りを回っているような気がする。私の書き記す病歴がまるで短篇小説のように読みうることに奇異な思いを抱いてしまう。フロイトは物語に耳を傾けていた。まず出来事があって、私たちはそれを何らかの意味をなす物語に織り込む。「悲哀とメランコリー」という大きな反響を呼んだエッセイで、フロイトは二種類の悲しみを区別している。彼が言うには、喪に服している人は意識喪失を起こしていて、嘆き哀しんでいるあいだに、灰色になって意味を失ってしまうのは、外の世界だという。しかし、メランコリーを患っている人は、葛藤しつつも、なかば無意識のうちに死んだ人と強い同一化をしているので、喪失は外的ではなく内的なもの――つまり、精神的な傷になる。[*127] このエッセイを読み直してみて、そうだ、ここには何らかの真実がある、とひとりごとを言ってしまった。しかしそれでも、私はフロイトがメランコリーの人の特徴だと考えたような無意味さを感じてはいない。そういう人は、自分自身を激しく非難して、喜びを完全に忘れているという。私はうつ病ではない。それにもかかわらず、私の悲しみの中には、ぼんやりとした中間性というか、愛する人に自分を一部のっとられているような感覚があって、それはあいまいで、複雑で、自分では言い表わせないような感情に、ひどく苦しまされている。

私の一日。さっきの段落は火曜日の朝、二、三時間ほどかけて書いたうちの最後のもので、それから私は急いで、精神内科医で精神分析家でもある親しい友人とのランチに出かけた。そこでは、とりわけ私が分析家に診てもらうことを話し合った。私はすでに思い切って診てもらうことに決めていたのであり、幸いGは、おすすめの人がいると言ってくれた。そう言われてホッとした。ランチのあとは、いつもどおり病院で作文のクラスを二つ教えた。一つ目の若い患者向きのクラスでは、生徒が一人だけいて、この子は感受性の強い、落ち着いた、書くことにも熱心な十六歳の少女だった。彼女のことはDと呼ぼう。大人向けのクラスではいつも、ある文章、たいていは詩について感想を書いてもらうのだけど、若者の場合は、感情に訴える言葉を一つだけ使ったほうがうまくいくことがわかっていた。私は恐怖を選んだ。Dはエスカレーターが怖かったけど、今はその恐怖を克服できたと書いた。私は車に乗るのが怖かったけど、それがだんだん治まってきたと書いた。そのあと、他に何か書いてみたい感情があるか尋ねてみると、彼女は「悲しみ」について書きたいと言った。彼女はそのエッセイに、自分で自分を切りつけたことを書いた。悲しいときや、孤独なとき、学校でプレッシャーを感じたときや、テストにがんばって取り組んだけれど、赤点を取ってしまったようなときに、彼女は自分のことを切りつける。悲しみと切ることは共にあった。大人向けのクラスでは、セオドア・レトキの詩をいくつか読んで感想を書いた。それから少し街をぶらぶらして、クーパー・ユニオンで行なわれた、ビルマの僧侶たちによる民主化運動を奨励する、国際ペンクラブのイベントに参加した。私はインデラルを飲んで、ビルマの有名なコメディアン、ザーガナーが一九八八年に初めて逮捕され、当局に乱暴な尋問を受けたときのことを書いた短い文章を朗読した。彼は今、サイクロン「ナルギス」による壊滅的な被害を受け、軍事政権に反対する発言をしたことで、再び刑務所に入れられている（私は震えなかった）。

その夜の夢。私がたくさんの廊下や部屋のあいだをさまよっていると、気づいたら何かの実験室のような、殺風景な小部屋にいた。そこには白衣を着た医者が一人、立っていた。医者に、私は癌だと言われた。3という数字が、どうもその診断の一部らしい。癌はもう手術できない。私は死にかけている。どうしようもありません、と医者は言う。私は医者のもとを離れて、はじめて喉と首の回りの皮膚の下に腫瘍があることにはっきり気がついて、それを指で触れてみると、出っ張ったこぶがグリグリと動いて、それで自分が末期状態だと確信する。突然、私はサフラン色の袈裟をまとった仏僧の運転する車のバックシートにいる。そうね、と私は一人で考える。今書いている本はそんなに長くならないって、前からずっとわかってたけど、そろそろ切り上げて、思っていたより短くまとめなくちゃ。もうすぐ死ぬんだから。これが最後の本になる。そう考えると、ひどく悲しくなった——目が覚めているときのように絶望することはなかったけど、それでも言葉にできないくらい深く悲しかった。それから目が覚めた。

多くの夢と同じように、この夢は私の一日を、不思議で難解なちょっとした寓話に変えた。ベッドから這い出る前に、夢の中の腫瘍は、医者が父の腿から取り除いた悪性腫瘍のことを指しているのがわかった。そのせいで父の足は強張って使えなくなったのだし、私が子供のころ使っていたベッドに横たわりながら、父とほとんど一体化していた数分間にあれほど強く感じていたのは、その足のことだった。癌性腫瘍が私の喉から急に飛び出してきたことは、人見の統合失調症の患者が、精神療法家のネクタイの絵を描いてから、まずは医者の、それから自分自身の表情を描くようになったことを思い起こさせた。夢はその日、私が病院で経験したことをふまえていて、毎週その日は、白衣を着た精神内科医が病棟を行き来するのを目にしている。特にその火曜日は、Gがランチを食べながら私にある精神療法家を薦めてくれたし、そのほんの数時間前には、他人を認識したり特定したりするのに顔がいかに大切か、ということについて書いていた。けれども、首は、震えている女が始まるところでもある。夢の中で、病気の首というイメージは、私の症状を表わすのにぴったりだった。顎から上は、よく知っている私。首から下は、震えている他人。

首とは、頭が終わって、身体が始まるところではないだろうか？　それに、心と身体の問題は、あいまいかもしれないけれどこの本のテーマであり、その本とは、私が今まさに書いていて、夢の中でも書いていた、短く切り上げなくてはならない本のことではないだろうか？　回想録は父の最後の本だった。3という数字は憂鬱な数として、診断の上を漂っていた——これはルリヤのSという、やはりこの本に出てくる、卓越した視覚的記憶を持つミスター共感覚を呼び起こすし、その名字のイニシャルは、私の名前のイニシャルと同じだ。車は恐怖の乗り物だ。私はその日、病院で車のことを書いた。その夜、私は二〇〇八年の五月に行なわれた、反ビルマ政府のデモのリーダーを務めた仏僧のすぐ後ろに座っていたし、夢の中では彼に似た人物が、自動車のフロントシートに座っていた。クーパー・ユニオンに集まった他の聴衆たちと一緒に、私は発砲から逃げまどうデモ隊の人々や、ラングーンの通りで血を流す負傷者たちの映像を見た。私は自分に割り当てられた文章を読んだ。最後のほうで、ザーガナーはこう書いていた。「それでも、私たちにはどうしようもなかった……」。夢の中で、医者は「どうしようもありません」と言っていた。夢の中の悲しみは一周して、Dの悲しみに戻っていった。彼女の切り傷に戻り、私が本を切り上げることに戻っていった。おそらくそれは、私と父のあいだで切り上げられた言葉や、最後の本たちを表わす記号であるだけでなく、声というものも表わしている——喉に瘤ができた私の声、今や沈黙した父の声、私がスピーチをしたこと、震えながらも話しつづけようとしたこと、つまり私の症状。さらにまたそれは、私が足を引きずったり、足が不自由になったことを表わしてもいた——そして夢の中ではそれが父の末期と同様に末期の病に変容していた（父の病もやはり、脚の病ではなく、いまや肺と胸の病だったのであり、それは父の声を奪い、震える、恐ろしい沈黙をもたらしたのだ）[*128]。私が最後に電話したとき、父はもう話せなかった。精神的な傷としての同一化。そして、夢は最後に、私がペイン・ホイットニー病院で大人の患者たちと一緒に読んだセオドア・レトキの詩の一つへと戻っていった。「沈黙」というその詩は、次のように終わる。

あの単調な悲しみから
安堵を求めなければならなくても、
喉につながるぴんと張った神経は
音をもぎ取らせないだろう。
頭蓋骨を震えさせ、傷ませるものは、
もう一つの耳に触れることはないだろう。[*129]

『夢解釈』で、フロイトは次のように書いている。「すでに別のところで述べたとおり、夢が余すことなく解釈されたかどうか実際に確かめることは不可能だ。その答えが不足のない、満足いくものだと思えても、夢にまだ別の意味が残されているかもしれない[*130]」。意味とは私たちが見つけたり、作り出したりするものだ。やり尽くすということがない。つねに穴がある。私たちがなぜ眠るのか、なぜ夢を見るのか、ということに関して、科学者たちの意見は一致しない。確かなことは誰にもわからないのだ。睡眠の研究者たちは、フロイトが「日中残滓」と呼び、「前日の記憶」と訳されるものが夢に出てくることを認めている。全員ではないけれど、多くの研究者たちが、私たちは目覚めているときより、夢を見ているときのほうが感情豊かであることが多いと認めている。覚醒時に行動の抑制を司っている脳の部位（背外側前頭前皮質）が、眠っているときや夢を見ているときは、ほとんど活動休止していることがわかっている。長いあいだ、睡眠が記憶を定着させると考えてきた科学者もいる一方で、これに同意しない者もいる。夢に何か意味があるのか、ということについて意見の一致はない。

脳のまさにどの部分が活動していて、どの部分が活動していないか、ということについての意見も分かれている。それに、たとえ意見が同じでも、その活動をどう解釈するか、人それぞれ違っていることが多い。以前の通説に反して、今ではレム睡眠とノンレム睡眠があることがわかっている。昔は急速眼球運動と夢が直接、結びつけられていたけれど、今は違う。多くの研究者たちが断言してきたのは、夢はある種、高次の機能を伴わない混沌とした荷揚げというか、夜に引っかき回されるごみ捨て場のようなもので、夢はその性質上、複雑な考えを持ったり、表わしたりすることはできない、ということだ。最も著名な夢の研究者であるアラン・ホブソンは、断固たる反フロイト論者であり、夢の活性化・合成仮説を提唱した。この理論によると、進化論でいうところの旧皮質と古皮質の一部である脳幹の橋は、夢見ることに不可欠だという。ホブソンやその同僚ロバート・マッカリーによると、夢には「観念的、意志的、感情的に重要な中身はない」という。[*131] さらに、ホブソンは夢の筋書きには一貫した順序がないし、自己言及的な意識もそこに関わっていないと主張した。ある実験で、彼は夢の記録を用いたのだが、一旦バラバラにしたものを人々に正しい順序に戻させてみたところ、それは非常に難しいということがわかった。[*132]

でも、私自身の夢を例にとるなら、こう問わなければならない。私が癌であるという医者の診断は、その診断について私が車の中であれこれ考えるより前に下されるべきだったのではないだろうか？　それが物語の筋というものではないだろうか？　夢の中で、私の心は命に関わる知らせを聞き、そのあとでそれを悲しむような物語を作り出したのではないだろうか？　それに、私は自分が夢を見ていることには気がつかなかったけれど、夢の中の自我には、ある種の自己言及的な意識があったのではないだろうか？　その自我が、最後の本と人生の終わりとのあいだに折り合いをつけたのではないだろうか？　そして、この夢の中には凝縮された考えや、感情的に重要な中身があるのではないだろうか？　私は世界の歴史上、これまで類を見ないような唯一無二の夢を見ているのだろうか？　そんなはずはない。これは現在、用いられている理論が、それに合わない事例を除外している一つの例だ。

　このテーマに関する、アンッティ・レヴォンスオの「夢再解釈——夢の機能についての進化的仮説」という論文は、そのタイトルからしてフロイトに同意を示している。レヴォンスオが他の研究者と違うのは、夢の中身が「夢を見ている人の感情的な問題」を反映しているという、「圧倒的な証拠」を引用しているところにある。[*133] どうやら私の夢は、この事実の例として説得力があるようだ。しかし、夢を見ることは脳のより古い機能であり、私たちの矛盾した夢は、心が脅威にさらされる準備をするための一種の稽古場である、という進化論的な議論をするために、彼は次のように書いている。「だから、私たちが書いたり、読んだり、計算したりする夢を見ない根本的な理由は、おそらくこういったことはみな、私たちの認知構造に最近になってやっと叩き込まれた文化だからなのだろう」[*134]。レヴォンスオの仮説に従うと、いつも夢の中で書いたり読んだりしている私は、他の大多数の人間よりも進化した生物だということになる。自分が進化のずっと先の段階にいると思うのは満更《まんざら》でもないけれど、私にはこの考えはなんだか疑わしい。意味ありげで、たいていは天啓のように聞こえる言葉を耳にすることと同様、コンピュータで文字を打ち込んだり、本を読んだり、手紙やその他の文章を見つけたりすることは、長いあいだ、私の夢において重要な役割を果たしてきた。私の夢解釈者としての力が他人にどう思われようとも、癌の夢は何より、その日の午後、レトキの「沈黙」を読んでいたことへの答えになっていた。夢を見たあとにこの詩をもう一度読み直してみるまで、ここで使われている言葉が、私の個人的な事柄とどれほどよく似ているのか気づかなかった。悲しみや安堵、喉だけではなく、震えもそうだ。あの時、教室にいた先生は、はっきりと目覚めていたくせに何も気づかなかったけれど、私の別の部分が詩人の言葉を理解して、それを夢の中で長々と語り直したのだ。

私が日々書いたり読んだりしていることが形を変えて、眠っているときに夢の中の言葉やその筋書きになることがよくある。友達のRは物理学者で、今は知覚に関する神経内科学的な研究に携わっているのだけれど、一緒に昼食を食べているとき、ある夢の話をしてくれた。その内容をもう一度、メールで語ってもらった。

僕はそれまで何日もかけて、複雑な代数計算を何ページも必要とする込み入った計算をしていたのだけれど、その中心には、対称的な役割を持った二つの数学量があった。僕はそれをxとx'と名づけた。総じて、その問題は手強かった。もうすぐ答えが出ると思うたびに、計算のほうが反撃してきた。ある晩、僕は双子の兄弟の夢を見た。生意気で、面白くなさそうにしている、けんかっ早い二人は、どこか遠い国からやってきた。夢の中ではどちらも人間が演じていたけれど、それは同時にxとx'でもあることが、僕にはわかっていた。はっきり覚えているのは、夢を見ているあいだ、これは今、解いている計算から持ってきた要素であって、彼らはあからさまに僕の意志に逆らっている、と感じたことだ。彼らは最初こそ、落ち着いていたけれど、だんだん好き放題に振る舞うようになった。覚えている限りでは、夢が進むにつれて、彼らはxとx'というよりは、しだいに本物の人間みたいになっていった。

　おわかりのとおり、僕は夢の中で厳密には計算をしていたわけではなくて、いくつかの要素が人間の形を借りて出てきただけであり、それは代数みたいに計算することはできなかったものの、計算における「性質」はとどめていた。

　これまで何度か、（朝や真夜中に）目を覚ますと、まるで睡眠中に細かい計算をしていたみたいに、明快な数学的結論に達していることがあった。僕にできるのは、紙を取ってきて、頭の中にまだはっきり残っている答えをそこに書き留めることだけだった。


　Rの見た双子のxの夢は、腫れた足とか、憂鬱や快活などの気質を持った数字が出てくる、Sの目覚めているときの世界ととてもよく似ている。Sの世界では、鮮やかで具体的な擬人化やイメージからなる夢が繰り広げられていた。それはまるで、夢という装置が永遠にオフにならないようなものだ。Rは一晩、睡眠をとると、数学の問題が解けていたことが時々あったけれど、私も目が覚めると、そのとき書いていて行き詰まっていたことから抜け出す方法が見つかっていることがよくあった――その答えは、まるで夜のあいだに私に与えられたかのようだった。Rも私も、自分の仕事に対して強い愛着を感じているから、それが夢の情景の中に出てきているのは間違いない。しかし私は、書かれた文章や数学の計算が形を変えて出てくる夢を見る人の例を、少なくとも二つ見つけた。おそらく、Rと私は、夢の中でも仕事しているのだ。

　しかし、夢の中に出てくる、夜中に歩いたり話したり車を乗り回したりしている「私」とは、誰なのだろう？　それは昼の「私」なのか？　それとも別の「私」なのだろうか？　この夜の生物は、私に幻覚を見せて、何か役に立つことを伝えてくれているのだろうか？　夢は私たちの意識の一部だけれど、それは目覚めているときの意識とは違うものだ。日中、私たちを次々と襲う刺激は夜のあいだ姿を消し、心はその消えてしまったもののせめて一部は埋め合わせようと、幻覚の材料を自分で作り出す。夢の中では、強引な場面転換がよくある――例えば、私はどうやって僧侶と車に乗り込んだのかわからない。このパラレルワールドでは、物理法則は適用されない。そして、目覚めているときに考えるほど、夢は抽象的ではない。その日の仕事で使っていたxとx'という記号が、夜になると好戦的な兄弟に変わった。私の心配事は、首の腫瘍という一つの夜のイメージに簡潔に集約されている。だが、こんなふうに考えるのは間違っているのだろうか？　夢に意味などあるのだろうか？　私のこの夢解釈は、単に翌朝になってから、左脳の解釈者が断片でしかないものに無理矢理、筋道を立てて、引っかき回しているだけなのだろうか？　いや、そうではないだろう。私が思うに、夢は思考の別形態であり、日中の思考より具体的で、経済的で、視覚的で、たいていはより感情的だけれど、それでもやはり、日中の思考を通して思考している。そして、たとえ性別が変わったり、動物の毛が生えてきたり、空を飛んだりしていても、夢の中の一人称の主格は私自身、つまり夢見る「私」のものだ。

　夢はナンセンスなものではなく、眠っているあいだの経験を通してやってくるものだ、という私の直感に、科学的根拠がないわけではない。神経障害があって、夢のパターンが変わってしまった人々を研究したマーク・ソームズは、夢は単に精神のがらくたでしかないと主張した。彼によると、「ある特定の前脳の機構が、夢のイメージの形成に関わっていて、このイメージは複雑な認知過程を通して盛んに作り出されているようだ」という。[*135]　つまり、私たちが夢を見ているときに、何らかの高次の精神機能が働いているということだ。この問題に関しては激しい論戦が続いていて、どちらの立場にも熱心な支持者がいる。二〇〇六年に意識研究センターがツーソンで行なった会議で、ホブソンとソームズは聴衆たちの前で議論した。議題はフロイトの夢理論で、ソームズはこれに賛成し、ホブソンは反対した。ホブソンは、夢には何の意味もなければ象徴もない、という当初の考えを修正したにもかかわらず、ソームズとの議論に大差で負けた（聴衆が投票した）。*136 フロイトがいまだにこれほど議論を呼び、彼の考えをとりまく議論がこれほど感情に訴えることに、私はやはり興味をそそられる。私の考えでは、フロイトが心のある面について正しかったと認めたからといって、他の面に関しても間違っていなかった、ということにはならないと思う。一つの理論全体を、まるごと受け容れたり拒否したりしなければいけない理由などあるだろうか？

私の見る限り、研究者たちのあいだでは、夢には形式もあれば意味もあるという考えが支持されるようになってきている。いずれにせよ、私の精神生活は、夢の奇妙だけれど正確な中身に影響された。おそらくなにより、夢は、私の直面している問題がまぎれもなく反映された感情の痕跡を、私に残してくれた。もし明日、私が癌でもう手遅れだとわかったら、私は単に悲しむのみならず、怖くて、気持ちを抑えられず、すっかり打ちのめされてしまうだろう。夢の中の私はただ悲しいだけで、妙に落ち着いてその事実を受け容れ、自分の運命について心静かに考えを巡らせることができた。言い換えると、それは私自身の死についての夢ではなく、私と他の死との関わりについての夢だったのだ——私はどうやら、それを病気のように毎日持ち歩いているらしい。間違っているかもしれないけれど、私は夢の中ほど、震えている女を身近に感じたことはない。

こういう問いは、私たちを主観的体験という問題に立ち返らせる。夢は目覚めているときの言葉やイメージを使うが、それが意味するものは人によって違う。現代のほとんどの精神分析家と同様、私も夢には万人に共通する象徴があって、例えば階段が何かを表わしているとか、木や爪はまた別のものを表わしているとか思ったりはしない。夢はそれを見ている人が、自分で、また自分のために作り出した物語であって、見ている人自身がそれぞれ、折り目を開き、結び目を作っていくものだ。もし私がその日の出来事や、今現在、自分を突き動かしている感情にしたがって解きほぐしていなければ、夢はきっとただのナンセンスだと解釈されてしまっていただろう。夢の研究から主観的現実を排除すると、視野が狭まってしまうと私は思う。夢を見ている人の日常生活に細心の注意を払ったからといって、夢の記録が支離滅裂でなくなったり、突飛でなくなったりするわけではない。そうではなくて、より広い文脈の中に置くことで、そういうものが意味を持つようになるだけだ。とはいっても、夢を客観的に解釈することはできない。これは解釈というもの全般の特質だろうか？　誰もが知っているように、個人の経験は、世の中の捉え方に影響する。もしアンッティ・レヴォンスオが、夢の中でたびたび書いたり計算したりしていたら、私たちが夜に見る幻の中にそういうことは出てこない、などという考えを提唱していただろうか。たしかに、眠っているときにタイプしたり計算したりしている人はほとんどいないだろう。友人Rは代数計算をしていたわけではないけれど、その代わりに、そこで使われる記号を擬人化した。私は夢の中でよくタイプするけれど、何を書いているのか覚えていられたことはめったにない。それにもかかわらず、私たちはレヴォンスオの仮定では例外にあたるようだし、人間の夢の見方を理論で説明する際にも、例外とみなされるに違いない。実のところ、人格というものは私たちの知的生活のあらゆる面に必然的ににじみ出ている。私たちはみな、世界を理解するため、自分の人生をもとに推論する。このことは、芸術では利益をもたらすと思われているのに、科学では害とされている。

私が出席したある講義は、個人的なことと知的なことが重なり合った一つの劇的な例だ。発表者は他のトピックと合わせて、神経内科学と、それが精神療法でどのように使われているかについて話した。共感と脳についてもしばらく語った。質疑応答のとき、部屋の後ろのほうに座っていた一人の男性が立ち上がって、自分はエンジニアで脳の研究にも没頭していると言った。それから、彼は自分が持っている知識をいくらか披露した。内容は覚えていないものの、彼が馬鹿ではないのは明らかだった。そのあと彼は、共感など存在しない、と大きな声で力強く主張した。そんな概念自体がありえない。そんなもの信じられない。その部屋にいた約二〇〇人は、ほとんどが精神療法家や精神内科医だったが、一斉に静まり返った。が、そんなことありえるだろうか、という強い疑念が、まるで人には聞こえないつぶやきのように、人々の頭をよぎるのが感じられた。大規模な診断が、礼儀正しく、また静かに行なわれていたのだけれど、実を言うと、私の頭にも瞬時にある診断が浮かんだ。アスペルガー症候群だ。

もちろん、自分の経験したことのない感情が、世の中に存在していると信じるのは難しい。それは南極とか、ニューロンとか、クォークを信じるのとはわけが違う。人はそういうものがあると直接は知らなかったり、実際に見たことがなかったりしても、間主観的な文化知識の一部として、その存在を頭から信じることができるだろう。それにひきかえ、私たちの感情の世界はあまりにも内面的で、それ自体から切り離せないため、私たちが正常だと思う考えは、どんなものでも非常に主観的になる。部屋の後ろのほうにいたその男性について、最近流行の診断用語を使って、この人には彼を異常にしている「状況」があるのだと論じたところで、私の論点の妨げにはならない。性格や感情と、信念体系や概念や理論とは、分離しがたいことも多いのだ。

　ウィリアム・ジェイムズは『プラグマティズム』において、「軟らかい心」と「硬い心」を持った二種類の哲学者を区別して、両者は性質上、相容れないと主張した。「硬い心の者は軟らかい心の者を愚かなセンチメンタリストとみなす。軟らかい心の者は硬い心の者のことをがさつで冷たく、粗野であるとみなす」[*137]。ジェイムズは多元論者なので、プラグマティズムを両者のあいだに位置づけるだろうけど、この区分は今なお役に立つ。緩やかな分類ではあるけれど、ずっと続いているさまざまな思考様式のあいだにある区分を、思い起こさせてくれるからだ（ジェイムズは宥和的な論調ながら、感情を欠いた思考は誤りであると堅く信じている）。

　私は長いあいだ、現代ヨーロッパの哲学者が書いたものばかりを読み、アメリカ人やイギリス人を顧みなかった。英米の分析哲学に手をつけてみると、まるで新しい惑星にやってきたかのような気分になった。分析者たち、と私は呼んでいるのだけれど、彼らはまるで移りゆく人生の流れなんて嘘か実《まこと》かのゲームであり、人間の経験は誰のものでもないとでもいうように、物事のあり方を説明するための真理条件や論理数学的な公式を持ち出したがる。彼らが好む思考実験の主役は、ゾンビ（私たちに似ているし、同じように振る舞うけれど、意識を持たないものたち）だ。彼らはまた、モノクロの箱の中で暮らしていて、色や脳について知るべきことをすべて知っている、優秀な神経内科学者、メアリーの物語を何度も繰り返し語って聞かせる。ある日、彼女は箱から出て、赤い花を見る。彼女はそこに、何か新しいものを見つけるだろうか？　このようなゲームは、現実の世界や、そこで生きることを想定していない。哲学的な問題を、抽象的に考えることが想定されているだけだ。部屋の向かい側に座っている人の目をじっとのぞき込めば、私にはその人がゾンビではないことが感じられる、というのはインチキだとわかってはいるけれど、数年間、色を奪われていたことで、メアリーの脳や性格がどう変わったのか考えることもおそらくインチキだから、色を見て何を思うのか、彼女が部屋を出るまでわからないだろうし、もっと言えば、彼女が私と同じような脳を持っていたとして、はたして彼女は、ある特定の色合いのターコイズブルーは避けなければいけないとわかっているだろうか？　そして、知るべきことをすべて知っているとはどういうことなのだろう？　それは本から得た知識のことだろうか？　そこには、私たちが自分の見ている色の名前すらわからないうちから、色は前意識に作用している、という事実も含まれているだろうか？[*138]

こういう男女の哲学者たちは（男性のほうが女性より多い）、イワン・イリイチが晩年に思い返した、教科書に載っていたキーゼベッターの論理を用いる。メアリーの赤の経験や、意識というものの本質に関して、彼らがみな同じ意見を持っているとは限らない。彼らの中でも激しい議論が起こっているし、私は一部の考えに、他よりもはるかに強く惹きつけられる。例えば、哲学者のネッド・ブロックは、意識に関する生物学的な理論に取り組んでいるうちに、神経疾患の神秘にどんどん興味を持つようになったという。クオリアを信じないダニエル・デネットとは違い[*139]、ブロックは現象学的な経験を真剣に受け止めていて、そういうことを言葉でごまかすことはできないと考えている。彼はあるインタヴューで、私が出会った詩人＝翻訳者のように現象学を「正しく評価」しない哲学者は、視覚的なイメージを作り出す能力が欠けていているのではないだろうかと言っているのだけれど、これは共感なんて存在しないと言ったエンジニアについて、私自身が考えたことと共鳴する。[*140] しかし、ウィリアム・ジェイムズなら間違いなく、分析者たちを全員、「硬い心」のグループに入れただろう。私は理性や論理そのものに抵抗しているわけではない。そういうものは、ほとんどの分野で意見の一致を計るための土台になっているし、私たちが共通の議論をするのに必要不可欠だ。それに、私はこういう書き手たちに感銘を受けていないわけではないし、彼らがつねに説得力がないと言っているわけでもない。ただ、彼らの書いたものを読んでいると、いつも寒気がするだけだ。

その寒気が、氷のような冷たさに変わる時がある。ピーター・カラザーズというオックスフォード大学出身の哲学者は、意識とは二次的な考えを持つための力——つまり、Aという経験ができるだけでなく、自分が今、Aという経験をしているとわかることだと定義づけている。この考えに従えば、もし動物にこういうことができないなら、意識を持っていないということになる。

> 動物の場合も同じである。彼らの経験は、痛みも含めて無意識なものであり、その痛みに直に道徳的関心を持つことはない。さらに言えば、動物の精神状態はつねに無意識なので、自分の傷に対して、間接的な道徳的関心さえ持たない。[*141]

カラザーズの思考は、実に論理的だ。最初の考えが受け容れられたら、二番目の考えもそれにならう。なかには、疼痛性刺激を避けることを学習する実験室の動物たちを、なぜ無意識と言えるのだろうと思ったり、さらに言えば、なぜ痛みはそれについて考えられたり表現されたりするとき――うわ、痛い。私は痛みを感じている――にだけ意味を持つのだろう、と問う人もいるかもしれないけれど、こういうことはカラザーズの議論の外にある。カラザーズにとっての「意識」は、十七世紀の機会原因論者マルブランシュにとっての「精神」と同じ位置づけをされるものだ。このデカルト派の思想家は、動物は魂を持っていないし、人間は魂と神を通してのみ精神状態を経験できるので、単に物質面でしか人間の親戚でない動物たちに、痛みは感じられないと考えた。カラザーズはどうやら、意識と自意識を混同していたようだ。いずれにせよ、彼の推論には一分の隙もないものの、ここでは論理的段階を一つ経るだけで、いかに辻褄の合わない、間違った考えとしか思えないものに辿り着いてしまうのかが示されている。

もしかすると、私は救いようのないくらい軟らかい心の持ち主なのかもしれないけれど、論理的定式化ですべてを網羅することなどできるのだろうか？　ルートヴィヒ・ウィトゲンシュタインが、あのおそろしく論理的な『論理哲学論考』の最後のほうで述べた有名な言葉のように、

六・五二一　生の問題の解決を、人は問題の消滅によって気づく。（疑いぬき、そしてようやく生の意味が明らかになった人が、それでもなお生の意味を語ることができない。その理由はまさにここにあるのではないか。）

六・五二二　だがもちろん言い表わしえぬものは存在する。それは示される。それは神秘である……。

語りえぬものについては、沈黙せねばならない。[142]

ウィトゲンシュタインが『論理哲学論考』を著わしたのは、第一次世界大戦で兵士として前線に出ていたときだ。彼が、言葉でも記号でも表わせない、体系化も抑制もできない――私たちの手からすり抜けていくものを考慮する必要がある、と考えたことに、私は違和感を覚えたりしない。この世界で生きる人につきもののあいまいさを、一手に引き受けられるようなシステムというものが、たとえどんなに魅力的でも、私はそんなものが本当に存在しているとは思ったことがない。ウィトゲンシュタインは、哲学の諸問題を『論理哲学論考』で解決したと考えた（この分野にも永遠に摑めない「物事」が存在しているとはいえ）。しかし、彼は考えを改めた。『論理哲学論考』を書いたのは、のちに『哲学探究』を書いたのと同じ人物ではない。論理的に見て、カイウスはイワン坊やとどんな関係があるのだろうか、という問題には明白な答えがある。それは、カイウスもイワン坊やも人間である、ということだ。人間は死すべき運命にあるから、カイウスもイワンもいずれ死ぬ。しかし、別の観点から見れば、これは間違っている。なぜなら、この非合理的な答えは、人間であるとはどういうことか、という問題の核心を突いているからだ。イワン坊やの現実は死を認められないと述べるのは、筋の通らないことではない。両者の隔たりは、客観的な視点と主観的な視点、科学（およびそれに不可欠な論理）と芸術（およびそれ自体の不合理さ）、そしてフッサールの物的身体と身体との違いを表わしているのだろうか？

一九四五年、シモーヌ・ド・ボーヴォワールはメルロ゠ポンティの『知覚の現象学』を評して、子供の教育を支配して「主観を捨てよ」と命じる科学に、雄弁に抗議している。

科学は人間に、おのれの意識から逃れよ、意識が人に見せるような、意味ある生きた世界から目を背けろ、と命じていて、そのために科学は、どんな凝視も思考も受けつけない、凍りついたものたちで世界を置き換えようとしている。[143]

ボーヴォワールの言うとおり、たいていの科学は（たいていの分析哲学と同様に）、麻痺した世界をまず匿名の三人称の視点から眺めて、そのあとで、それを明白な真実へと解体してしまうことがある。フランシス・クリックや、パトリシア・チャーチランドのような哲学者にとって、心はニューロンでできている。[144] それ以上でも、それ以下でもない。脳やその機能の生体構造が完全に解明されれば、物語は語り尽くされるだろう。これよりもっと微妙な立場の人もいる。ラ・メトリの『人間機械論』をふまえて、心はおそらく脳から現われ出てきたものである、と主張する者もいる。それとも、これは単に見方の問題なのだろうか？　私の頭の中では、世界が直に感じられる。私は変化に富んだ人々や物を眺める。私は考えたり、笑ったり、泣いたりするけれど、私の頭蓋骨を開けて中をのぞき込んでみても、そこには二つのつながった灰色と白の塊があるだけだろう。それに、私が眠っても、人は私の夢を見ることはできない。なかには、何らかの形の意識を持っているのは人間や動物だけではなく、それは森羅万象の最も深いレヴェルにまで浸透している、と考える人もいる。フランシスコ・ヴァレーラのような認知科学者や、その他の理論家たちの中には、無私の現実を洞察しようとして、仏教をはじめとする、さまざまな神秘的慣習から見識を得た者もいる。[145] 汎心的な調和というものがあると考える者もいる。[*146]科学者の中には――特に物理学者には――物質という概念から遠く離れた、量子論という奇妙な領域を掘り下げた者もいる。彼らがものを凍りつかせたり、観察される側に対する観察者の役割を排除したりしたことに、罪はない。どうやら、場の量子論では、ある人には真空に見えるけれど、別の人には粒子が混ざり合っているように見える状態があるらしい。実際の仕組みはわからないけれど、私は物理学者たちの言葉をそのまま受け取っている。何が見えるかは、その人の見方次第だ。

のちに観念論者になった理論物理学者ヤン＝マルクス・シュヴィントは、クリックの考えを覆している。「私は心が物質界にあるとは思わない。そうではなくて、物質界が心の中にあるのだ」と彼は書いている。[*147]この考えは、十八世紀の哲学者ジョージ・バークリーの、「天国の天使たちも地上の調度も、つまり、世界という強固な枠組みを形づくっている主要な部分はすべて、心がなければ存在しえない」という宣言と一致する。[*148]では、シュヴィントにとって、心は何を意味しているのだろうか？　「夢の中と同じように、心は意識による観察と、無意識による処理装置でできている」。彼が提案した新しい科学的なモデルは、ボーヴォワールの一節をふまえている。それは、「客観の科学である今日の科学よりも、主観という役割をもっと真剣に演じる」べきだと彼は書いている。[*149]シュヴィントは物理学だけでなく、哲学というもっと広いレンズを通しても考えている。バークリーには言及していないけれど、彼の論文ではショーペンハウアーとフッサールが引用されている。後者の現象学はメルロ＝ポンティにとって欠かせないものであったし、その彼の本をボーヴォワールが批評した。彼女もまた、フッサールとメルロ＝ポンティの両方に影響を受けた。

概念というものは伝染し、私たちを作り上げる。しかし、私たちは最終的にどうやってその中から選択するのだろうか？　あの共感を知らないエンジニアは、自分の専門分野の機械論的なモデルが、硬い心と合うと思ったのではないだろうか？　もちろん、だからといって彼の作業モデルが、役に立たないとか間違っているとかいうわけではない。しかし、それによって他の考え方があまり魅力的に思えなかったり、理解しにくくなったりしている可能性はある。シュヴィントのような人は、大げさに考えたり、見くびったりすることに慣れているし、どちらと捉えるかはその人次第だ。すべては心の働きにすぎない、という考えも、彼にとっては脅威ではない。彼はそれが自分に合っていると思う。こういうことは、「ヒルベルト空間」や、もっと難解な「ミンコフスキー空間」を使って、波動関数についてじっくり考えることに慣れている人には、当然に思えるのかもしれない。それに、シュヴィントは決して例外ではない。彼の仲間の大勢の物理学者たちが、物質的実在を作り出しているのは意識であり、その逆ではないと考えている。このような思想家たちには、軟らかい心とか硬い心といった分類はもはや当てはまりそうにない。

ウェスタン・オンタリオ大学の心理学の教授イマントス・バルシュは、二〇〇六年に人格と信念について研究を行なった。彼が同僚たちとともに作った複雑な人格テストによって、おのおのの被験者が現実というものをどんなふうに捉えているかもわかったので、彼らはそれぞれの結果の相互関係を探った。彼らが予想していたのは、物質科学の原理に基づいた純粋なる物質界を信じる人々と、宗教的な信念を持って、二元論、つまり精神と物質の両方から成る宇宙を信じる人々とのあいだに、古典的な対立が見られることだった。しかし、思いがけないことに第三の分類が見つかり、彼らはそれを「驚くべき超越」と名づけた。このグループの人々は、神秘体験や体外離脱体験があったり、従来の宗教を避けていたり、シュヴィントのようにすべては観念的である、という仮定を受け容れていたりすることが多かった。テストでは、寛大さも知性も得点が高かった。この研究結果が、どれくらい一般的だと言えるのかはわからない。けれど、私が気になったのは、あるささやかな発見だ。IQ評価の一環として、被験者たちはごちゃ混ぜになった画像を見せられ、それがもともと何だったのか当てさせられた。彼らは、バラバラになってしまったものを心の中で再構成しなければならない。これについてバルシュは、「断片化した映像を頭の中で一つにまとめるのが得意な人は、目に映るものだけが現実ではない、と考える傾向が強い」と述べている。[*150] もっと詳しく説明すれば、断片をまとめて一つの画像を作り上げられる人々はたぶん、現実を所与の凍ったものでできた海としてだけではなく、見る人次第で変化する知覚パズルとして受け止めているのだろう。

　多くの人が、たいていは子供のころに、他人になるのはどんな感じだろう、自分の心から抜け出して他人の心の中に飛び込むのはどんな感じなんだろう、と思ったことがあるはずだ。もちろん、他人の心と比べるためには、私であるということが、あなたであることとどう違うのか、はっきりわかったままでいなければならなかっただろう。あなたでもあり、私でもあるという状態になったとしたら、私はショックを受けるだろうか？　全然違う、と言うだろうか？もし、あのエンジニアの内面世界を体験できるとしたら？　シュヴィント博士の中に飛び込んで、量子論を一瞬で理解できたら？　数年前にパネルディスカッションで出会った、小説を登場人物ではなく、書かれた言葉として覚えている詩人＝翻訳家の中に飛び込んで、彼のように読んでみたら？　私はこれまで愛してきた小説を読んで、どんなふうに感じるだろう？

こんなふうに他人の心の中に入ることと一番近いのは、読書だ。読書というのは、軟らかい心にせよ硬い心にせよ、さまざまな思考様式や、それによって生み出されたさまざまな考えが最も如実に現われる、心の中の舞台だ。そこでは、他人の内なる語り手と接することができる。要するに、読書とは他人の言葉の中で生きるための方法だ。読んでいるあいだは、その人の声が私の語り手になる。もちろん、私は自分自身の批判精神を保持しているから、ちょっと立ち止まって、うん彼の言うとおりねとか、いいえこのことを完全に見落としているわとか、月並みな人物ねとか、ひとりごとを言うことができるけれど、ページ上の声に説得力があればあるほど、私は自分の声を失う。私は他人の言葉にそそのかされて、自分を放り出してしまう。そのうえ、私は自分とはまったく違ったものの見方に引き込まれてしまうことがよくある。その声が自分からかけ離れていたり、無愛想だったり、気難しかったりすればするほど、気がついたら自分が引き裂かれ、二つの頭で同時に考えるようになっている。抵抗に打ち克つのは、読書の楽しみの一つだ。なかには、あまりにも読みにくい文章もあるけれど、ぼんやりとした一節が突然キラリと光って、理解できるようになる（もしくは理解できたような気になる）のは、嬉しいことだ。

しかし読書においては、偏見もまた一役買っている。本とはこういうものだ、という考えが視界を曇らせる。なぜ「古典」や「ノーベル賞受賞作」や「ベストセラー」のようなレッテルが、読者を左右するかは容易にわかる。ある分野の人が、他の分野の人が書いたものを慎重に避けていることもある。ある神経内科学者は、講義で一度フロイトに言及したことで、「集中攻撃」を受けたという。これと同じように、精神分析家の中には、精神生物学が自分たちの診療に重要であることや、エスや自我や超自我について、心の働きを想像するために役に立つ概念としてではなく、まるで実際に存在する身体器官であるかのように話していることを、認めたがらない人もいる。大陸哲学者はたいてい、自分たちとは対極にある分析哲学者を敬遠するし、その逆もある。私たちは、自分自身の考えや偏見を養っている。作家として旅をしているとき、私は何度もこんなことを言われた――「僕はフィクションを読まないんだけど、妻は読むんです。だから、彼女のために本にサインしてもらえますか？」。ここには見え透いたメッセージがあって、男らしさとノンフィクションが結託している一方、女らしさは、くだらない「作りもの」の物語と結びつけられている。真の男たちは客観的な文章を好むものだから、ただのフィクション作家、特に女性作家が書いたとりとめのない主観的な言葉なんて、なんであれ女が書いたという時点で、一言も読まずともたかが知れている。この馬鹿げた考えが万人共通なわけではないけれど、誰もが偏見や、贔屓《ひいき》や、嗜好《しこう》や、自分の好きな喩えなどに影響されているし、長年、思い浮かべてきたことがすっかり身に染みついていて、完全に無意識に、もしくはほとんど意識せずに、そういう連想をしてしまっていたりする。二十世紀の大半、多くの科学者たちが「主観的な報告」や「内省」といった概念にあまりにも敏感になりすぎた結果、心の中で可視化すること、ましてや共感覚なんて、考えそのものがフィクションにすぎないのだろう、と思われるようになった。

　おそらく最も有名な例は、行動主義心理学者のJ・B・ワトソンであり、彼は心的イメージを完全に否定して、そんなものは存在しないと言った。ワトソンは、ワシントンDCで行なわれた心理学クラブの公開討論で、自分の立場を擁護してこう宣言した。「主観的心理学に発見はない。中世のような憶測があっただけだ[*151]」。この公開討論の前年、フロイトは『自我とエス』（『私とそれ』）

を出版し、そこでこれまでの心のモデルを改めた。『夢解釈』で最初に詳しく述べられた、意識、無意識、前意識という従来の三つの分類を棄て、新たな心の区分を作り、それぞれがどんなふうに機能しているかをもとに、新たなアプローチを採用した。フロイトの自我（「私《イッヒ》」）という概念は、内なる語り手や、覚醒している知覚意識や、それが作り出す無数のイメージのことではなかった。そこには、完全に無意識で行なわれる過程と同様、自我が養いつつある身体感覚という、身体図式に非常によく似たもの——自分は他人とは別個の存在であるという感覚を決定づけるもの——が含まれていた。エス（「それ」）は完全に無意識なもので、原始的な欲求や衝動の永遠の在り処だ。超自我（「私を越えたもの《ユーバー・イッヒ》」）は、人が最初に行なう、最も重要な同一化——両親との——から生まれる、個人の良心に近いものだった。したがって、フロイトがこのように心のモデルを無意識という広大な領域に位置づけ直していたころ、ワトソンは視覚心像という、たいていの人が毎日、意識的に経験しているものを、その存在ごと否定していたのである。

概念は育っていくものだけれど、それはしばしば、深くて狭い溝の中で育つ。ワトソンは、急進的で物議をかもす行動主義の唱道者だったけれど、彼が打ち立てた概念は、科学や科学哲学に多大な影響を及ぼしてきた。この世界には、心の中でイメージを作り出すことのできない人がいるけれど（例の詩人＝翻訳家や、おそらく哲学者の中にもそういう人がいる）、それは少数派だし、なかには神経疾患のある人もいる。私が疑問なのはこういうことだ——もしワトソンや彼と同じ意見を持った仲間の科学者たちが、頭の中でもう一度七八ページを思い描くことによって小説を目に浮かべて、その中の家や風景や、文章の言葉までも思い出せるのだとしたら、どうして視覚心象というものの存在を疑ったりできるだろうか？　それに、夢は誰もが見るものではないか？　夢は視覚的な心的イメージではないのだろうか？　独断的な意見は、人の目を見えなくさせることがある。

報告。二〇〇八年六月二十三日。私は夫や友人と旅をしている。私たちはピレネー山脈で三日間過ごして、これから山歩きするつもりだ。Ｊは旅行者の能力に合わせてアクティヴィティを評価したガイドブックから、「普通」のコースを見つけ出した。山歩きを始める場所まで車で行って、そこから私は岩だらけの山道を、石から石へと飛び移りながら上る。私は自分の体力が誇らしかった（言うなれば後ろの男性二人に見せつけようとしていた）が、しばらくすると、くたびれてしまう。息も絶え絶えに、大きな岩に座り込むと、身体が本格的に痙攣しはじめるのを感じるけれど、やがて治まる。これは感情が原因で起こっていることではないわ、と私はひとり考える。父の死とは関係ない。痙攣性疾患でもない。私は夫や友人に何も話していないし、彼らはあまりにも遠くにいたので、私の発作を見ていなかった。下山のときは、ゆっくり歩く。こんなことが起こったせいで、脱力感と不安が残った。あとになって、私はその日の日記を振り返って読んでみた。「心因性のものじゃない。激しい運動をしたせいだ。おかげで私の理論全体が疑わしくなってきた——何か別のことが起こっている。末梢神経障害が原因だろうか？　それが震えの原因になったのだろうか？」

　三十代のころ、私には、ホイットマンの言葉を借りるなら「身体が感電するような」感じがしたことがあった。腕と足がヒリヒリ痛んだ。いろんな強さのショックが、手足や顔じゅうを駆けめぐった。何ヶ月かはそれを無視していた。それから、多発性硬化症のような衰弱性神経疾患にでも罹ったんじゃないかと不安に駆られだした。医者に行くと、多発性硬化症の症状はこんなふうに出たりしませんよ、とすぐに安心させてくれた。私の症状は、末梢神経障害と呼ばれた。私は、尿路感染症の予防のために飲んでいた薬が犯人かもしれないと思った。最初は疑わしそうにしていた医者も、『医師用卓上参考書』に当たってみると、起こりうる副作用の一つに神経障害があった。実際のところ、こういう症状を引き起こす薬はたくさんあるので、私の神経が感電したようになった背景にはマクロダンティンがあったかもしれないし、そうでなかったもしれない。私は診察室で、片頭痛がある人は、そうでない人と比べると、こういう奇妙な感覚を起こしやすいのではないですか、と訊いてみたけれど、K医師はそんなことはないと言った。あとになって、彼が間違っていたことがわかった。ヒリヒリする痛みや、ショック、その他あらゆる種類の奇妙な感覚——知覚異常——は、慢性的な片頭痛患者によく見られる。神経障害のテストを受けてみたところ、私の神経は六十歳の女性のものと同じだと言われ、神経内科医に予後を尋ねると、「良くなるかもしれないし、悪くなるかもしれないし、このままかもしれない」と真面目な顔をして言われた。私は思わず吹き出してしまった。彼には何がおかしいかわからなかったようだ。結局、あらゆる点で彼は正しかった。しばらくは良くなったけれど、それから悪くなって、何週間も立て続けにそのままの状態だったこともあった。

震えている女をめぐる私の空想の物語は、実在の人物が一人ずつ、想像上の医者に取って代わるにつれ、逆戻りしていく。Gの勧めにしたがって、私は気づいたときには、パーク・アヴェニューにある診察室で、精神分析家のC医師と向かい合って座っていた。幻の中の分析家と違って、C医師は女性だ。私の想像どおり、彼女は親切で賢そうな顔をしている。私が震えたことについて話すと、じっと耳を傾けて聞いてくれる。転換性障害でしょうか、と尋ねると、静かに首を振って、ちょっと寂しげな笑みを浮かべる。私のことをヒステリーだとは思っていない。ある時点で、子供のころ熱性痙攣になった話をすると、彼女は全身を耳にして聞いている。洗礼の日、熱が四一度まで上がって痙攣を起こし、母を驚かせた。この話を最初に母から聞かされたのがいつだったのか、思い出せない。なぜC医師にこの話をしたのだろう？　それは、私の人生を手短かに語って聞かせていたからだ。なぜ、そのことをこれまで書かなかったのだろう？　忘れていた。抑圧していたのだ。彼女は、懇意にしている知り合いのL医師という、患者を思いやって治療してくれると評判の神経内科医の電話番号を教えてくれた。私は予約を取り、自分の神経をきちんと調べてもらうと約束する。

L医師は、私の病歴を尋ねる一〇ページにわたる質問書をファックスしてきた。追加コメントを書くための白紙のページもあった。私は行間を空けずに二ページ分、震えや、片頭痛や、その前兆や、腕や脚のヒリヒリする痛みについて――つまり、私の神経系に関係がありそうなことを思いつく限り書いた。書き終わったとき、私はマウント・サイナイ医療センターの神経内科病棟の病室のことを思い出した。窓の外にある建物の汚れた屋根や、ベージュの折りたたみテーブル、小さなテレビは記憶の中でモノクロになっているけれど、詳細があいまいなのは、それが実際に見ていたものというよりは、おそらく当時の私の心理状態を表わしているからだろう。テレビでは『ニコラス・ニクルビー』が映っていたけれど、画面の中の人はちっぽけで、どこか遠くにいるようだった。まるでガーゼに何重にも包まれているようで、画面に集中できない。それはクロルプロマジンの厚みだ。世界は遠くにあって、それをふたたび生き生きと、直に、色づいて感じられるようになるまでには、長い道のりがあるように思えた。不意に、ああやって何年も前に病室のベッドから這い出してトイレに行った私は、今、毎週一緒に作文をしている、鎮静剤をたくさん飲まされた精神病患者みたいに見えただろうか、と思った。あの、歩くというよりは足を引きずりながら部屋に入ってきて、手足がマリオネットみたいに強張っている彼らみたいに？　たぶんそうだろう。あの長い八日間。ぶっきらぼうで無関心な看護師たち。笑顔を浮かべて、針でチクリと刺し、質問してくるインターンたち。あの病院での記憶のせいで、私はてんかんの専門家の予約をキャンセルしたのだろうか？

医者は背が高くて、ハキハキと率直に話す、友好的な人物だ。動きが大きく、ゆったりとしているところが気に入ったし、身体をリラックスさせた、自信を持った人物の前にいるという感じがする。彼女はじっくり取り組むつもりらしい。私の告白書をちょっと面白がっているようで、それを側にあるデスクの上に置いていたのだけど、そのほとんどに青い蛍光マーカーで線を引いていた。きっと、彼女はマーカーを持ちながらそれを読んで、手を動かすことが情報を吸収することの一部だったのだろう。馬鹿みたいだけれど、私は、自分の症例がつまらないと思われなかったことが嬉しかった。私はどうやら、月並みな例ではないようだ。しばらくすると、Ｃ医師と同様、Ｌ医師も転換性障害の可能性をきっぱりと否定した。そんなはずはない、と思っているのは明らかだった。私は歳を取りすぎているらしい。もし私が十四歳だったら、その可能性も考えたかもしれないけど、五十三歳でそれはありえない。私がこれまで読んできたいくつもの症例のことを思い返すと、これが厳密に言って正しいのかどうかよくわからないけれど、そうだとしてもやはり、私がこれまでに思い巡らせた自己診断は、例のピレネー山脈の登山でのことですでに打撃を受けていた。それに私は、いつもではないけれど、しばしば手足に震えがはしるようになってきていた。まるで、私の中にあるこのうなりを誇張すれば、あのひどい痙攣になるかのように。彼女もまた、私が熱性痙攣になったことに興味を示し、何らかの形の発作が起きる人は、その多くが生後六ヶ月のあいだに発作になっていると断言する。

　私は服を脱いで病院のガウンに着替え、彼女に言われたとおりに部屋を行ったり来たりする。手を叩くゲームもする。人差し指で自分の鼻に触れる。彼女は私の目をのぞき込む。頭蓋内圧亢進や脳腫瘍の徴候はない。彼女は冷たい器具を使って、私の手のひらと足の裏を叩く。私は何もかも感じられる。良い徴候ね。彼女は音叉を使う。「太くて良い動脈」をしている、と言われて、私は嬉しくなる。片頭痛のために、デパコートという抗てんかん薬を飲んだことがあるかどうか尋ねられる。私は飲んだことありません、と答える。彼女は私に、ＭＲＩを二回受けることをすすめる。

　私は、彼女が大きくはっきりとした文字で走り書きした紙を見る。

一、脳のＭＲＩを受けてください。側頭葉てんかん――造影剤なし。プロトコル、三四五・四。
二、頸椎のＭＲＩ――造影剤なし、後柱、Ｃ－２――Ｃ－５。Ｄｘ三二三・九／七二一・一。よろしくお願いします。Ｌ・Ｌ医師。

家に帰るために地下鉄に乗っていると、医者と会って浮かれていた気持ちが、あっという間に沈んでいく。Ｃ医師もＬ医師もとても有能だし、すこぶる親切だったけれど、ヒステリーの可能性を却下したことで、さらなる神経疾患、つまり私がただの片頭痛ではないかもしれない、という不安を呼び起こした。痙攣性疾患も片頭痛も、あまり魅力的な診断ではないものの、どちらも命に関わる病気ではない。一九八二年にパリで発作を起こして以来、私は自分の頭痛はてんかんの近くを行ったり来たりしているのではないかと心配してきた。『てんかんの行動的側面』の著者たちによると、「片頭痛とてんかんは、多くの点でよく似た脳疾患である。どちらもありふれている。てんかんもそうかもしれないが、もともと片頭痛は、その定義からしておそらく遺伝性疾患である[*152]」。同じ章の続きでは、次のように書かれている。「この二つの病気に同時に罹る可能性は、二倍以上である[*153]」。オリヴァー・サックスは、『サックス博士の片頭痛大全』で、この二つの病気は歴史的に見てどこが違っていて、どこが重なっているのか考えている。両者は理論的に関連があるのかもしれないが、「実際には、大多数の場合、てんかんと片頭痛とを区別するのは簡単だ」と彼は書いている。どちらの分類になるのか、比較的容易に診断できる特徴をいくつか挙げてから、彼は「厳格な疾病分類学」を混乱させる「あいまいな領域」

の存在を認めている。それから、両方の症状がある患者のために、「片頭痛てんかん」という用語を作り出した著者に言及している。[*154] ジェイムズの分類では、サックス博士は間違いなく軟らかい心の者のほうに入れられるだろう。仲間の開業医たちとは違って、彼は医学史に紆余曲折があることだけでなく、はっきりしない現象に名前をつけようとすると、本当のあいまいさが浮かび上がってくることをも認めている。「最終的に、問題はもはや臨床学と生理学との区別ではなくなって、意味論上の決断の問題になるだろう。私たちは、区別できないものに名前をつけることはできない」[*155]。あいまいになった境界が、永久に答えの出ない難問を作り出すのだ。

子供のころから、私は高揚感や多幸感の訪れ、深い感情の洪水を何度も経験してきた。それは頭の中の軽さとして私の身体に押し寄せ、私を引っ張り上げるように思える。この世のものとは思えないほど明瞭なヴィジョンや、ハイな気持ち、そして完璧な喜びが訪れたあとに、あまりにもつらい頭痛がえんえんと続いた。一度、すっかり大人になってからのことだけど、ベッドルームの床にピンクの小人とピンクの牛がいるのを見たことがある。あとになって、そういうふうに小さな幻が現われることに名前があることを発見した。小人幻覚。今はもう、こういう状態はすべて前兆現象であり、片頭痛患者としての私の人生の一部だということがわかっている。子供のころと変わったのは、前兆そのものではなく、私がそこにどんな意味を与えるかだ。私はもう超自然的なものが存在しているなんて想像したりしない。そうやって浮き沈みするのは神経のせいだと思っているけれど、だからといって、そういう経験が私にとって意味がないわけではないし、私が誰であるかということにとってこれまで重要でなかったわけでもない。私がその出来事をどう捉えるかが、出来事そのものに作用する。てんかん患者にも前兆があって、発作の前に匂いがしたり、何かを感じたり、憂鬱や恐怖や恍惚を覚えることがある。医学史を通して、医者たちは病気と性格を結びつけてきた。研究者たちは、片頭痛の人の性格に何か共通した特徴があるのではないかと考えを巡らせてきたけれど、あまりにも多くの人がこういう頭痛になるし、前兆にもさまざまな種類があるので、片頭痛型の性格を探すことは、ほぼ諦められた。ただ、側頭葉てんかんの人には概して共通の特徴があって、宗教的になる傾向などがあるらしい。ヒポクラテスは紀元前四〇〇年ごろに、てんかんと宗教性を最初に関連づけたが、こういう診察は、現代に至るまでに長いあいだ、何度も繰り返されてきた。[*156] エミール・クレペリンという世紀末前後の有名な医者は、精神疾患を厳密に分類したことで多大な影響を及ぼしたが、この人もまた、てんかん患者は霊的なものを好む傾向が強いようだと言っている。[*157]

病理学と人格とを結びつけることで、より大きな疑問がまたも生じる。私たちは何者なのか？　宗教的なものも含めて、信念というものはどの程度、その人の精神生物学的なことと関係しているのだろうか？　てんかんや、脳卒中、頭部外傷といった病気によって性格が変わってしまうことがあるという考えを、多くの人が進んで受け容れているけれど、私たちはそれぞれ神経系を通して「真実」を発見するという考えに対しては、おそらくそれほど楽観的にはなれないだろう。私の両親はルター主義に対して、通り一遍の信念しか持っていなかったにもかかわらず、子供のころの私は敬虔であるだけでなく、ひそかに熱心な信者でもあった。あとになって、神への信仰を捨てたとき、私は敬虔さこそ失ったものの、熱心さは失わずにいた。その代わりに、教義を伴わない意義があることが、心に深く刻み込まれた。

近年、多くの大衆誌の記事が、側頭葉に「神の座」が発見されたと吹聴している。一九九七年に『ロサンジェルス・タイムズ』は、『側頭葉には宗教に特化した神経構造があるかもしれない』と研究チームが報告」と報道した。*158 ここでは、意味論が破綻して解剖論になってしまっていることに注目して欲しい。側頭葉には宗教に特化した神経構造がある？　この「チーム」は何も、人類が歴史の中で経験してきたある特定の感覚や感情が、超自然的なもののせいであるとみなされてきたかもしれない、と言っているわけではない。彼らは、宗教は私たちの脳に「あらかじめ組み込まれて」いると言っているのであって、このことは脳を独立した別々の領域に分けて、それぞれが専門の機能を持っていると考えた、十九世紀の骨相学者と非常によく似ている。この場所をちょっと触れば、あなたはたちまち神を信じるようになるでしょう。このような、膨大な歴史的・社会学的現実を脳の一片に還元してしまう未熟さに、哲学的な素朴さが最悪な形で表われている、と考えるのは簡単だ。また別の研究は、この発見をもとに、脳の至るところに「宗教」を見出し、その中には愛着心や、母親から世話されたことや、幼少期の母親との絆と関連する領域があると論じている。もちろん、宗教的な感情はそれのみで存在しているわけではない。信心深いてんかん患者や、カルメル会の修道女の一団を集めてきて、宗教のことを考えてもらい、その電気皮膚反応を調べてみたり、fMRIに入れてみたりしても、その結果はバラバラになるだろう。

しかし、フロイトが「大洋的感覚」と呼んだ感情に、より敏感な人がいることは明らかだ。フロイト自身はそういう感覚を持っていなかったけれど、他人の中にそういうものがあると明言した。作家のロマン・ロランと話したフロイトは、この現象について『文化への不満』で次のように述べている。

この感覚は、彼［ロラン］によると、「永遠性」とでも呼べるようなものであり、際限のなさ、制限のなさ――いわば「大洋性」とも言うべきものだという。彼によると、この感覚は純粋に主観的な事実であり、宗教的な信条のようなものではないという。それは、個人に永遠の生を保証してくれるものではないが、宗教的なエネルギーの源泉であり、さまざまなキリスト教派や宗教システムによって利用され、おそらく消費もされている。人はたとえ、いかなる信念、いかなる幻想を拒んでも、この大洋的感覚のみをたよりに、自分のことを宗教的な人間と言うことができる、と彼は考えている。[*159]

フロイトは、この大洋的な性質とは、私たちの自我が周りの世界と完全には切り離されていなかった、幼いころの潜在記憶なのではないかと考えている。彼の考えは、宗教的感情と母子の愛情につながりを見出した研究者たちと共鳴している。フロイトによると、この忘れ去られた期間は、世界との一体感として私たちの中に残っているのだという。幼年期は取り戻せない。その記憶はひそかに息づいている。それがどの程度、人目を盗んで戻ってきたり、さまざまなきっかけによって触発されたりするのかは、いまだに謎のままだけれど、ロランとの会話を通して、フロイトはその「大洋的」な感覚が、必ずしも一連の宗教的信念を指しているわけではないことを理解した。

診断というものの役割は、「人」から「病気」を抽出することだ。麻疹は一つの病気だ。それは、現われては消えていく。発疹は人から人へと移動する。それは一つの病原体によって引き起こされる。では、いつから病気が人になるのだろう？　一九七五年にノーマン・ゲシュヴィントとその仲間の医者スティーヴン・ワックスマンが発表した論文によると、発作と発作のあいだ（発作間と呼ばれる時期）に側頭葉てんかんになる患者には、共通した性格があることがわかったという。それは、より信心深くなったり、倫理的問題への関心が増したりすることや、感情が豊かになったかと思えば、怒りっぽくなったりすることだ。また、性欲が低下し、過書になる——つまり、その多くが、ときには抑えきれないほどの書きたいという衝動に駆られるのだ。[*160]

信心深さという言葉でゲシュヴィントが表わしているのは、フロイトの大洋的感覚やバルシュの驚くべき超越というよりも、むしろ形式神学に関わる感情のことだ。聖パウロ、マホメット、ジャンヌ・ダルク、アビラの聖テレサ、フョードル・ドストエフスキー、ギュスターヴ・フロベール、セーレン・キルケゴール、フィンセント・ファン・ゴッホ、ギ・ド・モーパッサン、マルセル・プルースト、ルイス・キャロル、アルフレッド・テニスン男爵のような、さまざまな宗教家や芸術家たちがみな、その生前や死後に側頭葉てんかんと診断された。[*161] 現代医学が始まって以来、きわめて才能あふれる有名人たちの死後診断が、本や論文に載ってきた。フロベールは神経症やヒステリーと診断されていたが、今ではてんかんだったらしいことがわかっている。ドストエフスキーも間違いなくてんかんで（フロイトが彼をヒステリーてんかんと診断したのは有名だけれど）、聖パウロがダマスカスへ向かう途中で回心したのは、どうやらある発作が関係していたようだ。聖テレサはてんかん、ヒステリー、片頭痛と診断されたし、ファン・ゴッホはてんかん、鉛中毒、メニエール病、統合失調症、双極性障害などに罹っていた。ルイス・キャロルは、神経内科医に側頭葉てんかんと片頭痛と診断された。さまざまな症状が、いろんな可能性につながる。とりわけ何年も前に死んだ患者を診断しようとするときには。日記や、手紙や、文章や、芸術作品を詳細に調べて、神経症の原因を見つけることには限界がある。

子供のころ、私はいつも絵を描いていたけれど、だんだん文字を書きたいと思うようになり、自分を超えたところに、言葉では表わせないものがあるような気がすることがよくあった。性欲は普通にあったけれど（それが何を意味するにせよ）、社会情勢に対して自分はあまりにも熱くなりすぎであり、世間話をすることがあまりにも耐えがたいと感じていた。なんとかして、自分の激しい態度を和らげようと努力はしていたけれど。私はL医師に、ときどき自分もそうなんじゃないか――側頭葉てんかん型の人格を持っているんじゃないか、と思ったことがあると打ち明けた。でも、そうはいっても私の帰属意識は気まぐれなものだ。私はたくさんの病気に感情移入する。まるで、よくいる医学部一年生のように。私は一つの病気の症状からまた別の病気の症状へと没頭し、死を運命づけられた自分の身体のチクリという痛みや突然の激痛、動悸や震えの一つ一つが、終わりの兆候かもしれないと思って、注意を払った。

私があらゆる伝統の中の神秘に魅了され、そういうことについてたくさん読んできたのは、きっと自分独特の幻覚や多幸感があったからだろう。このような超越状態をどう解釈するにせよ、神秘体験は本当に起こったことである。たとえ、それがどんな形式をとろうとも――自然発生のこともあるし、薬や瞑想、あるいはドラムや音楽が繰り返されることによって引き起こされることもある。ゲルショム・ショーレムは、『ユダヤ神秘主義――その主潮流』で、二週間の瞑想のあと震えるようになった、アブラハム・アブラフィアという門下生の言葉を引用している。「私は激しい震えに襲われて、力を奮い起こすことができず、髪は逆立ち、まるで自分がこの世のものではないかのように感じられたのです[*162]」。私は高校生のとき、キリスト教の神秘主義者について調べていたときに初めて、古い形の「神の座」を見つけたのだけれど、そこでは声を聴いたり、幻覚を見たり、多幸感を覚えたりすることが医学的に説明されていた。意識状態の変容は長いあいだ病気とみなされて、それはそういうものだと片づけられてきた。ウィリアム・ジェイムズは『宗教的経験の諸相』で、このような排除方法を「医学的唯物論」と呼んでいる。

医学的唯物論は、聖パウロがダマスカスに行く途中で見た幻覚は後頭葉皮質の損傷のせいであり、彼はてんかんだったとして、片づけてしまう。また、聖テレサはヒステリーで、アッシジの聖フランチェスコは遺伝性変質者だったとして片づけてしまう……そうして医学的唯物論は、こういう人たち全員の精神的権威をうまく失墜させられたと考える。

ジェイムズは続けて、「精神と肉体とのつながり」と全面的な「精神状態の身体状態への依存」を、現代心理学が受け容れていることを指摘している。したがって、あらゆる精神状態は、そういう意味では器質的ということになる。

科学の諸理論は、宗教的な感情とまったく同じように、器質的なものに左右されている。そこで、事実に精通しさえすれば、私たちはたしかに肝臓というものが、頑固な無心論者の意見を決定しているメソジスト派信者の断定をも決定しているだけでなく、罪の自覚に魂を悩ませているメソジスト派信者の断定をも決定していることがわかるだろう。肝臓がそこに流れてくる血液をある性質に変えれば、メソジスト派型の精神が生じるし、別の性質に変えられると、無神論者型の精神が生じることになる。だから、私たちの歓喜も冷淡も、憧憬も熱望も、疑念も確信も、すべて同じことである。その内容が宗教的なものであろうとも非宗教的なものであろうとも、みな器質的なものに基づいている。[*163]

これに続くたくさんのページが示しているとおり、ジェイムズはここで問題が終わるとは思っていない。肝臓もニューロンも大事だけれど、そういうものは神秘的・知的信念やその体験を説明するのに十分ではないだろう。共感を否定したエンジニアも、聖パウロに劣らず、自分の身体的現実に左右されている。ジェイムズの思考は、ドストエフスキーの『白痴』における、病気と感情についての内省と共鳴している。「これが病気だとして、それがいったいなんだというのだ？」と、てんかん患者の主人公、ムイシュキン公爵は自問する。「もし結果として、健康な状態のときにこの一瞬の感覚が思い出され、分析されて、それが完璧な状態まで高められた調和や美だとわかり、それまで想像したこともなく夢にも思わなかったような完璧さや均衡や融和、および生が最高な形で統合された恍惚と、祈りのような融合の感覚をもたらしてくれるのなら、これが異常な緊張だとしても、それがいったいどうしたというのだ？[*164]」。ときには、病人が超越的な感覚を味わうこともあるけれど、超越を病気に還元することはできない。

ドストエフスキーはてんかんの前兆を小説の中で使っているし、それが彼の宗教的信念に影響を及ぼしたことは間違いない。フロベールは、自分の発作のことを小説の中ではっきりと扱ったことはなかった。エマ・ボヴァリーのロマン主義の発露がムイシュキン公爵の高揚感とまったく別物だったのは、フロベールがこの芝居がかったヒロインに対して、同情的ではあるが皮肉な距離をとっていたからでは決してないのである。ドストエフスキーとフロベールは、同じ病気に罹っていたかもしれないけれど、その性格や芸術作品は、まったく違う道を辿った。

病気だとはっきり定義づけられるかどうかは別として、神秘体験は、自己の境界を消し去ってしまうようだ。神経内科病棟の物語からわかることがあるとすれば、それは私たちの想像する自己の境界というものは変わりやすい、ということだ。片頭痛の前兆は、ときとして世界に没入していくかのごとき幸福感を私にもたらしてくれることがあるけれど、震えている女は私をまっぷたつに引き裂いてしまう。前者は完全さや調和の感覚を生み出すが、後者は崩壊と分裂を引き起こす。震えているとき、私の一人称で語る主体はある方向に、そして言うことをきかない身体はまた別の方向に向かっているらしいのだけど、このことから私が自分自身をその内なる声に位置づけていることがわかる。言葉は、私の自意識——日々の活動に寄り添っている、言葉を使って絶えず思いを巡らせる私の内面——と密接な関係にある。

私はその意見が自分のものだと感じるし、自分が考えたり、感じたり、見たりしていることに合わせてそれを作り出す。それに、私が声に出して話すときは、自分のことをわかってもらうために細心の注意を払うけれど、それは他人が言っていることを理解しようと、じっと耳を傾けるのと同じだ。しかし、ときに言葉は自我感情から解き放たれ、見知らぬ領域へと漂い出して、まるで見えない他人が話しているように聞こえることがある。人はさまざまな声を聞く。

聖アウグスティヌスは『告白』で、深刻な精神的危機に陥ったときのことを書いているのだけれど、そのとき彼は、子供の声が「トレ、ヨメ」（取って、読め）と何度も繰り返して言うのを聞いた。*165 ジャンヌ・ダルクも声を聞いて、それに従って行動した結果、気づいたらフランスの法廷や戦場にいた。ウィリアム・ブレイクは天使を見、その声を聞いた。こういう人は枚挙にいとまがなく、モハメッドや、スーフィーの詩人ルーミー、イエーツ、リルケらが、みな非常に興奮したり気持ちが高揚したりしているときに声を聞くのだった。私が教えている病院のクラスの一つに、いつも神に話しかけ、また神のほうでもそれに応えてくれるという女性がいる。彼女が神と直に話せるのは、神が自分の夫だからだという。もちろん、どんな幻聴にも天啓のごとき宗教性があるわけではない。ある友人によると、彼の知人の男性は、風呂を入れようと蛇口をひねるたびに、「この薄汚い糞まみれのクズめ！」という意地悪な声が聞こえてきて、困っているという。声を聞くことには、てんかんと同じくらい長い歴史がある。ソクラテスは声を聞いたし、『イーリアス』と『オデュッセイア』では神の声が英雄たちを導いた。どんな内容の言葉が発せられようとも、介入してくる声はつねに、自己以外のところからやってきたものとして体験されることから、私たちの内言語や内なる語り手とは性質が異なっている。このような経験では、内言語が何らかの形で歪められている、という説を唱える研究者も中にはいるけれど。それは、分離脳の患者の見知らぬ手や、無視患者の麻痺した手足や、ニールの記憶して書く手や、無数の詩人たちのペンから溢れ出した自動記述の文書のように、私に属していないものと考えられている。

『神々の沈黙――意識の誕生と文明の興亡』（一九七六年）を著わしたジュリアン・ジェインズによると、紀元前二千年紀末よりも前の人間は、統一された意識ではなく、二分心――別々に機能する二つの脳領域――を持っており、強制されて、声、しばしば命令を聞くことがよくあったのだけれど、それは右半球に起因する、大いなる力からもたらされたものだと解釈されていた。しかし、声による言い伝えが文字、つまり読み書きする文化になったときに、すべてが一変した。二分心の理論によると、読み書き能力が現われたことで、私たちの脳は改められた。[*166]ジェインズを賞賛する人も貶す人もいるし、彼の途方もない考えは大いに議論の余地があるものの、この考えを後に改めて検討した人たちもいて、幻聴が聞こえているときに右半球の活動が活発になるという研究結果もある。[*167]しかし、声が聞こえる人の脳の中で実際に何が起こっているかについては、意見が一致しない。

ただ、言語機能がいまだに左半球に支配されていると考えられている一方で、今では右半球も言葉を持たないわけではなく、例えばある文章に込められた感情を理解するときのような、言語のある特定の面で重要な役割を果たしていることがわかっている。人間の幼児期の言語体験――両親が愛おしそうに繰り返す子供の名前や、童謡で繰り返される言葉、子守唄の歌詞や、子供をあやす母親の声が持つ音楽のような調子など――は、左半球ではなく右半球が認識することの一部らしい。[*168] 幼児期に両親から発される、だめとかやめなさいという否定形の命令も、強い影響力を持つ禁忌《タブー》になっている言葉や、検閲された罵り言葉と同様、ここに分類される。十九世紀の神経内科医ジョン・ヒューリングス・ジャクソンは、左右大脳半球ごとの言語機能の違いを理論化した。自分の患者たちや、他の医者たちの研究（特にポール・ブローカのもの）を注意深く研究した結果、彼は右半球が反射的な表現、つまり無意識にわっと叫んだときのように、もう一度繰り返そうとしてもできないような言葉を司っていることを突き止めた。トゥレット症候群の人が矢継ぎ早に言葉を発するのは、このことをよく表わしている。ジャクソンによると、右半球と左半球が同時に働いているときは、反射的な表現は自発的な言葉遣いと同化して、日常的な話し言葉になる。[*169] ここで強調しておきたいのは、ジャクソンが「同化する」という言葉を使って、両半球が出会ったときに、発話が主人――一人称の主体――を獲得すると言っていることだ。また、興味深いことに、神経内科医たちは六〇年代の始めごろから、左脳の言語野に障害がある非識字者は、識字者と同じような失語症の問題を抱えているわけではないことに気づいていた。[*170] この意見が正しいかどうかは証明されていないけれど、だからといって、長い歴史を見通すジェインズの考えに説得力がなくなるわけではない。読み書きを覚えることで、実際に左脳の支配が強くなるようだ。

　また、軽躁や躁病の人は、一時的に言語に対して二面的になって、両半球をより均等に使うようになるという仮説もある。非常に大勢の詩人たちが双極性障害になって、気分の劇的な浮き沈みを経験している。また、学者の中には、散文で書かれた文学や日常的なコミュニケーションの言葉に比べて、詩は右脳の言語表現力をあてにしている部分が大きく、そのことが、なぜ自動筆記や、不意のインスピレーションや、作品が自分の意志で作られたのではなく書き取られたもののように感じるというようなことが起こるのか、説明する助けになりうると主張する者もいる。今日なら双極性障害と呼ばれていたような大勢の詩人や作家の中には、パウル・ツェラン、アン・セクストン、ロバート・ローウェル、セオドア・レトキ、ジョン・ベリーマン、ジェイムズ・スカイラー、ヴァージニア・ウルフなどがいる。私自身は、躁患者——その他の精神障害者もまさしく——が書くものは、詩でも散文でも、いわゆる普通の人々と比べると、ずっと色鮮やかで、音楽的で、ウィットに富み、独創的であるように感じる。そういう人が書くものには、筋や物語としての連続性が欠けていることもよくあるけれど、宗教的・宇宙的テーマが取り上げられることが非常に多い。私の創作クラスでも、かなりの数の患者たちが声を聞いた経験があるし、なかには著しい過書を患っている者もいる。あるクラスの、賢くてはっきり物を言う、高い教育を受けた躁うつ病のPという女性は、歓喜にあふれた高揚感が続いた数ヶ月間に、七千ページもの原稿を書いたという。

おそらく、声を聞くことは、統合失調症と最も深く関わっているのだろう。統合失調症患者の中には、声の猛襲——悪意のあるものもあれば、そうでないものもある——につねに苦しんでいる者もいて、それが絶えず意見したり、叱責したり命令したりするせいで、目を覚ましたり働いたり食べたり家族と過ごしたりする、日々の営みが妨げられている。それにもかかわらず、一九七六年にジェインズが本を出してからというもの、多くの研究が精神病と診断されたことのない人にも幻聴を聞くことはよくあると示してきた。『ミューズ、狂人、予言者——幻聴の歴史、科学、意味の再考』の著者であるダニエル・スミスがこの問題に興味を持つようになったきっかけは、父や祖父がしょっちゅう声を聞いていたことだった。どちらとも統合失調症でも躁うつ病でもなかった。スミスがなんとかして自分も幻聴を聞こうとしているのは、なんともいじらしい。彼は感覚遮断室に入ってまで、そういう経験をしようとしたのだけれど、うまくいかなかった。*171

声をどんなふうに解釈するかは、人によって違う。とりわけ統合失調症の人たちの中には、頭の内側や外側でブツブツ言っている声は、宇宙からの侵略者や天使のものであるとか、頭の中にラジオや、最近ではコンピュータチップが埋め込まれたせいだと言ったりする者もいるけれど、それ以外の人は、自分の内で作り出された声が聞こえていることを理解しているようだ。統合失調症患者は答えを作話したり、妄想したりしがちだ。結局、幻覚というのは単に、間主観的な現実には含まれない経験のことなのだ。もしベルが鳴っている音が私に聞こえたら、あなたにも聞こえているか尋ねてみよう。そして、もしリビングルームのホワイトノイズしか聞こえないと言うなら、私の中で何か妙なことが起こっているらしいことが、あなたにもわかるだろう。

父のための記念植樹セレモニーのあと、私は、母と三人の姉妹と、リヴの部屋のキッチンに集まって話をした。みんなでしばらく私の謎の痙攣のことを話したあと、私は、それとは別の神経内科学的な難問を呼び起こす、自分の幻聴のことを持ち出した。私は十一歳から十二歳のころ、いつもではないけれど、たまに声を聞いた。それは私がひとりでいるときに聞こえてきて、機械的な合唱が同じフレーズを何度も繰り返すので、そのしつこくて恐ろしいリズムの中に押し込んで、私をのっとろうとしているんじゃないかと思った。リヴは同じ年頃に、自分を罰するような声を聞いたけれど、自分の言葉を使ってそれと戦い、そこからなんとか引きずり出そうとしたそうだ。そして妹のイングリッドは、六歳か七歳のころに声を聞いたけれど、それは自分の良心が声を出して話しかけてきているのだと思っていた。ある夜、彼女は頭の中でしゃべる声が恐くなって、両親のところに行って、「ジミニー・クリケット」をどうしたらいいの、と尋ねたという。この現象を説明するのに、妹がピノッキオのことしか思いつかなかったのはすごく納得がいくけれど、当然のことながら、両親には妹が何を言っているのかわからなかった。母や妹のアスティは声を聞いたことがないのがわかった。アスティは、なんだか置いてきぼりにされたみたいな気がする、と打ち明けた――四姉妹で唯一、幻聴を経験しなかったのだから。あとになって、現在二十一歳の娘のソフィーも、小さいころに声を聞いたことがあると教えてくれた。父はかつて、祖父が死んだあと、「たまに親父が俺を呼んでいるのが聞こえるんだよ」と言っていた。はっきり実感できる事実として、ごく手短にそう言っていたけれど、それを疎ましく思っていたようなそぶりはなかった。父は祖父のことを愛していて、時々その声を聞いた。たぶんその声は、父の古い聴覚的記憶が脳の右半球から蘇ってきたものなのだろう――家に帰っておいで、という祖父の声として。私はこれまで人生のさまざまな岐路に立たされたとき、両親が私の名前を口にしているのが聞こえた。この現象は、私の家族に共通しているようだ。父、四姉妹のうち三人、そして私の娘はみな、かつて声が聞こえたり、今でも聞いたりしている。

声を聞くということの少なくとも一つの形である、感情に溢れ、簡潔で、揺るぎない性質が、また別の短い話に表われている。それは自己のどこかから生じたものに違いないのに、明らかに他者が発したものとして聞こえる。サラエヴォ包囲のあいだ、夫と私は、その街からやってきた客人を家に招いていたのだけれど、その人はかつて夫のある本を芝居として上演した舞台演出家だった。一緒に過ごした数日間に、彼は友人に裏切られたり、言うに耐えないような残酷な仕打ちを受けたりしたこと、それから戦争による略奪が今なお続いていることを話してくれた。ある日の昼前、彼はマンハッタンでの打ち合わせに出席するため、ブルックリンにある私たちの家を出た。私は行ってらっしゃいと言って、仕事をするために机に戻った。そこに座って二、三分後に、「助けて!」と叫ぶ彼の声が聞こえた。私は彼が玄関にのびているのを覚悟しながら、階段を二階分、駆け下りてドアに向かった。でも、そこに彼の姿はなかった。幻聴だったのだ。私はそれまで、彼が「助けて!」と言うのを聞いたことがなかった。その声、彼の声は、彼が実際に発したフレーズの聴覚的記憶ではなかったけれど、彼と何日も話した記憶が、助けて、という一つのはっきりとした叫び声に凝縮されて、まるで夢の中でのように、私の心の奥深くにある感情を司る場所から、知らず知らずのうちに突然、解き放たれたのではないだろうか。

そんなふうに不思議と忘れられない、助けを求める叫びを耳にして以降というもの、定期的に声が聞こえるのは夜だけになった。ベッドに横になって、夢うつつのあいだをさまよっていると、男女の声が、強い調子で短い文章を口にするのがしょっちゅう聞こえてきて、ときにはそこで自分の名前が呼ばれることもあった。何が言われているのか覚えていようと自分に言い聞かせたこともあったけれど、実際に覚えていられたことはめったになかった。それは、意識がだんだん薄れていって、私の心が完全に二つに分かれたコース——聞いたものと、見たもの——に脱線していくようなときに生まれる、聴覚的な残滓なのだ。閉じた瞼の前を、たいていは色鮮やかで、比喩的にも抽象的にも見事な入眠時幻覚が通り過ぎていくのを眺めていると、目に見えないよそ者が一気に話し出す。これは睡眠と夢との境目で起こる現象だ。夢と同様、それは自ら意図したものではないように感じられる。夢と違うのは、声が聞こえるだけでこちらからはそれに応えられないことと、そういう幻覚を一人称の役者としてではなく、一人の観察者として見ていることだ。一度、そういう入眠時幻覚の中に自分がいたことがあった。最初、目の前にいるのが誰なのかわからなかったけれど、すぐにそれが若いころの自分のイメージだということに気がついた。私はまだ赤ん坊だったころの娘を抱いていた。ソフィーは頭を私の肩に預けていた。しかしそれから、さまざまなものを変容させる、そのスクリーンに映るほかのすべてのものと同じように、私たちの姿は消えてしまった。

これまでにざっと見てきたような超越感や見知らぬ声の話から、何か教訓が引き出せるとしたら、それはこの現象を分類するのがいかに難しいかということだろう。そのような経験は、てんかんや精神病などと結びつけられることもあれば、そうでないこともある。それが、自分や身近な人々にとって堪えがたいものになったときは、病院で治療を受けることになるだろう。そうでなければ、有頂天なほど高揚した気分や、断続的に聞こえる声は、単に日常生活の一部として組み込まれたり、詩の材料になったりするかもしれない。実際、そういうことがあれば、人生がむしろ意味深いものに感じられるようになるだろうし、そうなれば当然、自分自身の語りの歴史という視点から、そういうことを解釈せずにはいられなくなるだろう。ルーミーとリルケの恍惚とした幻覚には、共通した特徴や生理学上の根拠があるかもしれないのに、二人の恍惚感が違った文脈に置かれたのは、それぞれが独自の言葉や文化の中で暮らしていたからだ。

はっきりしているのは、どんなに奇妙なことであれ、実際に経験されたことから性格を切り離すのは、特にそれが何度も繰り返して起こる場合は難しいということであり、それと共に生きていくためには、どう解釈するかがきわめて重要だ。

L医師から、面談と今後の処置に関して、三ページにわたって行間を空けずにぎっしりと書かれた手紙が届いた。徹底した人だ。その中で、ある文章が目を引いた。「要約すると、病歴と身体検査からわかるのは、古典型片頭痛であり、それがときに片頭痛発作重積に変わることもあるということと、本人はこれまで表われた症状や自分の身に起こった出来事の特徴から、側頭葉てんかんではないかと危惧しているということだ」。ああ、私はこれまで頭痛という国の境界近くで生きてきたのだ。朝はたいてい、目が覚めると頭痛がして、コーヒーを飲めばそれは治まるけれど、ほとんど毎日、何らかの痛みを感じながら過ごしているし、頭はぼんやりして、光や、音や、湿度に過敏だ。午後はたいてい横になって、バイオフィードバック・トレーニングをして神経系を落ち着ける。この頭痛こそが私だし、そのことを自分でわかっていることが私の救いだった。おそらく、今となってはこの震えている女さえも取り込んで、私の一部だと認めるのが得策なのだろう。

私は標準の書式を持って、ＭＲＩを受けるため狭い待合室に座っている。保険会社は頸椎ではなく、脳のＭＲＩを受けることしか認めてくれなかった。名前と住所を書いているとき、書き間違いをしそうになっていたことに気づく。「市」の欄に、ブルックリンの代わりに、私が育った町であるノースフィールドと書きそうになっていた。私は仰天する。ブルックリンには二七年、ニューヨーク市にはもう三〇年住んでいる。いったいどうしたのだろう？　知らず知らずのうちに、私はもはや思い出せない家に住んでいたころに旅していたに違いない。幼少期で唯一覚えているのは、初めて住んだ家の住所だけだ。ミネソタ州ノースフィールド、ウェスト・セカンド・ストリート九一〇番地。家の内装はまったくの想像の産物だし、そこに住んでいるのは私が他人から聞いた話をもとに作り出した人たちだ。まだ若い母が、ピクピク動いたり身体をねじらせたりする、落ち着きのない赤ん坊を抱いている。今、私が住んでいるのは、ニューヨークのブルックリンにある別のセカンド・ストリートだ。この失敗が生み出された場所は、心の奥にあって、そこでは一つの町が別の町に取って代わり、二つの通りが一つになり、過去と現在とが混ざり合って、発作的に一つのイメージができあがる。白日のもとに飛び出してくるのは、一つの言葉だ。ノースフィールド。私の手が紙の上にペンを走らせ、情報を書き込んでいるあいだに、書くという今まで何千回と繰り返されてきたこの習慣的行為の場所が置き換えられたのだ——私は小さな女の子に戻って、先生に言われて学校の机で名前と住所を書き込んでいたのだ。

頭にテープが巻かれ、長いトンネルに滑り込まされると、私は不安になる。技術者によると、三〇分ほどかかるということだった。ボールが手渡され、「ここにいたくない」と思ったら、つまりパニックになったら握ってください、と言われた。私はここにいたくないけど、パニックにはならない。私はバイオフィードバック・トレーニングをして、心を開いて経験しなさいと、よき現象学者のように自分に言い聞かせる。耳栓をしているにもかかわらず、耳をつんざくような機械のノイズがする。宇宙人のロック・コンサートで身動きが取れなくなったように感じて、そのリズムが絶え間なしにガンガンと頭に響く。ビートを数えてみる。長い音が三回、吹き鳴らされて、それからコツンという短い音が六回。私はこのパターンに自分を順応させることができるけど、そのあとハンマー・ドリルが鳴りはじめる。コンサートは一転して、アンフェタミンを飲んだロボットが私をドラムのように叩いている。私はじっとしていられなくなる。その音は私の頭の中でガンガン響くだけでなく、胴や腕や足にも響いているのを感じる。顔が勝手に痙攣して、三〇分間カプセルに入れられた私は、そこから呆然と出てくる。

建物を出るとき、頭に霞が立ちこめているのに気づく。視覚も変わってしまった。外の太陽が目を刺す。めまいがして、吐き気もする。鋭い痛みと疲れでぼうっとなって、一歩ずつ歩みが遅くなる。MRIが片頭痛を引き起こした。てんかんの診断を裏づけるような傷が脳にないか調べるための検査が、この哀れな臓器をあのおなじみの領域に叩き入れた——頭痛の国。この皮肉には笑ってしまう。私はもう片頭痛と闘っているわけではない。私はそれを受け容れているし、そうすることによって、奇妙なことにあまり痛みを感じないでいられる。

シモーヌ・ヴェーユは『重力と恩寵』で、次のように書いている。

頭痛。ある時点で、宇宙に投影することによって痛みは弱まるけれど、その宇宙は傷ものになる。痛みをもう一度もとの場所に戻すと、それはいっそう激しくなるが、私の内にあるなにものかは苦しまず、傷ものになっていない宇宙と接触を保ちつづける。*172

哲学者で、神秘論者で、政治活動家でもあったヴェーユは、ひどい頭痛と闘っていた。慢性片頭痛を患っていて、その性格はノーマン・ゲシュヴィントが側頭葉てんかんと結びつけた特徴に、とてもよく似ていた。彼女は性欲減退症と言うべき状態だった。恋人を作らなかったものの、疲れを知らないエネルギーをもって書きつづけたし、とても信心深かった。発作を起こしていたとしても、診断されることはなかった。ゲシュヴィントは、自分の作った特徴のリストがてんかん患者に限られるとは思っていなかった。この事実は、症候群をより広範なものにし、診断ツールとしての力を弱めてしまう。ヴェーユは類いまれなる知性の持ち主で、さまざまな経験をとおして、物質主義から遠く離れた、非日常的な超越に至った（彼女なら、バルシュ教授が見せる画像を、どれでも元どおりにできたのではないかと思う）。ヴェーユの人生は、ジェイムズが論じたような、神経内科学と心理学がいかにして重なり合い、精神的・非精神的いずれもの信念を作り出すか、ということのもう一つの例だ。ヴェーユの片頭痛を彼女の人格や思想から切り離してしまうことは誤った分類を生むだけだけれど、だからといって、彼女は頭痛によって作られたわけではない。私たちと同様、彼女もまた、自己というものをゆっくり時間をかけて積み重ねていった人物なのだ。ドストエフスキーにとっての発作と同じように、片頭痛への遺伝的傾向があって、頭痛を経験中であることは、それに伴う神経内科学的な不安定さと同様、彼女の人生の物語になくてはならない欠片だった。もちろん、てんかんと片頭痛は、才能のある人だけのものではない。過書で素晴らしいものを書く人もいれば、ただの戯言にすぎないものを残す人もいる。病気が必ずしも洞察をもたらすわけではない。

しかし、ヴェーユが頭痛について書いた文章には、概して洞察力がある。彼女は外側と内側との境界線を消し去る。内にも外にも障害があって、痛みは激しかったけれど、それでも彼女の中のどこかがそれを押しとどめ、痛みを感じていない部分だけではなく、全体を把握するのだ。私は自分の経験から、どんなにひどい頭痛がしても働くことができるし、痛みを感じつつもそれに注意を払わないようにすることができるのを知っている。それによって、悲惨な状態がさらに悪化するだけなのだけれど。集中したり、心配したりすると頭痛がひどくなる。気分転換したり、瞑想したりすることで、頭痛は軽くなる。

神経内科学者のパトリック・ウォールは、『疼痛学序説――痛みの意味を考える』で、痛みは通常の科学的方法では測れないと言っている。研究者たちは研究を重ね、その中で「被験者」の一団を集め、それぞれに疼痛刺激を与えて、その生理学的反応を観察、比較した。これが科学というものの進め方だ。しかしウォールによると、実験のこのような人工的な文脈が、痛みの実状を歪めているという。被験者たちは、科学者たちによっていつまでも苦痛が続くような状態に追い込まれるわけではないことがわかっているし、痛すぎるときは、「やめろ！」と叫ぶことができる。ウォールは、このような実験室の環境を、苦しくない痛みと形容している。「こういう状況下で痛みを計測する実験が、何千回も行なわれてきた。このような実験には、知覚や意味から解放された、純粋な痛みの感覚という概念が内在している。多くの人が、そのような感覚が存在していると思っているけれど、私はそうは思わない」[*173]。ウォールは、まったく同じ口頭指示のもとで行なわれた実験でも、耐えられる痛みの上限は文化によって異なると指摘している。誰が指示を出しているかによっても、結果は変わる――男性か女性か、教授か技術者か、それとも学生かによって。

私にとっては、どの発見も驚きではなかった。痛みが止むとわかっていたら（これは二十四時間持続するウィルス性胃腸炎だから、すぐに良くなる）、死に至ると言われた軽い痛みよりも、我慢しやすいだろう。私のルーツはスカンジナヴィアで、そこではストア主義が高く評価されている。氷水の中で泳ぐことが立派だと思われているけれど、他の文化ではそんなことは馬鹿げているとか、まったく正気じゃないと思われるかもしれない。それに、ある人が極寒の海原に浸《つ》かることにどう反応するかは、その行為がその人にとって何を意味するかによって、違って見えるだけではなく、実際に違っているだろう。心理学的にだけではなく、神経生物学的にも。その二つを文法的に解剖することはできない。たいていの人が学生よりも教授に良い印象を持つだろうし、お医者さま自身と面と向かっているときのほうが、原稿に下線を引きながら読んでいるときよりも、自分の強さをひけらかしたいと思うだろう。マンツーマンでの接触には、女性があまり関わりたくないと思うような、テストステロンの分泌による張り合いが伴うことがよくあるのではないだろうか。それに、痛みはつねに感情を伴う。慢性的な痛みには、いつも恐れと憂鬱がつきまとっている。何らかの痛みとともに目覚め、その痛みがいつまでも続くなか、なんとかして一日をやり過ごし毎晩床につく人は、この痛みは決して治まらない、ずっと痛いままだ、すごく悲しい、という呪文を繰り返す。私が片頭痛発作重積の発作を二度起こしたとき、それぞれが一年ほど続いた中で、私は絶えず自分の痛みを確認していた。ましになった？　少しだけ。心の中で、希望が勝利の旗を振った。痛みはすぐに良くなって、永久にどこかにいってしまうだろう！　ひどくなった？　ええ、間違いなくひどくなってる。私は旗を降ろして、戦いに戻った。何時間も、何日も、何ヶ月も、私はみじめな頭痛の浮き沈みをたどった。E医師に診てもらって、機械を使って瞑想するようになると（バイオフィードバックと東洋医学の諸形式とのあいだに根本的な違いはない）、私は頭痛監視団から引退した。自分の痛みにあまり関心を払わなくなったのだ。それは、しょっちゅうそこにあったし、時々あまりにひどくなって、仕事の手を休めて横にならないといけなかったけれど、私は絶望もしなかったし、それがいつか永遠に消えてなくなるとも思わなかった。私の痛みは、若いころのものとは性質が違う。私があまり苦しまなくなったのは、痛みの感じ方や、意味づけの仕方が変わったからだ。

パトリック・ウォールは二〇〇一年に癌で亡くなった。彼はその前年に出版された本の中で、自分の考えを、人生の他の面をもカバーする科学的探究にまで広げることはしなかったけれど、そうすることもできただろう。ウォールはこう言っている。本来、痛みは私たちの痛みの知覚から切り離せないし、そのような知覚にはさまざまな意味がある。そういう知覚には、個人の神経系が関与していて、それはある特定の環境――文化、言語、他人（そこにいる人、いない人）――と関係した、特定の体内に存在している。痛みは、患者の生きた身体の中で起こるものであって、『グレイズ・アナトミー』に出てくるような、仮説に基づいた、動かないものとしての身体で起こるのではない。世界の中で生きて、感じて、考える、肉体を持った人間ではなく、神経回路網に起因すると考えられるような、「純粋な感覚」などあるのだろうか？　それに、この問題は、痛みという言葉そのものが持つ、人を戸惑わせるようなジレンマに触れてさえもいない。研究者たちはここで、この言葉を「被験者」が電気ショックや、針で刺すことや、平手打ちによって感じるものを指すのに使っている。痛みが何を意味するかなんて、自分にとってしかわからない。私は何年も、ウィトゲンシュタインの『哲学探究』における言語と痛みについての省察について考えてきた。彼はこう言っている。「［痛みは］何かではない。しかし、何ものでもないわけでもない！　結論は単に、何ものでもないものが、何も明言できない何かと同じような働きをするであろう、ということであるにすぎない」。彼は続けて、「言語はつねに一定の方法で機能し、つねに同じ思想――家、痛み、善悪など何でもいいが――を伝達するために奉仕しているという考えとは、われわれが根本的に決別すること」*174を勧める。言語が使われるとき、その性質はあいまいで、話し手によって変わる。科学者たちは驚くほどいつも、このことを忘れている。

　私はいつも、医者に痛みを1から10までの尺度で計ってください、と言われるのがなんだかおかしかった。ここでは、数字が言葉の代わりをしている。自分の痛みを何と比べて計ればいいのだろう？　これまでで一番、痛かったとき？　一番、痛かったときのことを覚えているだろうか？　私はそれを、痛みとして思い出すことはできない。ただ、記憶を言葉にしたり、過去の自己に感情移入したりして、その関わり合いの中で思い出せるだけだ。出産時の痛み、片頭痛の痛み、肘を骨折したときの痛み。どれが6で、どれが7だろうか？　あなたの4は私の5にあたるだろうか？　チャーリーの9はダヤの2？　10の痛みというのは実際に存在しているのか、それとも耐えられないことを、一種、観念的に表わしているだけだろうか？　10のあとは死んでしまうのか？　痛みの程度を数字で示せるという考えは、馬鹿馬鹿しいけれど、慣例になっている。あいまいさをなくそうとしてしたことが、事態をよりあいまいにしている。

　私自身の痛みに訪れた変化は、精神生物学的なものだった。痛みを軽減するには、考えることが欠かせなかった。私が先に引用した、プラセボ効果についての論文を書いた人々が認めているように、「認知的な要因」が神経化学に影響する。これまでずっと精神的だと思われてきたことが、これまでずっと身体的だと思われてきたことに影響することがある。この複雑なメカニズムがどのように機能しているか、誰も説明できないけれど、脳の前頭前葉にある遂行領域の活動が、実際に、多くの大脳機能を調節したり抑制したりしているようだ。強迫神経症の人は、洗いたい、確認したい、数えたい、触りたい、という激しい欲求を、簡単な認知行動療法によって抑えることができる——その衝動に、時間をかけて抗いつづけることだ。会話療法は、軽度から中度のうつ病の人にとって、薬と同じくらい効果があることが示されてきた。そのどちらもが、治療としてよく使われているのだけれど。[*175]

人間は繰り返す動物だ。繰り返しから、あらゆる意味が生まれる。私は知らない言葉と出会ったときは、それを辞書で調べてみなければならないし、痒疹のという言葉を次に聞いたときは、その意味を覚えていたいと思う。繰り返されるやいなや、目新しかったことが目新しくなくなる。一度震えることは、二度震えることとは違う。精神疾患や神経疾患では、繰り返すことが強迫観念のように思えることがよくあって、同じ状態に戻りたいという衝動が止められない。フロイトは、自分の患者たちの中にそういう症状があるのに気づいて、そのことについて書いている。私が教えている病院では、クラスの生徒たちの多くが、明らかに神経心理学的なパターン——執拗で、病的に繰り返すことから抜け出せない——にはまってしまっている。例えばうつ病の人は、次から次へと憂鬱なことを考え出すけれど、作文の宿題にもう一度エネルギーを集中させるようせき立てられると、少なくともその瞬間は、みじめな塹壕から出てくるよう、うながされている。「ぼくは覚えている。お母さんのチキン・グレービーを。それがどれだけ美味《おい》しかったかを」。

震えている女の物語は繰り返し起こった出来事であり、さまざまな観点から眺められることによって、次第に多種多様な意味を持つようになった。最初は例外だと思えたことが、繰り返されることによって、ぞっとするような、感情のこもったものになった。

私の反応は神経内科学的というより、徐々に心理学的になってきたと言えるだろうか？　どこに線引きをするのか？　科学者たちはいつもレヴェルの話をする──神経のレヴェルとか、心理学的なレヴェルとか。空間のメタファーも使う。一番底にはニューロンがあって、その一段上に心がある。私たちは梯子《はしご》を上っていくのであって、中世のように存在の鎖を上っていくのではない。目に見えるものは最初の段にあって、目に見えない、精神的なものは二段目にある。ニューロンは目に見える。思考は見えない。ニューロンは思考よりリアルなものだろうか？　科学者たちはよく、神経系による表象の話をする。ニューロンはどうやって、物事を表わすのだろうか？　表象は、何か別のもののイメージや象徴である。それはどんなふうに機能するのだろう？　階層状の脳の上に心があって、その二つがお互い何らかの形でつながっているのだろうか？　また別の科学者や哲学者たちは、私たちの世界規模の社会的・文化的生活に、第三の段を付け加える──それは、私たちの外にあるものだ。このような視覚的メタファーには問題があって、階層に分かれたレヴェルという考えそのものに欠陥がある、ということはありえないだろうか？　脳と心と文化は、実際そんなにきちんと区別できるものだろうか？　私たちは、意味のある人々や物事が存在する世界に生まれてきたのではないだろうか？　私はこのような疑問に答えることはできないけれど、ウォールと同様、痛みのような経験をその文脈から切り離せるのかどうかと問うているのだ。

その一方で、生物学が無視されるべきだとは思わない。私がメルロ＝ポンティの思想に惹かれるのは、ジェイムズのように、人間という存在の身体的実在を強調しているからだ。「目に見え、動かすことができる私の身体は、ものの中のものだ。それは世界の構造の中で捉えられるし、そこにあるつながりは、ものとしてのつながりだ。しかし、身体はそれ自体で動いたり、見たりするので、自らの周りにものを輪のように持っている」[*176]。近年、社会構成主義――いかにして概念が文化の中で形成され、私たちの思想を形作っているのか研究すること――が流行っているせいで、『Xの社会的構成』とか、『Yの発明』というようなタイトルの本が数えきれないほど生み出されている。このような本は、たいてい政治的問題を孕《はら》んでいる。例えば、女らしさという考えがいかにして、徐々に「構成」され、「再構成」されてきたかを明らかにし、女らしさというのは固定的なものではなく、歴史や社会の影響を受けやすい、変化する考えであることを示すことで、性差別という汚名を取り除くことができるかもしれない。これに反論するのは非常に難しいだろうけど、あまりにも社会的要素に重点を置きすぎると、ときには人間をただの浮遊する胸像に変えてしまう。両性具有者もいるとはいえ、私たちのほとんどは男性か女性かのどちらかに生まれてくるし、この二つの性には生物学的な違いがあるからといって、必ずしもどちらかを迫害しなければならないということにはならない。私は娘を産んだとき、自分の身体がその営みに支配されてしまったように感じた。もちろん、妊娠と出産は社会的に構築されたものだ。メアリー・ダグラスが『汚穢と禁忌』で指摘しているように、レレ族の文化では、お腹の中の子供は同じコミュニティにいる他者にとって危険な存在だと思われていて、妊娠した女性は、病気の人に近づいて病状を悪化させないよう気をつけなくてはならない[*177]。ソフィーは一九八七年に生まれたけれど、少なくとも私の周りでは、薬を使わず「自然」分娩することは名誉の印だと思われていた。今では、硬膜外麻酔をするのが当たり前になっている。痛みは流行遅れで、痛み止めが流行っている。「構成」は文化ごとに異なっているし、一つの文化の中でも変わっていく。でも、見方を変えれば、出産というのは根本的に、つねに同じ物理現象だ。性別や出産は、文化的に生み出された概念でもあるし、自然界の事実でもある。

イアン・ハッキングは、『何が社会的に構成されるのか』で精神病について論じていて、そこには構成主義と生物学のどちらの余地もあることを提言している。分類というものは人々に影響すると、彼は指摘している。分類と人々との相互作用を、ハッキングは相互作用類と呼んでいる。統合失調症に分類されていることは、あなたに影響を及ぼし、精神医学の一分野にあなたを引っぱり込むことになる。この分野たるや、一つの独立国のようなものであって、白衣を着た医者あり薬理学的介入あり、隔離病棟ありダンス療法あり、自分というものの捉え方に影響を及ぼす作文クラスまであるのだ。だからといって、持って生まれた生物学的なものが機能していないわけではなくて、それはどんなふうに考えられようとも、何の影響も受けずに働きつづけている。統合失調症になる遺伝的素因は、無反応種という、ハッキングが哲学用語の自然種を言い換えたものとみなされるだろう。[*178] しかし、ハッキングも十分承知しているように、ときには考え方が生物学的なものに影響する。バイオフィードバックをするとき、私は自分の神経系を作り変えている。こういうことはどれも、ハードサイエンスがいかに欠かせないかの表われだ。一つの細胞を観察することが、驚くべき結果につながることがある。最も下等な生物を調べることで、私たち自身について何かわかることもある。科学が文化の中で重要な位置を占めるようになったのは、偶然ではない。ユルゲン・ハーバーマスが論じてきたとおり、現代社会で科学が支配力を持つようになったのは、自然界に対して強大な力を示してきたからだ。[*179] 原子力爆弾や——もっと明るいところでは——抗生物質のことを思い起こせば十分だろう。

私たちの使っている言語は、理解するためには必要不可欠だが、それが私たち人間にとってどのように必要不可欠か説明する知的モデルは、限られていたり、不十分だったり、どう見ても愚鈍だったりする。分類や境界線や区別、それから梯子や根、劇場、コンピュータ、青写真、機械、密室といったメタファーは必要なものだし、役にも立つけれど、何のためにそういうものがあるのかはっきりさせなければならない。というのも、理解の助けになるような便利なイメージは、どうしてもあいまいに移り変わる現実を排除したり、その解釈を誤ったり、それをねじ曲げたりするからだ。物事に明確な定義を与えて、名前をつけたがるのは人間的な欲求だ。ボルヘスの作品に出てくる主人公のように生きたいと、心から思っている人はいない。彼は、つねに移り変わる現象界の過剰さに魅せられるあまり、三時十四分に見た犬と、三時十五分に見た犬とは、別の名前をつけるべきだと考えた。それでも、この物語は、抽象化することには代償が伴うということを、私たちに思い出させてくれる。医者には診断や症状をまとめる名前が必要だし、患者だってそうだ。やっとのことで私にも、それぞれ別々の疼《うず》きや痛み、震えやよろめきに掛ける看板が見つかったのだ……いや、本当にそうか？

ＭＲＩでは何もわからなかった。私の脳は正常で、腫れや腫瘍や萎縮は見られない。もう一度、今度は脊椎・脊髄のＭＲＩを受けるには、保険会社に掛け合わないといけないだろう。もちろん、発作を起こした人々のかなりのパーセンテージが、神経画像検査で異常なしという結果が出る。『神経内科学・神経外科学・精神医学誌』に、「神経画像が正常な患者に、てんかんの多術的な治療を行なう価値があるか？」という論文が載っていた。[*180] 著者たちはもちろん、その価値があると思っているのだが、しかし、医者たちがMRIでは損傷があるのを見つけられないにもかかわらず、彼らはもちろん発作に苦しんでいる人の脳組織の一部を摘出したいとは思っている。私はまた振り出しに戻っているのだろうか？ 今では精神分析家の精神内科医や神経内科医に診てもらっているけれど、誰も震えている女の正体を教えてくれない。

人の内側（神経内科学的なことや心理学的なこと）を、その外側（他人や言語や世界）から切り離すことは役に立つけれど、それは人為的な試みにすぎない。そうやって切り込みを入れることで明らかになる両者の違いは、焦点の問題、つまり病気やその症状をどう見て、どう解釈するかということだ。私の震えが、たとえヒステリー性のものであり、一種の解離であって、私がこれまで抑圧してきた、語りえぬものとか、喪に服す気持ちとか、父親との感情的な葛藤を表わす個人的なメタファーとかがあとになって心因発作として表われたものだったとしても、私が震えに対して神経的傾向を持っていなければ、あのような特定の形で震えが出たとは考えがたい。そうなったのはおそらく、私が幼児期に熱を出して震えたこと、長期的な片頭痛になる前に若いころパリで発作を起こしたこと、あるいはまだ特定されていない何かが理由なのだろう。大勢の人——俳優、ミュージシャン、外科医、法廷弁護士——が、仕事の前や、いざ仕事を始めようとするときに手が震えるし、その多くが薬を使って震えを鎮めている。私の震えは、それよりもっと平凡な不安が、極端な形をとって身体に表われただけなのかもしれない。その一方で、例えば私の脳のどこか、ＭＲＩでは探知できない隠れた場所や、まだ調べられていない頸椎のどこかに、震えの原因と呼べるような損傷があるとしよう。それでも、父の話をしたり、あの懐かしい記憶の場に立っていたり、それから子供のころから知っている家族ぐるみの友人たちと向き合ったりしていなければ、私は震えださなかったといまだに思う。隠れてはいても、強い感情を引き起こす何らかのきっかけがなければ、あの日、震えたりはしなかっただろう。本物のてんかん発作が、強い感情によって引き起こされることがよくある。それから、ピレネー山脈で震えたことについてはどうだろう？　空気が薄いところであまりにも急いで登りすぎたので、息切れがして、すでに弱っていた組織が追い込まれて痙攣したのだろうか。過呼吸によって発作が起こることがある。人にはみな発作閾値がある。私はそれが平均より低いのかもしれない。もちろん、こういったことは何もかも私の勘違いかもしれない。

　真実がどうであるにせよ、私の神経系の浮き沈みや、医者たちとのさまざまな出会いには、病気や診断というものがいかにあいまいかが表われている。一つのものを一つの名前で呼び、また別のものを別の名前で呼ぶ、ということの根底にある哲学的な概念は、そのほとんどが吟味されないままであり、それは厳格な思想よりも知的風潮によって決定づけられているのかもしれない。『ニューヨーク・タイムズ』の「ヒステリーは本物《リアル》か？」という見出しは、従来の考えを支持している。つまり、見えるものはリアルであり、身体的である一方、見えないものはリアルではなく、精神的だ、という考えだ。いや、むしろほとんどの科学者が、精神的なものが実際には身体的であることを認めているけれど、どうしてそうなるのかは説明できない。その反面、他の科学者たちにとっては、私たちが自分の頭の中から飛び出して、客観的になって理解できるような、物理的実体など存在しない。私たちが体験することはすべて、精神を通してもたらされる。世界は心である。いずれにせよ、もっとありふれた「レヴェル」で言えば、私のいったいどこが悪いのかはっきりさせられるような、単純な因果関係は存在しない。一つのものから別のものへと直線的につながっているわけではない。あるのはただ、震えている女の気まぐれな足取りに関わっているかもしれないし関わっていないかもしれない、さまざまな要因だけだ。

友達の妹には小さいころからてんかん発作があった。Lが夜中に目を覚ますと、隣のベッドで妹が七転八倒していたものだった。Lによると、妹は、前兆や発作をよそよそしいものと感じてはいなかったという。実際、そういうことは自分の一部として、彼女の身にあまりにも深く染み込んでいたので、それを薬で散らしてしまうのを嫌がった。オリヴァー・サックスは「機知あふれるチック症のレイ」というエッセイで、あるトゥレット症候群の患者が、薬でチック症を治したあと、その症状が恋しいあまり、しだいに週末は薬を飲むのを止めるようになり、幸せに、心ゆくまでチックが起こるようにしたと書いている。[*181] 七千ページの原稿を書いた双極性障害のPは、躁病ではなくなったことがひどく悲しいとはっきり言っていた。きっと、当局が彼女を退院させたら、きっとリチウムを飲むのをやめるに違いない。ある統合失調症の患者は、声が聞こえなくなると、何年かぶりにひとりぼっちになったような気がして、本当にそれでいいのかどうかわからなかった。『書きたがる脳――言語と創造性の科学』という本で、神経内科医のアリス・フラハーティは、分娩後に過書になったときのことを描写し、分析しているのだけれど、それは自分の産んだ双子の男の子たちが死んでしまってからすぐに始まったという。彼女はまた、たくさんの比喩的なイメージに襲われたおかげで、身の周りの世界が尋常でないくらい鮮やかに感じられたけれど、それがうっとうしくて、おかげで気が散った。薬のおかげでそれが治まったとき、「世界があまりにも死んだようになってしまったので、精神内科医と私は、その暴君のようなメタファーを多少は取り戻せるようになるまで、薬の服用量を減らした」という。[*182] これが病気だとして、それがいったい何だというのだ？　ムイシュキン公爵は自問する。私もまた片頭痛やそれに伴うさまざまな感情に、妙に愛着を持つようになった。私には、どこまでが病気でどこからが自分なのか、よくわからない。いや、むしろ頭痛こそが私であり、頭痛を否定することは、自分の中から自分を追い出すことになってしまうだろう。

自分から慢性的な病気になる人はいない。病気のほうが私たちを選ぶのだ。時が経っても、Ｌの妹は、強直性間代性発作のある人生に慣れなかった。彼女の発作は良くも悪くも、私の片頭痛や、Ｐの躁病、フラハティ医師のメタファーや過書と同様に、彼女のアイデンティティ意識や、語る自我という織物そのものに織り込まれるようになっていた。たぶん、震えている女は遅れてやってきたので、私は彼女を自分の物語に統合するのにそれよりずっと悪戦苦闘してきたけれど、慣れ親しんでくるにつれて、彼女は三人称の存在から一人称の存在へと変わっていって、もはや嫌悪すべき分身ではなく、精神障害のある私という自我の一部になったことは明らかだ。

自我とはずばりどんなものなのか、ということについては、いまだに議論の余地がある。神経内科学者ジャーク・パンクセップによると、人間の自我の核は脳に位置づけられ、それは言語の外にある哺乳類としての自我ではあるものの、はっきりとした覚醒状態には必要不可欠なものだという。たしかに、中脳水道周囲灰白質（ＰＡＧ）は脳の中の非常に小さな部分ではあるけれど、ここが傷つけられると、覚醒した意識にも被害が出てしまう。[183] アントニオ・ダマジオもまた自我の核というものを持ち出しているけれど、その正確な在り処については、パンクセップとはいささか意見が違っている。[184] ただし、この自我の核は、自伝的自己とも、「ぼくは覚えている」と言ったり書いたりする人とも違うということには、両者とも同意するだろう。

分離脳の患者を研究して、「左手の通訳」という巧みな表現を思いついた科学者のマイケル・ガザニガは、選択説を用いて自我を眺めることが正しいという証拠をまとめている。「私たちが人生で行なっていることは、脳に備えつけられたものが何なのか発見することにすぎない[185]」。ガザニガによると、人があらかじめそこにある選択肢から何かを選ぶとき、そこには環境が影響しているという。生まれつきの能力についてのこの考えは、一見、害がない――人が夢の中や飛行機に乗っているとき以外は空を飛べないのは、そのために必要な能力を生まれつき持っていないからだ――けれど、社会的な領域にまで拡大されるにつれて、この理論はだんだんぞっとするようなものに変わっていく。それは順次、別の考えにつながっていく。つまり、両親が子供に与える影響はほとんどないし（子供は教育に影響されない）、さまざまな問題を抱えた人々を支援するための社会的なプログラムは、非生産的だ。なぜなら、個人にとって本当に必要なのは、生命保存に適した状態に投げ込まれることだからだ。癌患者は病気と「闘う」よう励まされるべきなのは、奮闘することでより長く生きられるようになるからだ。ガザニガは、より広い読者に向けて本を出すときに、人間を無理やり「白紙状態」で見ようとする習慣に対して刃を向ける科学者の一人だ。

スティーヴン・ピンカーという立派な認知心理学者は、自分の専門分野について一般向けの本を何冊も著わしている。彼もまた、白紙状態を激しく非難している。[186] ジョン・ロックに由来するとたいていは思われている、この白紙状態という考え方によると、人間は白紙で生まれて、経験によってそこに書き込まれていく。しかし、ロックは人間の生まれつきの能力を否定したわけではない。デカルトの生得観念論という、私たちは誰もが生まれつき普遍的真理を持っていて、それがすべての人に共有されている、という考えに反論しているだけだ。彼の哲学にどんな瑕疵《かし》があったにせよ、ロックは『人間知性論』で、発展的で相互作用的な人生観をくわしく説明している。それは、赤がどういうものか知るためには、それを経験していなければならないというものだ。実際、極端な白紙状態を真剣に支持している人がめったにいないのは、正気な人の中に絶対的な生物学的決定論を唱道している人がいないのと同じだ。最も極端な構成主義者でも、遺伝子に異議を唱えたりはしない。自我——というより、むしろ「主観」——は、言語に基づくフィクションであり、ある特定の歴史上の時代において支配的なイデオロギーの観点から、絶えず作り直されている幻想だ、と言っている人でさえ、話すための遺伝的能力が人間に備わっていないなどとは考えたりしない。遠慮なく言えば、ここで問題になっているのはどちらに力点を置くかだ——経験より遺伝子を重視するか、それとも遺伝子より経験を重視するか。

　ガザニガやピンカー、その他大勢の人が、人間の柔軟性を事実無根なくらい強調する学者が学術機関の中にはいると、正当な根拠を持って考えている。しかし、例えば両親はその子供に何の影響も与えない、というようなことが、研究によって証明されたと彼らが確信していることは注目に値する。私なら、母親の心遣いのような環境的要因によって遺伝子構造が変わることを、哺乳類*[187]を使って示す研究が研究室で盛んになってきていることに、彼らの注意を向けさせるだろう。概念はすぐに信念に変わり、信念はすぐにイデオロギー戦争の弾丸になる。私たちは何者か、とか、私たちはどのようにして作られたのか、というようなことが、このような戦争の場の一つであることは間違いない。硬い心と軟らかい心が、絶えずお互いに砲撃を浴びせている。私が二〇〇九年の二月に出席した、脳をテーマにするパワー・ポイントを用いたプレゼンテーションと講義の終わり近くで、ハーヴァード大学の神経内科学者ハンス・ブライターは、スクリーンに映し出された画像に目を向けた。それは巨大な青い長方形だった。長方形の中には、小さな赤い正方形があった。「私たちは脳のことをこの程度しかわかっていません」と、彼は広大な青い場所ではなく、きわめて小さな赤い場所を指して言った。私たちは自分の知っていることを言い訳にして、いつまでも推論しつづけることがよくあるけれど、私の勘では、ほとんどの場合、傲慢さよりも知的な謙遜さのほうが、前進につながる。

仏教では、自我は幻だ。自我などというものはない。この考え方に賛成する認知科学者もいれば、そうでない人もいる。フロイトの自我のモデルは動的で、複雑で、三段階に分かれていて、条件つきだった。彼は科学が自説を敷衍《ふえん》してくれると本気で思っていたし、事実そうなったけれど、その結果、彼の作り出したモデルは、お互いに矛盾したさまざまな方向に向かっていった。その発展過程である精神分析の対象関係理論では、自我は複数の存在でもある。大切な人たちのイメージが、私たちの中で永遠に生きつづける。フロイトはより限定された精神構造のモデルを使って、現実にいる他人や実際の経験よりも、幻想や同一視を論じる傾向にあったけれど、それに比べるとD・W・ウィニコットは、精神という部屋にもっと新鮮な空気を送り込んでいる。ウィニコットは、私たちはみな、偽の自我と同じように、真の自我をも持っていると考えた。私たちの社会的自我は、必然的に偽の一側面を伴っていて、「元気?」と聞かれると

「元気です」と答えたり、礼儀正しく微笑んだりする。[*188] 自我がどういうものか、私にはわからない。どんな形であれ、それを定義づけることは明らかに意味論上の問題であり、私たちに見つけ出せるであろういかなる精神生物学的真実とも同様、それは境界線や知覚の問題である。

私にもそれ――自我――があるような気がするのは、どうしてだろう？ それは、私の身体の境界線の内側にあるもののすべてだろうか？ そうではない。私が震えたとき、まるで私ではないような気がした。それが問題だったのだ。その自我というものは、いつ現われたのだろうか？ 覚えていないけれど、その秘密も自我のうちであることはわかっている。私は母に目の中をのぞき込まれたら嘘がばれてしまう、と思っていたころがあった。ヘンリー・ジェイムズは『メイジーの知ったこと』で、子供であるヒロインの中で目覚めはじめた新しい感覚を、次のようなものだとしている。

薄暗い棚の上にある強張った人形が、手足を動かしはじめた。古びたしきたりや言葉遣いが、恐ろしい意味を持ちはじめた。彼女の中で新しい気持ち、つまり恐怖が生まれた。それに対処するための新たな救済策として、内なる自我、つまり隠そうという考えが芽生えた。[*189]

メイジーは、私たちの中に逃げ込むための場所があることを見つけたのだけれど、そこは他人に見られることなく隠れられる、怖いときに向かう避難所であり、嘘をつくだけではなく、白昼夢を見たり空想したり、悪いことを考えたり、内面と熱心に対話したりできる、暗い聖所だ。これは生物的な自我の核ではない。それは、子供のころ、うろ覚えのときにいつのまにか生じている。他の動物にはない。なぜなら、現実の二重性、つまり内なる自我の言葉や感情の中身を、必ずしも外にさらさなくてもいい、ということが理解されていなければいけないからだ。言い換えれば、隠すためには、自分が何を隠しているのかわかっていなければならない。すごく小さな子供は、よく自分の考えていることを口に出す。三歳のとき、私の娘は遊んでいるときにペチャクチャおしゃべりしていた。「ちっちゃいブタさんはひとりぼっちで寝るの。わあ、ベッドから落ちた！　起き上がらないと。泣かないで、ちっちゃいブタさん」。しかし、あとになって、物語るのをやめた。ソフィーは何時間も静かに、何もしゃべらずに夢中で遊んでいられた。彼女の語り手は彼女の中に入っていってしまったのだ。これが転換点なのだろうか？　この内なる思考と遊びの領域こそが、私たちの多くが自我だと思っているものの正体なのだろうか？　こういう形で、私たちはデカルトの我思う、ゆえに我ありを実感するのだろうか？

『心理学の諸原理』の中で、ヘンリー・ジェイムズの兄ウィリアムは、自我、あるいは自我たちについての幅広い概念を展開していて、それは人の身体、つまり物質的な自我（客我）からはじまり、より広い自我――我がもの――という、人の洋服や家族、家や財産、成功や失敗を含むものを取り込んで、外側に広がっていく。注目すべきことに、ジェイムズは私たちの身体のある部分は、他の部分より親密であり、自己感情――もしくはジェイムズが「自我たちの中の自我」と呼んだもの――の多くは、「頭と喉とのあいだ」[*190]、もしくは首より下ではなく、首より上で起こることを認めていた。この流動的な自我というものをふまえ、ジェイムズは狭量な人と同情深い人とを区別した。思いやりのない性格の例としてストア主義を挙げ、「すべての狭量な人々は、自我の周りに壕を掘りめぐらし、自我を収縮させる――すなわち自分が確実に持つことのできない領域とのあいだに一線を画すのである」と論じた。[191] その一方で、同情深い人は、「拡張と包括の道を進む。彼らの自我の輪郭はしばしばあいまいにはなるけれども、その代わり自我の内容の拡大がそれを補って余りがある」[192]。ジェイムズの自我の概念は柔軟であり、それは人の性格次第で、また一人の人の人生の中で、刻々と伸び縮みする。私が同情深い方向に傾くのも、私たちは世界を自分の内に取り込みもすれば外にある世界に向かって動きもし、他者を含む自我を私が感じるうえでそうした動きも絡んでいるという考えを好むのも、私の自我の輪郭に何らかのぼやけがあるからかもしれない。私はつねに思考という、人目につかずに隠された独房に閉じ込められているわけではないし、閉じ込められているときでさえ、私の世界の大部分は、あれこれしゃべる複数の存在として私に内包されているのだ。

　私たちには「あらゆる凝視や思考から独立したものから成る凍った宇宙」の正体を見つけることができないけれど、共通した言語や、像や、理性や、他者でできた、間主観的な世界というものは存在していて、このような言葉や、イメージや、人々に対して、多かれ少なかれ自分を開くことができると思う。窮屈で、かたくなで、小さな自我を持っている人もいれば、もっと開かれた自我を持っている人もいる。自我が開かれているあまり、「私」と「あなた」を混同する精神病患者のように、他者に圧倒されてしまう人もいる。それにもかかわらず、私はあなたに没頭していると思う瞬間がある。何かを必死で見つめるあまり、自分が消えてしまったように感じる瞬間もある。内なる語り手が休暇をとって、私をしばらく放っておく。さまよえる見知らぬ手や、フラッシュバックや、発作や、幻覚・幻聴という形をとるだけではなく、もっとずっとありふれた出来事として、行動や言葉はひっきりなしにこの語り手を混乱させる。

私は自分でそれと知る前に、気がついたらチョコレートの入ったボウルに指を伸ばしていたり、文章やメロディの断片がひとりで頭に浮かんでいたりする。出会い頭に相手の具合が悪いのに気づいたことが、これまで何度あっただろうか？　言葉によるコミュニケーションを通して、そういうことがわかったわけではない。問題があることを自分自身にはっきりと説明できるようになるより前に、私はそれを感じるのだ。あとになってから、たぶんその人の身体が強張っているのに気づいて、それが私自身の身体にも刻みつけられたのだとか、その人がどこかよそ見をするのを見て、その視線が私の胸の中に反響したり、それ自体が目のあたりの圧迫とか、何気ないあとずさりとして私自身に刻み込まれたりしたのだろうか、と推測するかもしれない。それがミラータッチ共感覚かどうかわからないけれど、私は間違いなくひとりではない。私たちは前反射的な感情でもって——実体を与えられた意味でもって——自分の身体を越えたところにあるものに反応する。その気持ちは間違いなく意識的なものだけれど、それは「自分の人生のヒーロー」としての自意識ではない。私は感じる自分を見ているわけではない。

意識的な自己の境界は移り変わる。それは所有、つまり私と私のものとの問題だ。右半球に損傷のある神経内科の患者は、自分の麻痺した左腕を、それは医者のものだと言って一週間も無視した。医者が、いいえ、それはあなたのものですよ、と教えても、彼女は信じなかっただろう。しかし、やがて彼女はその腕が自分のものだと理解するようになる。彼女はそれを取り戻すことができる。ただ、彼女の中の隠れた部分はずっと、それが自分のものだとわかっていたし、それでもそのみじめな腕を動かすことができなかったのだけれど。何が変わってしまったのだろう？　麻痺という事実が、突然、彼女の意識にのぼったのだろうか？　彼女は、「自分の腕が使い物にならないって、今思い出したわ」と言うことができるだろうか？　八年もの時間が過ぎたある日、ジュスティーヌ・エチュベリは自分の腕と足をもう一度使えるようになる。歩きたかったから、そうする。意識して動くという感覚を取り戻す。私は歩けるんだ。何がこの奇跡を起こしたのか？　まるで今では画像を用いて、脳の非対称が消えたのを見ることができるように、麻痺という無意識の考えが、突然、消滅したのだろうか？　第一次世界大戦の退役軍人は、耳も聞こえず、話すこともできなかったが、ある日、身体に痙攣の発作が起こって、聞いたり話したりできるようになる。彼は「僕は聞こえるぞ、話せるぞ」と言うことができる。そのあとで、塹壕の中にいたとき自分に何が起こったのかを思い出して語ることができるかどうか、私にはわからない。でも、語るだけでは十分ではないことはわかる。自分に起こったことの意味を実感して、それが自分のものだと認められるようにならなければ、意味がないだろう。人が身を守る術《すべ》として言葉で考えることを、理性で片づけると最初に表現したのは、アンナ・フロイトだ。あるうつ病の患者が、臨床の物語として母親の自殺について語るとき、そこに感情や愛情はなく、彼は落ち着いて、淡々と口述した。その物語は感情と結びつけられるべきなのに、感情が排除されるようになってしまった。彼もまた、満ち足りた無関心を持っている。心が打ち砕かれるような喪失感とは距離がとられる。その意味を知ることは恐ろしいので、認識されないままになる。それから、精神療法をあれこれ試しているうちに、彼は分析家の目を通して自分自身について考えたり考えられたりするようになり、自分の意識が、知ることも感じることもできる新しい形態になっていることに気づく。彼は物語を語り直す。そして、再発明ともいえるその語り直しの中で、彼は自らの生きている身体の底流やリズムを感じるのだ。彼は記憶を作り出すという行為の中で、悲痛な喪失を自分のものにする。それは、語る自我の一部となる。それに伴って、脳の感情を司る辺縁系や、執行役の前頭前野に、ニューロン活動の変化が起こる。私たちはみんな、自分のものが自分のものだと言うことに抗ってしまうときがある。それはよそ者だから、自分たちについて紡ぎ出す物語の中に入れたくないのだ。

自我は明らかに、内なる語り手よりもずっと大きなものだ。その自意識を持った語り手という島の周りやその下には、広大な無意識の海があって、私たちはそれについて知らないか、これからも知ることがないか、もしくは忘れてしまっている。私たちのうち、ほとんどの部分が自分で制御したり意図したりしているわけではない。しかし、だからといって、自分自身のために物語を作るのが重要でないわけではない。私たちは言葉を使って、自分の感じたとおりに時間の経過を表現する——かつてそうだった、今そうである、これからそうなる。私たちは抽象化し、考え、語る。記憶を順番どおりに並べ、それを結びつけることで、バラバラだった欠片に持ち主が生まれる。それは、自伝的な「私」であり、「あなた」なしでは存在できない。結局、私たちは誰のために語っているのだろう？　自分の頭の中に閉じこもっているときでさえ、私たちは他人という、二人称の話し相手を想定する。物語が本当だったことがあるだろうか？　私たちの理解には、必ず穴や、あいまいな裂け目があるだろうし、それを「そして」とか「それから」とか「あとになって」などを使って飛び越えている。しかし、私たちはそうやって物語をまとめているのだ。

とはいえ、首尾一貫性を持たせてみたところで、あいまいさがなくなるわけではない。あいまいさとはこういうものである、と断言することはできない。それは整理棚にも、きちんとした箱の中にも、窓枠にも、百科事典にも収まらない。それは形のないものや感情のことであり、整理することができない。あいまいさは問う。これとあれとの境界はどこか？　あいまいさは論理に従わない。論理学者は言う。「矛盾を許容することは、真実に無関心になることだ」。こういうタイプの哲学者たちは、嘘か本当か決めるゲームで遊ぶのが好きだ。それは、必ずあれかそれかであって、どちらでもあることはない。しかし、あいまいさというのは本来、矛盾した、説明できないものであり、私たちを困惑させる霞のような真実である。いつもどこかに飛んでいってしまう、封じ込めることも手で持つことも不可能な、正体不明の姿や幽霊や記憶や夢である。私にはそれが何であるか、そもそも何かであるのかどうかさえ、よくわからない。捕まえることができないにもかかわらず、私はそれを言葉を使って追いかけてきたし、それに近づくことができたときもあったと思う。二〇〇六年五月、私は雲一つない青空の下、二年以上前に亡くなった父について話しはじめた。口を開くやいなや、ひどく震えだした。その日、震えてから、また震えることが何日もあった。私は震えのある女。

謝辞

この本は、私がコロンビア大学の物語に基づく医療《ナラティヴ・メディスン》プログラム主催グラウンド・ラウンド連続講義の一環として、ニューヨーク長老派教会病院で行なった講義に端を発している。プログラムの責任者リタ・シャロンが私を講義に招いてくれた。彼女が私の言いたいことを熱心に聞いて、受け容れてくれたことが、この本を書くのに欠かせないきっかけになった。ジャーク・パンクセップと故モーティマー・オストー主催の、今は解散した神経精神分析のディスカッション・グループに二年間、参加したことが、神経内科学研究の広大な分野の手ほどきになっただけではなく、全く異なった用語を使う二つの分野を一つにまとめる際の、込み入った議論に耳を傾け（そして、時には参加）させてくれた。ニューヨーク精神分析協会の神経精神分析財団が主催する神経内科学の講義が、私の理解を深め、読書の方向性を決定づけるのに必要不可欠だった。私がボランティアで入院患者たちに作文を教えていた、ニューヨーク市ペイン・ホイットニー精神科診療所の監督者ダリア・ベバルに感謝したい。私のクラスの書き手たちには、それぞれの病気が持つ個人的な意味について、とても貴重な洞察を与えてもらったし、それがなければこの本が書かれることはなかっただろう。『震えのある女』の原稿を注意深く読み、意見してくれたマーク・ソームズ、ジョージ・マカリ、アスティ・ハストヴェットに感謝したい。最後に、夫ポール・オースターに、この原稿を読んでくれたことだけでなく、その忍耐心にも感謝の意を表したい。夫は何年にもわたって、私が脳と心の問題に没頭するのを快く許してくれたし、この本の中で書いた多くの問題について、私が声に出して（時には何時間も）考えるのに耳を傾けてくれた。

訳者あとがき

本書はSiri Hustvedt, *The Shaking Woman or A History of My Nerves* (Henry Holt, 2009) の全訳である。シリ・ハストヴェットは一九五五年二月十九日にミネソタ州ノースフィールドで、ノルウェー系第三世の父親ロイド・ハストヴェットのもとで生まれ、父親が教鞭を取っていたセント・オラフ大学に進学。その後、ニューヨークに移り、コロンビア大学の大学院で文学の博士号を取得。八三年に詩集*Reading to You*を発表後、現在までに、処女作『目かくし』(斎藤英治訳、白水社)をはじめとする小説を五冊、『フェルメールの受胎告知』(野中邦子訳、白水社)をはじめとするエッセイを四冊発表しており、本書はその最新のエッセイにあたる。

父親を病気で亡くした二年後、彼女はその父のための記念植樹でスピーチをしているときに、突然、激しい震えに襲われる。まるで電気椅子で処刑にかけられているように震えながらも、不思議と声だけはしっかりしていて、なんとか最後まで話し終えることはできた。この不可思議な「震え」や、昔から悩まされていた片頭痛の原因を、彼女は精神内科学や心理学から、哲学、文学に至るまでのさまざまな分野の知識をもとに究明しようとする。

『目かくし』が、ニューヨークにやってきた大学院生アイリスの、女性として、そしてあらかじめ与えられたものとしての身体からの逃避の試みであり、『フェルメールの受胎告知』が絵画という外物を「見る」ことによる想像上の冒険であるとしたら、この作品は、自らの身体をひたすら冷静に、そして客観的に「見つめる」ことで、心と身体という、根源的な問題に踏み入っていく試みであると言えるだろう。

本書のオリジナルタイトル（The Shaking Woman）になっている「震えている女」を、自らの身体に潜む得体の知れない他者ではなく、自己の一部として受け容れ、「震えのある女」としての自分を自覚するようになるまでの過程が、ここでは描かれている。

フロイト、シャルコー、ジャネといった精神科医・精神分析家らの残した文献から、精神内科学における最新の発見の一つであるミラーニューロンに至るまで、膨大な資料を精読することによって得られた知識と、作家としての柔軟な想像力をもとに、一つの病気や、その症状がこれまでの歴史を通してどのように解釈されてきたかという問題について、さまざまな分野や時代を縦横無尽に行き来しながら論じるその手腕には舌を巻くばかりである。しかも、ここでカバーされるのは医学という分野だけでない。病気に付随する、記憶や言語、自己所有など、人間が抱える多種多様なトピックに関しても、深い洞察を与えてくれる。

本書の何よりの魅力は、精神分析の症例に出てくる患者から、文学の登場人物、そして彼女が実際にボランティアとして作文を教えている精神病患者たちに至るまでの大勢の病める人々が、まるで彼女自身が幼いころからよく知っている隣人でもあるかのように取り上げられていることである。「この書に触れるものは人に触れるのである」と言ったのはアメリカの詩人、ウォルト・ホイットマンであるが、ここでは、実在／フィクションを問わず、さまざまな人々の抱えてきた原因不明の病が通史的・学際的に分析されるだけではなく、その痛みや苦しみひとつひとつが掬い上げられては、直に触れ、感じられているのだ。

自分が、とりわけ女性が、原因不明の頭痛や病名のはっきりしない病で日々苦しんでいる――つまり、自分が普通ではないということを社会に向かって打ち明ける、ましてはそれについて何か書くこと自体に彼女の勇敢さが表われている、とする書評もある（レイチェル・クック、『オブザーバー』紙、二〇一〇年二月七日）。

その一方で、そこにいわゆる「自分語り」的な痛々しさや、センチメンタリズムの付け入る隙がないのは、他人のことを語るときとは対照的に、彼女が自分のことを語る際はあくまでも冷静な記述に徹しているからだろう。

本書の大きな魅力であり、またこの本が書かれるきっかけにもなった父親との思い出の数々は、そのようにあくまでも淡々と綴られているものの、だからこそわれわれの胸を打ち、本書をただの闘病記ではなく、副題にもあるとおり、一人の人間の神経の「物語」として、忘れがたいものにしている。本文中でも重要な役割を果たしている、ジョー・ブレイナードの『ぼくは覚えている』のように、それはあくまでもごく個人的な記録であるにもかかわらず、多くの人を知的・感情的に揺さぶる普遍性を持っている。

シリ・ハストヴェットの名声は本国アメリカだけではなく、フランス、北欧諸国をはじめとするヨーロッパ全土に響き渡っている。特に、四作目の小説 *The Sorrows of an American* は、本文中にも登場するとおり、彼女が想像上の弟エリック・デイヴィッドセンを主人公に据え、父親の回想録をもとにその人生を語り直す試みであり、このエッセイと対になる存在として翻訳が待たれる。彼女は現在、作家である夫のポール・オースターとともにブルックリンに住んでおり、二〇一二年には最新作のエッセイ *Living, Thinking, Looking* が出版される予定であり、また小説 *Monsters at Home* も執筆中であるという。

本書の翻訳には、非常に多くの方にお世話になった。まずは、未熟な翻訳者の質問に、一つ一つ丁寧に答えてくれたシリ・ハストヴェット本人に。彼女のことをよく知る人にその人柄を尋ねると、まず「sweet」(思いやりのある、親切な)という形容詞が挙がるのはもっともなことである。それから、東京女子医科大学名誉教授の岩田誠先生には、医学用語について手取り足取り教えていただいた。また、関西学院大学文学部准教授の久米暁先生には、ウィリアム・ジェイムズやアリストテレスについての細やかな助言をいただいた。本文中にも登場する近畿大学臨床心理センター長・国際人文科学研究所長の人見一彦先生に直接コメントをいただけたことも、大変ありがたかった。そして、東京大学大学院人文社会系研究科教授の柴田元幸先生には、翻訳のきっかけを与えていただいただけではなく、句読点一つに至るまでの丁寧なコメントをいただいた。みなさまには、どれだけ感謝してもしきれません。最後に、遅々として作業の進まない訳者を辛抱強く励ましてくださった白水社の藤波健さん、和久田頼男さんに、心からお礼を申し上げます。

上田麻由子

二〇一一年九月

＊ 注　記

1 Owsei Temkin, *The Falling Sickness: A History of Epilepsy from the Greeks to the Beginnings of Modern Neurology*, 2nd ed. (Baltimore: Johns Hopkins Press, 1971), 36. 和田豊治訳『テムキン てんかん病医史抄――古代より現代神経学の夜明けまで』（医学書院、二〇〇一年）。

2 Frances Hill, *The Salem Witch Trials Reader* (New York: Da Capo Press, 2000), 59.

3 Temkin, *Falling Sickness*, 194.

4 Ibid., 225.

5 *Diagnostic Statistical Manual of Mental Disorders*, 4th ed. (Arlington, VA: American Psychiatric Association, 2000), 492-98. これ以降 Hereafter *DSM-IV* と表記する。高橋三郎他訳『DSM-IV-TR 精神疾患の診断・統計マニュアル』（医学書院、二〇〇三年）。

6 Ibid., 493.

7 Carl W. Basil, *Living Well with Epilepsy and Other Seizure Disorders* (New York: Harper Resource, 2004), 73.

8 J. Lindsay Allet and Rachel E. Allet, "Somatoform Disorders in Neurological Practice," *Current Opinion in Psychiatry* 19 (2006): 413-20.

9 "Introduction," *DSM-IV*, xxx.

10 Peter Rudnytsky, *Reading Psychoanalysis: Freud, Rank, Ferenczi, Groddeck* (Ithaca: Cornell University Press, 2002), 90.

11 Robert J. Campbell, *Campbell's Psychiatric Dictionary*, 8th ed. (Oxford: Oxford University Press, 2004), 189.

12 Sigmund Freud and Josef Breuer, *Studies on Hysteria*, trans. James Strachey (New York: Basic Books, 1957), 86. 金関猛訳『ヒステリー研究』上下巻（筑摩書房、二〇〇二年）。

13 Sigmund Freud, *On Aphasia: A Critical Study*, trans. E. Stengel (New York: International Universities Press, 1953), 55. 中村靖子訳「失語症の理解にむけて――批判的研究」『フロイト全集　第一巻　一八八六－九四年』（岩波書店、二〇〇九年）。

14 George Makari, *Revolution in Mind: The Creation of Psychoanalysis* (New York: Harper Collins, 2008), 70.

15 Freud and Breuer, *Studies on Hysteria*, 160-61.

16 Christopher G. Goetz, Michel Bonduelle, and Toby Gelfand, *Charcot: Constructing Neurology* (Oxford: Oxford University Press, 1995), 172-213.

17 Pierre Janet, *The Major Symptoms of Hysteria: Fifteen Lectures Given in the Medical School of Harvard University* (London: Macmillan, 1907), 324.

18 Ibid., 332.

19 Ibid., 325-26.

20 Ibid., 42.

21 Ibid., 38.

22 Eugene C. Toy and Debra Klamen, *Case Files: Psychiatry* (New York: McGraw-Hill, 2004), 401.

23 Todd Feinberg, *Altered Egos: How the Brain Creates the Self* (Oxford: Oxford University Press, 2001), 28. 吉田利子訳『自我が揺らぐとき――脳はいかにして自己を創りだすのか』(岩波書店、二〇〇二年)。

24 Rita Charon, *Narrative Medicine: Honoring the Stories of Illness* (Oxford: Oxford University Press, 2006), 9.

25 J-K Zubieta et al., "Placebo Effects Mediated by Endogenous Opioid Activity on μ-Opioid Receptors," *Journal of Neuroscience* 25 (2005): 7754-62.

26 Erika Kinetz, "Is Hysteria Real? Brain Images Say Yes," *New York Times*, Sept. 26, 2006.

27 Sean A. Spence, "All in the Mind? The Neural Correlates of Unexplained Physical Symptoms," *Advances in Psychiatric Treatment* 12 (2006): 357.

28 Goetz, Bonduelle, and Gelfand, *Charcot*, 192.

29 P. Vuilleumier et al, "Functional Neuroanatomical Correlates of Hysterical Sensorimotor Loss," *Brain* 124, no. 6 (June 2001): 1077.

30 Goetz, Bonduelle, Gelfand, *Charcot*, 187 に引用されている。

31 Freud and Breuer, *Studies on Hysteria*, 7.

32 Bertram G. Katzung, ed., *Basic and Clinical Pharmacology*, 9th ed. (New York: Lange Medical Books / McGraw-Hill, 2004), 156. 柳澤輝行他訳『カッツング・薬理学』(丸善、二〇〇二年)。

33 James L. McGaugh, *Memory and Emotion: The Making of Lasting Memories* (New York: Columbia University Press, 2003), 93.

34 Ibid., 107

35 Daniel Brown, Alan W. Scheflin, and D. Corydon Hammond, *Memory, Trauma, Treatment and the Law* (New York: Norton, 1998), 95. に引用されている。

36 Françoise Davoine and Jean-Max Gaudillière, *History Beyond Trauma*, trans. Susan Fairfield (New York: Other Press. 2004), 179.

37 Onno van der Hart, Ellert R. S. Nijenhuis, and Kathy Steele, *The Haunted Self: Structural Dissociation and the Treatment of Chronic Trauma* (New York: Norton, 2006).

38 Ian Hacking, *Rewriting the Soul: Multiple Personality and the Science of Memory* (Princeton, NJ: Princeton University Press, 1995), 21. 北沢格訳『記憶を書きかえる――多重人格と心のメカニズム』(早川書房、一九九八年)。

39 Janet, *Major Symptoms*, 131.

40 Ibid., 172.

41 Fyodor Dostoevskii, *Three Short Novels of Dostoyevsky*, trans. Constance Garnett, ed. Avrahm Yarmolinsky (New York: Doubleday, 1960), 15.

42 Hans Christian Andersen, "The Shadow," in *Fairy Tales*, vol. 2, trans. R. P. Keigwin (Odense, Denmark: Hans Reitzels Forlag, 1985), 188.

43 Klaus Podoll and Markus Dahlem, http://www.migraine-aura.org. P. Brugger, M. Regard, and T. Landis, "Illusory Replication of One's Own Body: Phenomenology and Classification of Autoscopic Phenomena," *Cognitive Neuropsychiatry* 2, no. 1 (1997): 19-38 も参照のこと。

44 Todd Feinberg and Raymond M. Shapiro, "Misidentification-Reduplication and the Right Hemisphere," *Neuropsychiatry, Neuropsychology and Behavioral Neurology* (2, no. 1): 39-48.

45 Feinberg, *Altered Egos*, 74-75

46 Jacques Lacan, "The Mirror Stage as Formative of the I Function," *Écrits*, trans. Bruce Fink (New York: Norton, 2006), 75-81. 宮本忠雄訳「＜わたし＞の機能を形成するものとしての鏡像段階——精神分析の経験がわれわれに示すもの」『エクリ I』（弘文堂、一九七二年）。

47 Maurice Merleau-Ponty, "The Child's Relation to Others," *The Primacy of Perception*, trans. William Cobb (Chicago: Northwestern University Press, 1964), 117. 木田元、滝浦静雄訳『幼児の対人関係』（みすず書房、二〇〇一年）。

48 Shaun Gallagher, *How the Body Shapes the Mind* (Oxford: Clarendon Press, 2005), 26.

49 Roger W. Sperry, "Some Effects of Disconnecting the Cerebral Hemispheres," *Bioscience Reports* 2, no. 5 (May 1982): 267.

50 Dahlia W. Zaidel, "A View of the World from a Split-Brain Perspective," http://cogprints.org/920/0/critchelyf.pdf.

51 Feinberg, *Altered Egos*, 94 に引用されている。

52 Mark Solms and Oliver Turnbull, *The Brain and the Inner World* (New York: Other Press, 2002), 82. 平尾和之訳『脳と心的世界——主観的経験のニューロサイエンスへの招待』（星和書店、二〇〇七年）。

53 M. S. Gazzaniga, J. E. LeDoux, and D. H. Wilson, "Language, Praxis, and the Right Hemisphere: Clues to Some Mechanisms of Consciousness," *Neurology* 27 (1977): 1144-47.

54 A. R. Luria and F. I. Yudovich, *Speech and the Development of Mental Processes in the Child* (Harmondsworth, UK: Penguin, 1971).

55 Davoine and Gaudillière, 115.

56 A. R. Luria, *Higher Cortical Functions in Man*, trans. Basil Haigh, 2nd ed. (New York: Basic Books, 1962), 32.

57 Sigmund Freud, *Beyond the Pleasure Principle*, trans. James Strachey (New York: Norton, 1961), 9. 須藤訓任訳「快原理の彼岸」『フロイト全集　第十七巻』（岩波書店、二〇〇六年）。

58 Freud and Breuer, *Studies on Hysteria*, 49.

59 Ibid., 44.

60 Sigmund Freud, *The Ego and the Id*, trans. James Strachey (1923; repr., New York: Norton, 1960), 32-33. 小此木啓吾訳「自我とエス」『フロイト著作集　第六巻』（人文書院、一九七〇年）。

61 Charles Dickens, *David Copperfield* (1850; repr., Oxford: Oxford University Press, 2000), 1. 石塚裕子訳『デイヴィッド・コパフィールド』全五巻（岩波書店、二〇〇二年）。

62 Joe Brainard, *I Remember* (New York: Penguin, 1975), 28. ジョー・ブレイナードは、主にビジュアル・アーティストとして知られている。彼はニューヨーク派と呼ばれる作家や画家のグループの一員で、他にはジョン・アッシュベリー、フェアフィールド・ポーター、アレックス・カッツ、ケンウォード・エルムズリー、フランク・オハラ、ジェイムズ・スカイラー、ケネス・コーク、ルディ・バークハートがいる。彼の作品はニューヨーク近代美術館とホイットニー美術館に所蔵されている。一九九四年没。『ぼくは覚えている』に触発されて、フランスの作家ジョルジュ・ペレックは、自らの記憶を呼び起こす機械として『ぼくは思い出す』を書いた。

63 Faraneh Vargha-Khadem, Elizabeth Isaacs, and Mortimer Mishkin, "Agnosia, Alexia and a Remarkable form of Amnesia in an Adolescent Boy," *Brain* 117, no. 4 (1994), 683-703.

64 Ibid., 698.

65 Charles D. Fox, *Psychopathology of Hysteria* (Boston: Gorham Press, 1913), 58.

66 A. R. Luria, *The Man with a Shattered World*, trans. Lynn Solotaroff (Cambridge, MA: Harvard University Press, 1972), 92. 杉下守弘、堀口健二訳『失われた世界――脳損傷者の手記』（海鳴社、一九八〇年）。

67 Elaine Showalter, *Hystories: Hysterical Epidemics and Modern Culture* (London: Picador, 1998), 34 に引用されている。

68 Georges Didi-Huberman, *Invention of Hysteria: Charcot and the Photographic Iconography of the Salpêtrière*, trans. Alisa Hartz (Cambridge, MA: MIT Press, 2003). 谷川多佳子、和田ゆりえ訳『アウラ・ヒステリカ』（リブロポート、一九九〇年）。

69 Alan B. Ettinger and Andres M. Kanner, *Psychiatric Issues in Epilepsy: A Practical Guide to Diagnosis and Treatment*, 2nd ed. (Philadelphia: Lippincott, Williams & Wilkins, 2007), 471-72.

70 *DSM-IV*, 494.

71 Ibid., 496.

72 転換性障害を持った兵士たちの経験は、戦線離脱した男性よりも女性のほうがヒステリーになりやすい理由の一つを浮き彫りにしているのかもしれない。無力感や、自分の運命に対して何ら積極的な役割を担っていないと感じることが、この病気につながるのだとしたら、伝統的に見て、男性に比べるとはるかに自主性を持たなかった女性患者のほうが数が多いのももっともだ。これと同様に、『ＤＳＭ』を含む多くの参考文献では、ヒステリーは発展途上社会の教育を受けていない人々に見られることが多い、という見解が繰り返し述べられていて、これはつまり、自分ではどうにもならない力によって意志が損なわれていると感じる人は、転換性になりやすいのかもしれない、ということの言い換えになっているようだ。

73 C. S. Myers, *Shellshock in France 1914-18* (Cambridge: Cambridge University Press, 1940), 42-43.

74 Edwin A. Weinstein, "Conversion Disorders," http://www.bordeninstitute.army.mil/published_volumes/war_psychiatry/WarPsychChapter15.pdf, 385.

75 R. J. Heruti et al., "Conversion Motor Paralysis Disorder: Analysis of 34 Consecutive Referrals," *Spinal Cord* 40, no. 7 (July 2002): 335-40.

76 *DSM-IV*, 467.

77 Trevor H. Hurwitz and James W. Pritchard, "Conversion Disorder and fMRI," *Neurology* 67 (2006): 1914-15.

78 Goetz, Bonduelle, and Gelfand, *Charcot*, 178-79.

79 K. M. Yazici and L. Kostakoglu, "Cerebral Blood Flow Changes in Patients with Conversion Disorder," *Psychiatry Research: Neuroimaging* 83, no. 3 (1998): 166.

80 Vuilleumier et al., "Functional Neuroanatomical Correlates," 1082.

81 D. W. Winnicott, *Home is Where We Start From: Essays by a Psychoanalyst* (New York: Norton, 1986), 32

82 Vuilleumier et al., "Functional Neuroanatomical Correlates," 1082.

83 Gallagher, *How the Body Shapes the Mind*, 41.

84 Karen Kaplan-Solms and Mark Solms, *Clinical Studies in Neuro-Psychoanalysis: Introduction to a Depth Neuropsychology* (New York: Karnac, 2002), 151-52.

85 Ibid., 190-191.

86 Ibid., 177.

87 Benjamin Libet, "Do We Have Free Will?" *Journal of Consciousness Studies* 6, no. 8-9 (1999): 47-57.

88 Julian Offray de la Mettrie, *Machine Man and Other Writings*, trans. and ed. Ann Thompson (Cambridge: Cambridge University Press, 1996). 杉捷夫訳『人間機械論』（岩波書店、一九三二年）。

89 Jaak Panksepp, *Affective Neuroscience: The Foundations of Human and Animal Emotions* (Oxford: Oxford University Press, 1998), 52.

90 Antonio Damasio, *Descartes' Error: Emotion, Reason and the Human Brain* (New York: Harper Collins, 2000), 3-79. 田中三彦訳『デカルトの誤り――情動、理性、人間の脳』（筑摩書房、二〇一〇年）。

91 William James, *The Will to Believe and Other Essays in Popular Philosophy* (1897; repr., New York: Barnes and Noble Books, 2005), 92. 福鎌達夫訳『信ずる意志』（日本教文社、一九六一年）。

92 Edmund Husserl, *Ideas Pertaining to a Pure Phenomenology and to a Phenomenological Philosophy, Second Book*, trans. R. Rojcewicz and A. Schuwer (Dordrecht: Kluwer, 1989), 19-20. 池上鎌三訳『純粋現象学及現象学的哲学考案』（岩波書店、一九九七年）。私はフッサールを単純化した。私たちはみな物的身体、つまり物質としての自己感覚も、身体、つまり内なる生きた意識も持っていて、ここでは、この対比で私の目的に十分適っている。とはいえ、病気のときは、身体がどんどんもののようになっていくのは明らかであるようだ。身体としてだけでなく、物的身体としての本質が思い知らされる。

93 D. W. Winnicott, "Mirror-Role of Mother and Family in Child Development," in *Playing and Reality* (London: Routledge, 1989), 111. 橋本雅雄訳「小児発達における母親と家族の鏡としての役割」『遊ぶことと現実』（岩崎学術出版社、一九七九年）。

94 Ibid., 112.

95 Ibid., 114.

96 Allan Schore, *Affect Regulation and the Origin of the Self: The Neurobiology of Emotional Development* (Hillsdale, NJ: Lawrence Erlbaum, 1994), 76 に引用されている。

97 Ibid., 91.

98 Gallagher, *How the Body Shapes the Mind*, 73. ギャラガーはメルロー＝ポンティに強い影響を受けているが、そのメルロー＝ポンティはフッサールに影響を受けている。フッサールによると、われわれは自分が自由に動けることを主観的に意識しているが、「到来しつつある現象は、あらかじめ予想されている。現象は依存システムを形成する。それらは運動感覚に依存することによってのみ、お互いに絶えず伝達され、一つの感覚としての統一体をなすことができる」。意識されるものは動的／運動の身体的無意識とつながっている。*The Essential Husserl: Basic Writings in Transcendental Phenomenology*, ed. Donn Welton (Bloomington: Indiana University Press, 1999), 227-28 の "Horizons and the Genesis of Perception" を参照のこと。

99　V. Gallese, L. Fadiga, L. Fogassi and G. Rizzolatti, "Action Recognition in the Premotor Cortex," *Brain* 119, (1996): 593-609. ガレーズが続けている間主観性の神経生物学的研究は、科学と同様、心理学や哲学も利用する学際的な研究だ。間主観性はもともと前合理的で、具現化された現実であるとする、間身体性とも呼ばれる彼の立場についての啓発的な議論については、Vittorio Gallese, "The Two Sides of Mimesis: Girard's Mimetic Theory, Embodied Simulation and Social Identification," *Journal of Consciousness Studies* 16, no. 4 (2009), 21-44 を参照のこと。

100　G. W. F. Hegel, *The Phenomenology of Mind*, trans. J. B. Baillie, 2nd ed. (London: Allen and Unwin, 1949), 232. 牧野紀之訳『精神現象学』（未知谷、二〇〇一年）。

101　Merleau-Ponty, "Child's Relation to Others," 151.

102　Margarite Sechehaye, *Autobiography of a Schizophrenic Girl: The True Story of Renee*, trans. Grace Rubin-Rabson (New York: Penguin, 1994), 52-53. 村上仁、平野恵訳『分裂病の少女の手記—　心理療法による分裂病の回復過程』（みすず書房、一九五五年）。

103　J. Laplanche and J. B. Pontalis, *The Language of Psychoanalysis*, trans. Donald Nicholson-Smith (New York: Norton, 1973), 199 に引用されている。

104　Leo Tolstoy, "The Death of Iván Ilých" in *Great Short Works of Leo Tolstoy*, trans. Louise Maude and Aylmer Maude (New York: Harper & Row, 1967), 280. 望月哲男訳『イワン・イリイチの死／クロイツェル・ソナタ』（光文社、二〇〇六年）。

105　Ibid., 282.

106　Albertus Magnus, "Commentary on Aristotle," "On Memory and Recollection," *The Medieval Craft of Memory: An Anthology of Texts and Pictures*, ed. Mary Carruthers and Jan M. Ziolkowski (Philadelphia: University of Pennsylvania Press, 2002), 153-188.

107　A. R. Luria. *The Mind of a Mnemonist: A Little Book About a Vast Memory*, trans. Lynn Solotaroff (Cambridge, MA: Harvard University Press, 1987), 32. 天野清訳『偉大な記憶力の物語——ある記憶術者の精神生活』（岩波書店、二〇一〇年）。

108　Patricia Lynne Duffy, *Blue Cats and Chartreuse Kittens: How Synesthetes Color Their World* (New York: Henry Holt, 2001), 22. 石田理恵訳『ねこは青、子ねこは黄緑——共感覚者が自ら語る不思議な世界』（早川書房、二〇〇二年）に引用されている。

109　Arthur Rimbaud, *Complete Works*, trans. Paul Schmidt (New York: Harper & Row, 1967), 123.

110　Luria, *Mind of a Mnemonist*, 31.

111　Jorge Luis Borges, "Funes the Memorious," *Labyrinths: Selected Stories and Other Writings* (New York: New Directions, 1964), 65-67. 鼓直訳「記憶の人フネス」『伝奇集』（岩波書店、一九九三年）。

112　Luria, *Mind of a Mnemonist*, 154.

113　Ibid., 155.

114　フロイトは、Nachträglichkeit（事後性）という言葉を一八九六年に友人のフリースに宛てた手紙から使うようになった。この複雑な用語の分かりやすい説明と、なぜ「事後性」が最良の訳ではないか、ということについては、Laplanche and Pontalis, *Language of Psychoanalysis*, 111-14 を参照のこと。

115 Joseph LeDoux. *Synaptic Self: How Our Brains Become Who We Are* (New York: Penguin, 2002), 124.

116 Demis Hassabis, Dharshan Kumaran, Seralynne D. Vann, and Eleanor Maguire, "Patients with Hippocampal Amnesia Cannot Imagine New Experiences," *Proceedings of the National Academy of Sciences* 104 (2007): 1726-31.

117 LeDoux, *Synaptic* Self, 217.

118 Francis Crick, *The Astonishing Hypothesis: The Scientific Search for the Soul* (New York: Simon & Schuster, 1995), 3. 中原英臣訳『ＤＮＡに魂はあるか——驚異の仮説』（講談社、一九九五年）。

119 LeDoux, *Synaptic* Self, 94.

120 S. J. Blakemore, D. Bristow, G. Bird, C. Frith, and J. Ward, "Somatosensory Activations Following the Observation of Touch and a Case of Vision Touch Synesthesia," *Brain* 128 (2005): 1571-83 および Michael J. Banissy and Jamie Ward, "Mirror Touch Synesthesia Is Linked to Empathy," *Nature Neuroscience* 10 (2007): 815-16.

121 Luria, *Mind of a Mnemonist*, 82.

122 Duffy, *Blue Cats*, 33.

123 Peter Brugger, "Reflective Mirrors: Perspective-Taking in Autoscopic Phenomenon," *Cognitive Neuropsychiatry* 7 (2002): 188 を参照のこと。

124 K. Hitomi, " 'Transitional Subject' in Two Cases of Psychotherapy of Schizophrenia," *Schweizer Archiv für Neurologie und Psychiatrie* 153, no. 1 (2002), 39-41.

125 Ibid., 40.

126 Winnicott, *Playing and Reality*, 2.

127 Sigmund Freud, *Mourning and Melancholia*, Standard Edition, vol. 14, trans. James Strachey (London: Hogarth Press, 1957). 井村恒郎訳「悲哀とメランコリー」『フロイト著作集 第六巻』（人文書院、一九七〇年）。

128 この本の原稿を読んだ精神分析家でもある友人によると、喉に腫れ物ができる夢は、悲しみを意味するという。

129 Theodore Roethke, "Silence," *Collected Poems* (New York: Doubleday, 1966).

130 Sigmund Freud, *The Interpretation of Dreams*, Standard Edition, vol. 4, trans. James Strachey (London: Hogarth Press, 1953, 1971), 279. 高橋義孝訳『夢判断』上下巻（新潮社、一九六一年）。

131 Mark Solms, "Dreaming and REM Sleep Are Controlled by Different Brain Mechanisms," *Sleep and Dreaming: Scientific Advances and Reconsiderations* (Cambridge: Cambridge University Press, 2003), 52 に引用されている。

132 J. Allan Hobson, *Dreaming: An Introduction to the Science of Sleep* (Oxford: Oxford University Press, 2002), 155-56.

133 Antti Revonsuo, "The Reinterpretation of Dreams: An Evolutionary Hypothesis of the Function of Dreaming," *Sleep and Dreaming*, 89.

134 Ibid., 94.

135 Solms, *Sleep and Dreaming*, 56.

136 *Dream Debate: Hobson vs. Solms–Should Freud's Dream Theory Be Abandoned?*, DVD, NetiNeti Media, 2006. ホブソンともソームズとも異なる観点については、G. W. Domhoff, "Refocusing the Neurocognitive Approach to Dreams: A Critique of the Hobson Versus Solms Debate," *Dreaming* 15 (2005): 3-20 を参照のこと。

137 William James, *Pragmatism*. In *Writings 1902-1910* (New York: The Library of America, 1987), 491. 桝田啓三郎訳『プラグマティズム』（岩波書店、一九五七年）。

138 色を前反省的な現象として捉える簡潔な議論は、Kym Maclaren, "Embodied Perceptions of Others as a Condition of Selfhood," *Journal of Consciousness Studies* 15, no. 8 (2008): 75 を参照のこと。

139 メアリーの物語はさまざまな論文や書籍、講義などで何度も語られている。メアリーの物語をクオリアの証拠とすることへの反論は、Daniel Dennett, *Consciousness Explained* (Boston: Little Brown, 1991), 398-401 を参照のこと。

140 ネッド・ブロックのインタビューは Susan Blakemore, *Conversations on Consciousness* (Oxford: Oxford University Press, 2005), 24-35 に掲載されている。

141 *Journal of Philosophy* に発表されたピーター・カラザーズの論文は、二〇〇九年二月にニューヨーク市精神分析協会で意識に関するさまざまな理論についての講義を私が聞いたあとに、「共感派」の哲学者、ネッド・ブロックが送ってくれた。"Brute Experience," *Journal of Philosophy* 86 (1989): 258-269.

142 Ludwig Wittgenstein, *Tractatus Logico-Philosophicus*, trans. D. F. Pears and B. F. McGuiness (London: Routledge & Kegan Paul, 1963), 151. 野矢茂樹訳『論理哲学論考』（岩波書店、二〇〇三年）。

143 Simone de Beauvoir, *Philosophical Writings*, ed. Margaret A. Simons (Urbana University of Illinois Press, 2004), 159.

144 パトリシア・チャーチランドや、その他の著名な神経科学者の心の捉え方への入門書としては、Blakemore, *Conversations on Consciousness* が役に立つだろう。

145 Francisco J. Varela, Evan Thompson, and Eleanor Rosch, *The Embodied Mind: Cognitive Science and the Human Experience* (Cambridge, MA: MIT Press, 1993).

146 物理学者のエルヴィン・シュレーディンガーは、ウパニシャッド哲学やショーペンハウアーから見識を得た意識についての観点を、死後に出版された、あまり注目されることがないものの、ささやかで素晴らしい本の中で提示している。Erwin Schrödinger, *My View of the World*, trans. Cecily Hastings (Woodbridge, Conn: Ox Bow Press, 1983).［橋本芳契監修、中村量空訳『わが世界観』（筑摩書房、二〇〇二年）］八十八ページでは、彼が母音からどんな色を連想するのか挙げ、このような共感覚がよくある現象だと書いている。「私にとっては a――薄い茶色、e――白、i――濃く鮮やかな青、o――黒、u――チョコレートブラウン」。

147 Jan-Markus Schwindt, "Mind as Hardware and Matter as Software," *Journal of Consciousness Studies* 15, no. 4 (2008): 22-23.

148 George Berkeley, *The Principles of Human Knowledge*, pt. 1, *Berkeley's Philosophical Writings*, ed. David M. Armstrong (New York: Collier, 1965), 63. 大槻春彦訳『人知原理論』（岩波書店、一九五八年）。

149 Schwindt, "Mind as Hardware," 25.

150 Imants Baruss, "Beliefs About Consciousness and Reality," *Journal of Consciousness Studies* 15, no. 10-11 (2008): 287.

151 D. Berman and W. Lyons, "J. B. Watson's Rejection of Mental Images," *Journal of Consciousness Studies* 14, no. 11 (2007): 24.

152 Steven C. Schachter, Gregory Holmes, and Dorthée G. A. Kasteleijn-Nolst Trenité, *Behavioral Aspects of Epilepsy: Principles & Practice* (New York: Demos, 2008), 471.

153 Ibid., 472.

154 Oliver Sacks, *Migraine: Understanding a Common Disorder* (Berkeley: University of California Press, 1985), 104. 春日井晶子、大庭紀雄訳『サックス博士の片頭痛大全』（ハヤカワ文庫 NF、二〇〇〇年）。

155 Ibid., 104.

156 Alan B. Ettinger and Andres M. Kanner, *Pscychiatric Issues in Epilepsy: A Practical Guide to Diagnosis and Treatment*, 2nd ed. (Philadelphia: Lippincott, Williams & Wilkens, 2007), 286-88.

157 Schacter, Holmes, and Kasteleijin-Nolst Trenité, *Behavioral Aspects of Epilepsy*, 210.

158 Steve Connor, " 'God Spot' is Found in Brain," *Los Angels Times*, Oct. 29, 1997 および "Doubt Cast over Brain God Spot," *BBC News*, 30 August, 2006. 宗教と脳に関する二つの研究が広くメディアの注目を浴びることになった。一つ目は、一九九七年にカリフォルニア大学サンディエゴ校で（V・S・ラマチャンドランらによって）、側頭葉てんかんの患者と、宗教心が篤いと思われている人と、健常者とを対象に行なわれた実験だ。被験者たちの電気皮膚反応（GSR）を調べたところ、てんかん患者と宗教心が篤い人は、宗教的な言葉に強い感情的な反応を示したが、健常者はそうではなかった。ラマチャンドランは、辺縁系の活動と同様、側頭葉が信心深さを生み出していると推測した。V.S. Ramachandran and Sandra Blakeslee, *Phantoms in the Brain: Probing the Mysteries of the Human Mind* (New York: William Morrow, 1997), 174-98 を参照のこと。カナダのマリオ・ボーリガードが行なった二つ目の研究では、十五人のカルメル会の修道女がｆＭＲＩで調べられたが、そのような場所はどこにも見つからなかった。「神秘体験には脳のいくつかの領域が介在している」。しかし、研究者たちは実際に「右の側頭葉内側部の活動が、霊的実在に接するという主観的経験と関係している」ということを発見した。M. Beauregard and V. Paquette, "Neural Correlates of Mystical Experiences in Carmelite Nuns," *Neuroscience Letters* 405 (2006): 186-90. こういった科学者たちが、自分たちの発見に対して、それを報道したジャーナリストたちより用心深かったことは、当然、指摘しておくべきだろう。それにもかかわらず、しばしば哲学的な混乱が蔓延している。マイケル・A・パーシンガーは神秘体験と側頭葉の活動について幅広い研究を行なってきたが、彼はこのような超越経験を小さいころの親子関係とも結びつけている。彼の著書 *Neuropsychological Bases of God Beliefs* (New York: Praeger Publishers, 1987) を参照のこと。

159 Sigmund Freud, *Civilization and Its Discontents*, Standard Edition, vol. 21, trans. James Strachey (London: Hogarth Press, 1957), 64. 中山元訳「文化への不満」『幻想の未来／文化への不満』（光文社、二〇〇七年）。

160 S. G. Waxman and N. Geschwind, "The Interictal Behavior Syndrome in Temporal Lobe Epilepsy," *Archives of General Psychiatry* 32 (1975): 1580-86.

161 著名人に対して思弁的な診断をしている本はたくさんある。J. Bogousslavsky and F. Boller, eds., *Neurological Disorders in Famous Artists*, vol. 19 (Laussane: Karger, 2005) や、Frank Clifford Rose, ed., *Neurology of the Arts: Painting, Music, Literature* (London: Imperial College Press, 2004) を参照のこと。太古の昔から今に至るまでの無数の有名人を側頭葉てんかんと見なす、よく知られた説については、Eve LaPlante, *Seized: Temporal Lobe Epilepsy as a Medical, Historical, and Artistic Phenomenon* (Lincoln, NE: Authors Guild Backinprint.com, 1993) を参照のこと。

162 Gershom Scholem, *Major Trends in Jewish Mysticism* (New York: Schocken, 1961), 151. 山下肇訳『ユダヤ神秘主義――その主潮流』(法政大学出版局、一九八五年)。

163 William James, *Varieties of Religious Experience* (1902; repr, New York: Library of America, 1987), 23. 桝田啓三郎訳『宗教的経験の諸相』(岩波書店、一九六九年)。

164 Fyodor Dostoyevsky, *The Idiot*, trans. David Magarshack (New York: Penguin, 1955), 258-59. 小沼文彦訳『ドストエフスキー全集第七巻　白痴』(筑摩書房、一九九一年)。

165 Saint Augustine, *Confessions*, trans. Henry Chadwick (Oxford: Oxford University Press, 1988), 152. 宮谷宣史訳『アウグスティヌス著作集５／１　告白録』(教文館、一九九三年)、『アウグスティヌス著作集５／２　告白録』(教文館、二〇〇七年)。

166 Julian Jaynes, *The Origin of Consciousness in the Breakdown of the Bicameral Mind* (Boston: Houghton Mifflin, 1976). 柴田裕之訳『神々の沈黙――意識の誕生と文明の興亡』(紀伊國屋書店、二〇〇五年)。

167 Marcel Kuijsten, ed., *Reflections on the Dawn of Consciousness: Julian Jaynes's Bicameral Mind Theory Revisited* (Henderson, NV: Julian Jaynes Society, 2006), 119-21.

168 Schore, *Affect Regulation*, 488.

169 Kristen I. Taylor and Marianne Regard, "Language in the Right Cerebral Hemisphere: Contributions from Reading Studies," *News in Physiological Sciences* 18, no. 6 (2003): 258 に引用されている。

170 Julia Kane, "Poetry as Right-Hemispheric Language," *Journal of Consciousness Studies* 11, no. 5-6 (2004), 21-59.

171 Daniel Smith, *Muses, Madmen and Prophets: Rethinking the History, Science, and Meaning of Auditory Hallucinations* (New York: Penguin, 2007), 136-140.

172 Simone Weil, *Gravity and Grace*, trans. Arthur Wills (1952; repr., Lincoln: University of Nebrasla Press, 1997), 51. 橋本一明、渡辺一民訳『シモーヌ・ヴェーユ著作集 第３巻 重力と恩寵　救われたヴェネチア』(春秋社、一九六八年)。

173 Patrick Wall, *The Science of Suffering* (New York: Columbia University Press, 2000), 63. 横田敏勝訳『疼痛学序説――痛みの意味を考える』(南江堂、二〇〇一年)。

174 Ludwig Wittgenstein, *Philosophical Investigations*, 2nd ed. (New York: Macmillan, 1958), 102e. 藤本隆志訳『ウィトゲンシュタイン全集　第八巻　哲学探究』(大修館書店、一九七六年)。

175 あるソースによると、臨床的うつ病に対する心理療法と薬物療法の相対的有効性について約三千の研究がなされてきたという。さらなる調査への道を拓いた初期の研究は、米国国立精神保健研究所のうつ病治療共同研究プログラム（エルキン他、一八九五年、一九八九年。ワイスマン他、一九八六年）で、これによってうつ病の治療にはさまざまな心理療法が抗うつ薬と同様、有効であることが示された。以降、このことは、特に中程度や軽度のうつ病について、多くの研究によって裏づけられている。そのなかの一つの研究では、投薬か何らかの形の心理療法かのどちらかを施すことで、うつ病の症状がかなり改善したことが判明したが、抗うつ薬と心理療法を組み合わせることが、どちらかだけを施すよりも治療が失敗する確率が下がり、入院することが減り、患者たちが職場に適応しやすくなったとも結論づけられている。Burnand et al., "Psychodynamic Psychotherapy and Clomipramine in the Treatment of Major Depression," *Psychiatric Services* 53, no. 5 (2002): 585-90. 投薬と心理療法を比較したより最近の研究としては、Cuijpers et al., "Are Psychological and Pharmacological Interventions Equally Effective in the Treatment of Adult Depressive Disorders? A Meta-analysis of Comparative Studies," *Journal of Clinical Psychiatry* 69, no. 11 (2008): 1675-85 を参照のこと。心理療法によって誘発される神経生物学的な変化についての研究も盛んになってきている。Etkin et al., "Toward a Neurobiology of Psychotherapy," *Journal of Neuropsychiatry and Clinical Neurosciences* 17 (2005): 145-58 や Henn et al., "Psychotherapy and Antidepressant Treatment: Evidence for Similar Neurobiological Mechanisms," *World Psychiatry* 1, no. 2 (2002) を参照のこと。

176 Merleau-Ponty, "Child's Relation to Others," 163.

177 Mary Douglas, *Purity and Danger* (London: Routledge & Kegan Paul, 1966), 95. 塚本利明訳『汚穢と禁忌』（筑摩書房、一九七二年）。

178 Ian Hacking, *The Social Construction of What?* (Cambridge, MA: Harvard University Press, 1999), 123. 出口康夫、久米暁訳『何が社会的に構成されるのか』（岩波書店、二〇〇六年）。

179 ハーバーマスへの入門には、*The Philosophical Discourses of Modernity: Twelve Lectures*, trans. Frederick G. Lawrence (Cambridge, MA: MIT Press, 1990) を参照すると良いだろう。ハーバーマスは、私たちが自分自身の頭から飛び出して、世界の客観的な観察者になれると考えていたわけではない。彼はただ、合意に達するための手段として、理性と理性的な言説を信じていただけだ。彼は科学とテクノロジーに関して、複雑な観点を持っている。人間は彼が言うところの「認知的・道具的合理性」、つまり道具的な理解の法則を使うことができ、それを使うことによって、自然に対する人間の支配を強められると論じた。Jürgen Habermas, *Theory and Practice*, trans. John Viertel (Boston: Beacon Press, 1973), 142-69［細谷貞雄訳『理論と実践――社会哲学論集』（未來社、一九七五年）］を参照のこと。

180 G. Alacón et al., "Is It Worth Pursuing Surgery for Epilepsy in Patients with Normal Neuroimaging?" *The Journal of Neurology, Neurosurgery, and Psychiatry*, 77 (2006): 474-480.

181 Oliver Sacks, "Witty Ticky Ray," *The Man Who Mistook His Wife For a Hat* (New York: Summit Books, 1995), 92-101. 高見幸郎、金沢泰子訳「機知あふれるチック症のレイ」『妻を帽子とまちがえた男』（晶文社、一九九二年）。

182 Alice W. Flaherty, *The Midnight Disease: The Drive to Write, Writer's Block, and the Creative Brain* (Boston: Houghton Mifflin, 2004), 234. 吉田利子訳『書きたがる脳——言語と創造性の科学』（ランダムハウス講談社、二〇〇六年）。

183 Panksepp, *Affective Neuroscience*, 311-13.

184 Antonio Damasio, *The Feeling of What Happens: Body and Emotion in the Making of Consciousness* (San Diego: Harvest Harcourt, 1999), 134-43. 田中三彦訳『無意識の脳　自己意識の脳——身体と情動と感情の神秘』（講談社、二〇〇三年）。

185 Michael S. Gazzaniga, *Nature's Mind: The Biological Roots of Thinking, Emotions, Sexuality, Language and Intelligence* (New York: Basic Books, 1992), 2.

186 Steven Pinker, *The Blank Slate: The Modern Denial of Human Nature* (New York: Viking, 2002). 山下篤子訳『人間の本性を考える——心は「空白の石版」か』（日本放送出版協会、二〇〇四年）。

187 生まれつきなのか学習するのか、ということに関する知的な議論は、*Synaptic Self*, 82-93 におけるルドゥーの主体についてのコメントを参照のこと。母親からの養育の影響に関しては、母親と引き離された子供に関してと同様、ピンカーの引用していない膨大な科学文献がある。このような研究の対象は、ラットやネズミから、霊長類や人間まで、広範囲に及ぶ。それぞれに異なってはいるが、互いに関連した分野の研究者たちによる八十二の論文が収められている、John T. Cacioppo et al., eds., *Foundations in Social Neuroscience* (Cambridge, MA: MIT Press, 2002) を参照のこと。その中には、ラットのとりわけ遺伝と環境の相互作用という問題を取り上げている神経生物学的な研究、Liu et al., "Maternal Care, Hippocampal Glucocortoid Receptors, and Hypothalamic-Pituitary-Andrenal Response to Stress" や、Francis et al., "Nongenomic Transmission Across Generations of Maternal Behavior and Stress Response in the Rat" がある。社会的な愛情や別離の悲しみのもととして脳のシステムを論じるジャーク・パンクセップの *Affective Neuroscience* も参照のこと。幼児や子供の愛情に関する研究文献が急増しているが、この分野の先駆者はジョン・ボウルビィと、彼の三巻から成る代表作 *Attachment and Loss* (New York: Basic Books, 1969)［黒田実郎他訳『母子関係の理論』全三巻（岩崎学術出版社、一九七六—一九八一年）］だ。

188 D. W. Winnicott, "Ego Distortion in Terms of True and False Self," in *The Maturational Processes and the Facilitating Environment* (London: Karnac, 1990), 140-152.

189 Henry James, *What Maisie Knew* (Oxford: Oxford University Press, 1996), 22-23. 青木次生訳『メイジーの知ったこと』（あぽろん社、一九八二年）。

190 William James, *The Principles of Psychology* (1892; repr., Chicago: Encyclopaedia Britannica, 1952), 194. 今田寛訳『心理学』上下巻（岩波書店、一九九二年）。

191 Ibid., 201.

192 Ibid., 202.

震《ふる》えのある女《おんな》——私《わたし》の神経《しんけい》の物語《ものがたり》

二〇一一年九月二〇日印刷
二〇一一年一〇月一五日発行

訳者略歴
上田麻由子［うえだ・まゆこ］
一九七八年奈良県生まれ。上智大学大学院文学研究科英米文学専攻博士後期課程単位修得退学。アメリカ文学専攻。首都大学東京などで非常勤講師。
主要著書として『村上春樹「1Q84」をどう読むか』（河出書房新社、共著）。

著者　シリ・ハストヴェット
訳者　©上田麻由子
発行者　及川直志
発行所　株式会社白水社
電話　〇三-三二九一-七八一一（営業部）七八二一（編集部）
住所　〒一〇一-〇〇五二　東京都千代田区神田小川町三-二四
http://www.hakusuisha.co.jp
振替　〇〇一九〇-五-三三二二八
印刷所　株式会社三陽社
製本所　松岳社株式会社青木製本所
乱丁・落丁本は送料小社負担にてお取り替えいたします。

Prnted in Japan
ISBN978-4-560-08146-4